裏口は開いていますか？

赤川次郎

JN054587

双葉文庫

裏口は開《あ》いていますか？

目次

第一章　死んでいた男

月波家の朝

「行ってきます！」

小学五年生の努《つとむ》が、一番先に席を立った。

「どうしてあんなに早いんだ、今日は？」

月波章一が不思議そうに言った。

「何だか、ＳＬの写真を友だちと比べっこするんだとか言ってましたよ」

妻の紀子が答えて、「久子！　早くしないと遅刻よ！」

と声を張り上げる。

「はーい」

と、いわばこれは場外の声。月波章一は、トーストに固いバターを苦労して塗りつけながら、

「努の奴、いつもあれぐらい張り切って学校へ行くといいんだがな」

と言った。

「もう来年は六年生よ。少しお尻を叩《たた》かないと、私立になんか入れませんよ」

「家庭教師はつけてるぞ」

「たった二人じゃありませんか。先生のお話だと、最低三人は必要だって……」

「塾に通って、水泳教室に通って、これ以上時間があるまい?」

「そこを頑張って、初めて私立に受かるんですよ」

月波は相手にならないことに決めた。紀子の〈教育談義〉を聞いていると、遅刻してしまう。

月波は、四十四歳。F貿易という、中規模の貿易会社で、課長をしている。ずんぐりした胴長の体型は、純日本的中年の典型的なカーブを見せていた。それとバランスを取るべく、頭髪の方も多少後退しつつある。

「ほら、もう七時四十五分」

と紀子が言ったのは、夫にではなく、あたふたと駆け込んで来た次女の久子に向ってだった。

「分ってるわよ。これでも目は見えるんだから。コーヒー! ゆで卵!」

生意気盛りの十五歳。中学三年生だが、身長は母をとっくに追い抜いていた。電車で約三十分の私立女子中学へ通っているので、グレーの野暮ったい制服を着込んでいる。

「もう少し手早くできないの?」

と紀子が毎朝の愚痴を言い始めると、さっき出て行った努が戻って来た。

「あら、どうしたの?」

「裏口の戸が開《あ》かないんだ」

「いやねえ、この間からお父さんに頼んでるでしょ、錆《さ》びついてて動かないのよ」

「俺だって忙しいんだ」

「そうじゃないんだよ」

と努が言った。

「そうじゃないって？」

「誰かが戸の向うに倒れてんだよ」

努の言葉に、三人は一瞬顔を見合わせたが、

「本当？　かついでんじゃないの？」

と久子が怪しむように言った。努がふくれっつらになって——もともと全体にふくれ気味なのである——姉をにらむと、

「嘘だと思ったら見といでよ」

「いやねえ、浮浪者か何かかしら？」

紀子が夫の方を見て、「あなた、ちょっと行って見て来てよ」

「遅刻しちまうよ。誰か呼べばいいじゃないか、お巡りさんでも」

そう言いながらも、月波章一は、妻の命令に逆らい切れないことは承知していたから、席を立ちつつあった。

「ちょっと見て来るだけよ」

「分ったよ」

——月波家には、本来の庭の他に、猫の額どころか、ネズミの鼻っ先ぐらいの土地が、台

所の外についている。

努はいつもここから裏木戸を出て、小学校への近道を行くことにしていた。

その裏口の戸が、なるほど開かないのである。

「ね、嘘じゃないだろ」

と、努が言った。

「ああ。誰か倒れてるんだな。全く困ったもんだ」

月波は体重をかけて、エイッと戸を押した。ズズッと音がして、少し戸が開いた。月波は隙間から外を覗《のぞ》いて、

「男だな。……何してるんだ、こら！」

声をかけただけで起きるくらいなら、戸で押しやったときに起きるはずである。

「しようがないな……。よいしょ！」

やっと通り抜けられるだけ戸が開いて、月波は外へ出た。

紀子も久子も、台所の戸を開いて、眺めている。

「どうしたの、あなた？」

と紀子が声をかけた。

「酔っ払ってて起きないんじゃない？」

久子が、ゆで卵にかぶりつきながら、「水でもひっかけてやりゃいいのよ」

「あなた、何してるの？」

月波が顔を出した。不思議な表情をしている。

「おい、一一〇番だ。それから一七七だ」

「天気予報聞いてどうするの？」

「ああ、そうか……。いや、救急車だ。たぶん、必要ないと思うが、一応念のために。もし俺のカン違いだったら……」

「何言ってるの？　誰なの？」

「分らんよ。知らん男だ」

「起きないの？」

「ああ。たぶん無理だよ、起こすのは。……死んでるらしい」

――四人は、こわごわその男を見下ろした。

まだ若い男だった。せいぜい二十二、三というところだろう。ダブダブの白の上下、靴も白。黒のワイシャツは、胸を少しはだけていた。

「ちょっとヤクザっぽいわね」

と紀子が言った。

「ああ、たぶんそうだろう。よく盛り場をイキがって歩いてる手合だな。しかし、どうしてこんな所で……」

「迷惑ねえ。どこかよその家の裏口で死んでくれりゃいいのに」

「でも、我が家の前で人が死んだなんて、スリルあるじゃない？」

と久子は楽しげである。

「久子、努！　学校へ行かないと遅刻よ！」

と紀子が気付いて二人を追い立てる。「早く早く！」

「パトカーが来るまでいちゃだめ？」

と未練ありげな努と、

「TVニュースに出ないかしら？」

と目を輝かせている久子をやっと送り出して、紀子がホッと息をつくと、

「俺も遅刻するから、そろそろ……」

と月波が言いかけた。

「だめよ！　警察の用が済んでから、出かけてちょうだい」

「しかし、今朝《けさ》は会議があって――」

「一家の主《あるじ》でしょ。こんなときにしっかりしてくれなきゃ！」

パトカーのサイレンが近付いて来る。月波は諦《あきら》めて肩をすくめた。


「これはこれは……」

やっと来た刑事は、死体を見るなり、ピュッと口笛を鳴らした。そして月波の方へ向いて、

「ご主人ですね、これを発見したのは？」

月波が、かなりしどろもどろになって、事情を説明すると、刑事は別にメモを取るわけで

もなく肯《うなず》いた。

「この男をご存知ですか?」

「いいえ」

と月波は答えて妻の方を見た。

「全然知らない人です」

と紀子が言った。刑事は、検死官が調べている死体の方を見ながら、

「あいつは名うての鼻つまみ者でしてね。通称万治郎というんです」

「暴力団か何かの……?」

「いや、そういう手合ともちょっと違うんですがね。新しく開いた店へ行って難くせをつけて金をせしめたり、ラブホテルから出てきた客の写真を撮って、それを種に小遣いをせびったり……。ケチな奴なんですよ」

刑事は、細い露地を見回して言った。「こんな所へ何しに来たのかなあ?」

「この露地はどこへ通じてるんです?」

と刑事が訊《き》いた。

「裏の方のバス通りです。反対側は行き止まりですわ」

と紀子が説明した。

「行き止まり? すると、この露地を使うのは、お宅の方々だけなんですか?」

月波と紀子は顔を見合わせた。

「まあ、そう……ですね。他には何もありませんから」

と月波は言って、「でも、よく、ここを通り抜けられると思って入って来て、戻って行く人がいますがね」

と付け加えた。

「なるほど。万治郎の奴もそうだったのかな?」

刑事は首をかしげた。

死体を見ていた、五十がらみの、白髪混じりの男が立ち上って、

「どうもこいつは発作らしいな」

と言った。

「発作? こんなに若くて?」

「若さとは関係ないさ。外傷は見当らないし、毒殺ってこともなさそうだ。たぶん心臓発作だと思うね」

「それじゃ俺たちの出る幕じゃないってわけか。がっかりさせるなよ」

「文句は死人に言いな」

検死官は笑いながら、死体を運び出す指示を与えた。刑事は肩をすくめて、

「どうもご厄介をかけました。勝手にここへ入り込んで死んじまったらしいですな。いや、ご迷惑をおかけしました」

と会釈して、行ってしまった。

「人騒がせな話ね」

と紀子が言った。

「全くだ。――じゃ、俺は出かけるぞ」

「そうよ、早く行きなさいよ、何してるのよ、一体？」

こういう場合も、月波は腹を立てるということができないのである。

「社へは十時半に行くと言ってあるからな、少し休んでからにしよう」

「早く行くのは構わないじゃないの。仕事熱心って認められるかもしれないわよ」

「しかし、遅刻届に何と書くかなあ。死体を見付けたため？　まず判を押しちゃくれないだろうな」

月波は、家を出ると、駅への道を歩き始めた。いつもよりぐっと時間が遅いので、道行く人の姿もまばらだ。駅までは徒歩十二分、と不動産屋のパンフレットにはある。

月波章一は、そっと上衣の上から、胸の内ポケットに入っているものを触ってみた。何かの手紙らしい。――あの、死んだ男の手紙である。

月波は、早く開けてみたいという衝動に堪えるのに必死であった。

「そうそう、そうなのよ」

紀子は電話の相手に、しきりに肯いて見せた。「とんだ騒ぎだったわ。――じゃ、後ほどね」

紀子は電話を終えると、大きな欠伸《あくび》をした。

――さて、朝食の後片付けをして、それから掃除、洗濯……。

「今日は月曜だったわね」

ともかく、まずTVをつけて、お茶を一杯することにする。総《すべ》てはそれからだ。

紀子は、夫とは二歳違いの四十二歳。二十二で結婚し、十八歳の、今大学一年生の長女、岐子《みちこ》を頭に、三人の子持ちとなったのだが、その割には世帯じみていないのは、元来外向的な性格で、自分から用を作って外出するというタイプだからだろう。

今でも、そう見る影もないほど容色は衰えていない。もちろん「お嬢様」と言われるほどでもないが。

「いやねえ、全く」

大して意味もなく、紀子はそう呟《つぶや》いた。

あの、裏口で死んでいた男、何といったかしら？　万治？　――万治郎、だったわね、確か。

あの男、本当にどうしてあそこにいたのだろう？　夫は、よく間違えて通り抜けようとする人がいる、と説明しようとしていたが、あれは厄介事に巻き込まれるのが嫌いな性分からそう言っただけで、実際にそんな人間はほとんどいない。

してみると、万治郎という鼻つまみの男は、この月波家に用があったのだということになる……。

「そんなことが――」

うちの子供たちが、あんな男と関わり合うはずもない。もちろん夫も。それとも……。

あの刑事が言ってたっけ。

「ラブホテルから出て来た客の写真を撮って小遣いをせびるようなケチな男だ」

と。――まさか月波が？

考え出すとあれこれ心配になって来る。しかし、元来紀子は考えることの永続きしない性質だった。

「さあ、手っ取り早く片付けちゃおう」

と立ち上ると、皿やカップを流しへ運び始めた。玄関でチャイムが鳴った。

「お母さーん」

という声は――。

「あら、岐子」

大学の近くにアパートを借りている長女である。「どうしたの、大学は？」

ドアを開けると、ジーパン姿の岐子がいささか上気した面持ちで入って来る。

「ね、誰か殺されたんですって？」

「何よ出しぬけに」

と紀子が目を丸くした。

「じゃ、努がアパートへ電話したんだね？　全く、あの子ったら、そんなことばっかり熱心で」

と紀子は岐子へお茶を注いでやりながら言った。

「じゃ、全然知らない男なのね？」

「変な、ヤクザみたいな人よ。きっと酔っ払うかどうかして、あそこへ迷い込んだんでしょ」

「何だ、そうか」

とホッとした様子で、岐子はやおらショルダーバッグからタバコを取り出して一本くわえた。

「お前、いつからタバコなんか——」

「あら、みんな喫ってんのよ。誰も気にしないわ」

「だって、お前……」

と言いかけてから、紀子はふと思い付いた様子で、「さっきお前、『誰かが殺された』って言わなかった？」

「言った」

「誰か殺されそうなの？」

紀子にしては珍しく理論的な発言である。岐子は母親似の——当人は全然認めていないが——ちょっと派手な目鼻立ちだが、当然、ぐっと現代風にクールな魅力を持っている。慣れ

た手つきでタバコの灰を落とすと、

「誰か――でなきゃ私が、ね」

と言った。


「本当に死んでたんだぞ！」

と努は言った。何であれ、友だちの間で話題の中心になり、

「凄《すげ》えなあ！」

と言わせるのが、この年代の生きがいである。もっとも、そのため、多少事実に脚色を加えて、死体は血まみれで、そばに血のついたナイフが落ちていたことになっていた。

本当は首がチョン切られていたことにしたかったのだが、新聞にでも出たとき、あんまり話と食い違ってもまずい。

「きっと、ただの行き倒れだよ」

小学生らしからぬリアリストのケンが言った。

「ちがうよ！　本当に凄かったんだぜ、ワッと口を開けてさ――」

「じゃ、お前んちの誰かが殺したんか？」

と他の子が言い出して、努はぐっと詰まった。いくらホラでも、家族を人殺しにするのは気が進まない。

「そいつは秘密さ」

と気取って、「家族を売るような真似はできないよ」

そこへ教師が入って来て、話は中断した。

「おい、努。後で相談があるんだ」

と、ケンが言って、ウインクして見せた。

夫の秘密

朝からの会議に、遅刻して入って行くというのは、全く胃に悪いものである。

月波章一も例外ではなかった。

ただ、遅刻といっても、寝坊とか健忘症のせいではなく、れっきとした公用だったのだから、その点、まだ気が楽だった。

「おはようございます。遅くなりまして……」

会議室へ入って行くと、一斉に視線が集まる。特に社長の福富は、時間にうるさい。年齢《とし》を取ったせいか目覚めが早く、しかも自宅が会社から、歩いて十分ぐらいの所にあるので、毎朝会社へ一番早く来ている。

それで、片道二時間の遠隔地から通勤している部下を、たるんでると叱っているのだから、やられる方はたまったものではない。

「どうした、一時間も遅刻だぞ」

部長の堀田が言った。「今朝の会議は君の担当が重要議題なんだと、そう言っておいたじゃないか」

堀田など、係長ぐらいの頃は遅刻の常習犯だったのに、今や福富社長に気に入られるべく、出社は社長に次いで二番目に早い。

「申し訳ありません。ちょっと事件がありまして警察が来ていたものですから」

席につきながら、月波は言った。

「事件？」

堀田が眉をひそめた。「泥棒にでも入られたのか？」

「いえ、うちの裏口の前で行き倒れがありまして……」

「行き倒れ？」

「はあ、それで色々とありまして」

「誰が死んだんだね？」

と訊いたのは、福富だった。

「何といいますか……つまりその……不良に毛の生えたような」

「君の家の裏口で？」

「はあ、たまたまそこで心臓発作を起こしたらしいです」

「ふーん」

堀田部長はせせら笑うような言い方で、

「言いわけにしちゃ、とっぴな話だから本当だろう」

いつもこうなのだから、こいつは。月波は不快な表情を押し殺して、ファイルを開いた。

会議が再開されて、間もなく、月波は自分へ向けられている視線を感じて目を上げた。

テーブルの遠い端にいる経理課長の南が、じっと月波の方を見ている。

月波はそっと肯いて見せた。

「さあ、月波君の報告を聞こう」

と堀田が言った。

「はい」

月波はあわてて手もとの書類へ視線を落とした。

しどろもどろの報告に冷汗をかいたものの、会議は時間通り終った。

社長が、のろのろと退室していくのを待って、一斉に席を立つ。月波はわざとファイルの書類を片付けるのに手間取って、出るのが遅れた。

「死んだのか、そいつ?」

近付いて来るなり、南が言った。

南は月波と同期で入った男で、経理一筋という、計算機並みの頭脳を持っている。

見たところは、小太りの月波とは対照的に背が高く、やせこけているという印象を与えた。

「そうなんだ」

月波は、まだ話し声のしている廊下の方をうかがって、「そいつかどうかは分らないんだが」

「でも君の家の裏口は道に面してないじゃないか。誰にせよ、君の家に用があったんだよ、きっと」

「そうかなあ」

「その男はきっと例の連絡係だよ」

南はニヤリと笑った。月波は、この数字の生れ変りのような南がニヤつくのを見て、おかしくなった。

「もう連絡が来てもいいころだからな」

と月波も肯いた。

「しかし……死んだとなると……」

南はちょっと不安げに眉を曇らせた。「おい、もしそいつが俺たち宛の手紙かメモを持ってたとしたら、困ったことになるぞ。死体は警察が……」

「心配するな。手紙は抜いておいた」

南はホッと息を吐いた。

「それを先に言えよ」

「まだ中は見ていないんだ。ただポケットに手紙らしきものがあったので、こっちのポケットへねじ込んだだけさ」

「何だ。どうして――」

「暇がなかったんだ。出社して来るなり会議だろう。席へ戻って、ゆっくり見るよ」

「昼休みに教えてくれよ」

「OK。例のソバ屋に行くよ」

二人は会議室を出て、廊下を抜け、それぞれ自分の席についた。

F貿易は社員数五十名。一応オフィスの体裁は整っているが、昼間は営業部員が消えているので、至って閑散としている。

月波は席に戻ると、すっかり冷めきったお茶を一口すすって顔をしかめた。――ちっとは気を利かして、お茶を淹《い》れ直してくれればいいのに……。

そこまでを望むのは無理なのだろうか。

そこへタイミングよく、

「課長、お茶を淹れて来ますわ」

とやって来たのは、部下の三木孝子だった。

お茶を淹れて持って来ると、三木孝子は、茶碗を月波の目の前に置いて、

「誰か、お宅の前で殺されたんですって?」

と訊いて来た。大変なスピードで広まったものである。

「殺されたんじゃないよ」

と月波は、いささかうんざりしながら言った。月波の説明に、三木孝子はちょっとがっかりした様子で、

「何だ、てっきり人殺しと思ってたのに」

と言って、席へ戻った。

「やれやれ、女性の趣味も変ったもんだ」

と月波は呟いた。

それから、引出しを開けると、例の行き倒れのポケットから取った手紙を取り出す。

チラリと左右へ視線を走らせ、そっと封を切って行った……。

昼休み、混み合ったソバ屋へ入った月波は、南が奥の席で手を振っているのを見付けた。

「――やあ、待ったかい？」

と月波は腰をおろして、「出がけに電話でつかまっちまってね」

大声でカツ丼を注文してから、月波は南を見て、首を振った。

「違ってたのか？」

南の顔に落胆の表情が広がった。

「残念だな。中はまるで関係ない個人の手紙だったよ。馬鹿らしいから捨てちまった」

「何だ。てっきりあれだと……」

南はやけ気味にソバをすすった。「――しかし、ひどいじゃないか、遅すぎるぜ」

「そうだなあ」

「もう三カ月にもなるんだ。一言ぐらい連絡して来ても良さそうなもんじゃないか」

「その内来るさ。あまり当てにしないで待ってることだよ」

「限度ってもんがある」

と南はかなり腹に据えかねている様子。「あれに俺は毎月一万円注《つ》ぎ込んでるんだぞ！」

「俺だって同じさ」

「かけ合ってやる！　金を返すか、さもなければ――」

「おい！」

月波があわてて止めた。「誰か口やかましい奴の耳にでも入ったら……」

「分ったよ」

南は渋々口をつぐんだ。

二人はしばらく黙っていた。ちょうど、月波のカツ丼が来た。

「まあ、虫のいい話だったのかな」

と南が言った。「後くされのない浮気。人妻……。そんな文句に乗るのが馬鹿だったかな」

南が苦々しく笑うのを、月波はちょっと複雑な表情で眺めていた。

その話をもちかけて来たのは、至って実直そうな、一見銀行員かと思えるような、三つ揃《ぞろ》いのスタイルがいかにもしっくりと似合う男だった。

その夜、月波と南は飲みながら、女房のことを互いに愚痴っていた。

ケチ、お節介、わがまま、ぜいたく、と、誰でも多少はあてはまる愚痴なのだから、愚痴とも言えないようなものではあったのだが……。

「失礼いたします」

メガネをかけたその男は、几帳面な口調で言った。

「ああ、何ですか?」

「浮気なさる気はおありですか?」

そんな質問が出て来ようとは思わなかったので、二人は面食らって、思わず顔を見合わせた。

「今、何とおっしゃいました?」

と訊き返したのは南の方だった。

「浮気です。してみたいとお思いになりませんか」

「そりゃまあ……ね」

と南は笑って、「しかし後が何かと厄介でしょ」

「いえ、その点は私が保証します」

とそのメガネの男は言った。「相手も当方で何人かを捜し出し、その中からお気に召した女性をお選び下さい」

「そいつはご親切に」

「女性は総て人妻です。ですから互いに秘密が洩れる心配はなく、しかも向うも楽しみのためと割り切っていますからね。料金も決して高くありません」

まるで車のセールスのような調子で、浮気を売り込んでいるのである。

「君は何者だい?」

と月波が訊くと、男は軽く微笑《ほほえ》んで、

「私は浮気のセールスマンですよ」

と言った。

――今思えば馬鹿なようだが、この男の話に、月波と南は乗ってしまったのである。酔いのせいもあるし、その場の雰囲気というものもあったろう。

しかし、ともかく二人は契約金を払って、その幻の会の会員になったのである。――翌日になって、二人は互いの馬鹿さ加減を笑い合った。

「入会金三千円か。丸損だったな」

「まあ済んだことは仕方ないじゃないか」

と笑い合って――それきりしばらくは忘れていたのだが、ある日、会社の月波へ電話がかかって来たのである。

「私、以前、セールスに伺ったものですが」

「何のですか?」

「浮気のです。お忘れですか? おそくなりましたが、やっと適当な女性が見付かりましたので――」

「そ、それはしかし……」

浮気をしてみてはと言われても、まさか本当だと思う人間がどれくらいいるだろう？

月波はすっかりあわててしまった。

「何かご都合の悪いことでも？」

会社の電話である。まさか大っぴらに浮気の相談もできないではないか。

「いや……そうじゃないけど……」

「南様にも、ご満足いただける女性を用意いたしました」

自称「浮気のセールスマン」は、事務的な口調で続けた。「明日、一万円をご用意の上、次の場所へおいで下さい」

と、あるホテルを告げて、そこのロビーで待っているからと言って電話を切った。

月波はしばし啞然《あぜん》としていたが、やがて、あわてて南の席へと飛んで行った。

「こいつはきっとペテンだ」

「後で脅迫する気じゃないか」

「暴力団とつながってたら……」

二人はあれこれと並べたて、結局翌日はそのホテルへ行かなかった。

しかし、人間の心理というのは妙なもので、みすみす浮気のチャンスを逃したのかもしれないと思うと、急に惜しくなって来た。

その思いは南も同じだったとみえて、一週間ほどして、またあのセールスマンから電話がかかったとき、一も二もなく、

「この間は急な仕事で行けなかったんだよ」

と詫《わ》びて、「この次は必ず行くから」

と付け加えていたのである。

「ああいうことがありますと、なかなか次を見つけるのが難しいんですよ」

と相手は渋っていたが、「ともかくやってみましょう」

と約束した。そして毎月、相手のあるなしにかかわらず会費を払うと約束してしまった。

そして……今、こうして、月波の手もとには、女の写真が三枚ある。

この中から、好みの女を選べばいい、というわけだが……。

月波が、南にこのことを言わなかったのは、別に楽しみを一人占めにしたいからではなかった。

南の妻は泰子《やすこ》といって、以前、この会社に勤めていた。なかなかの美人で、社内でも数人の男性が競って、結局南が泰子を獲得したのである。だから、月波も泰子の顔はよく知っていた。

今、その泰子の写真が、月波の手の中にあるのである。――全く、何てことだろう。泰子が、そんな〈副業〉をしているとは、南は露ほども疑っていまい。

不運というか幸運というか、手に入ったこの写真を、一体どうすればいいだろう？　月波は考え込んでしまった。

電話が鳴って、出てみると、あのセールスマンだった。

「お手に入りましたか、それは良かった」

とホッとした声で、「使いに出した者が、とんでもないことになってしまったので、心配していたのです」

「それはともかく、家へ来てもらっちゃ困るじゃないか」

と月波は声をひそめた。

「いや、あなたが出社される途中でお渡しするはずだったのですよ」

とセールスマンが言った。「ところが、あんなざまで……」

「ともかく、気を付けてくれないと」

「申し訳ありません。それで……いかがですか？　明日の晩になりますが」

「うん……」

月波は舌で唇をなめた。どう答えたものだろう？

「写真に番号が――」

「分ってる」

南泰子はNo.3だった。泰子を指名して、そして――どうなる？

「3番にするよ」

と月波は言った。

「かしこまりました。南様は？」

「あいつは……出張中なんだ」

と月波はでたらめを言った。

「それはどうも、残念ですな」

「全くね」

「では、近々埋め合わせを考えましょう」

「そうしてやってくれ」

「では明日、同じホテルです」

——電話を終えたとき、受話器を戻す手が震えていた。

南泰子に会って、意見をしてやろう。こんな真似をしていて、家庭がどうなるか、言って聞かせてやるのだ！

そうだ。俺は浮気しに行くんじゃないぞ。友人として、意見しに行くだけだ……。

自分にそう言い聞かせながら、月波の胸の高鳴りは、それを裏切っていた。

「月波さん」

と声をかけられ、月波はギクリとした。

「な、何だい？」

社長の秘書だった。

「社長がお呼びです」

「分った」

あわてて席を立つ。秘書は、生来のきれい好きで、人の机の周囲を無意識に眺め回すくせがあった。

「あら――」

と机の下へ手をのばして、「写真だわ」

と拾い上げたのは、月波が引出しへ入れたつもりで、奥の隙間から下へ落ちた一枚だった。

秘書はそれを眺めて、

「あら、南さんの奥さんだわ」

陰謀

今の小学生にとって、千円は金でない。というと語弊があるかもしれないが、何しろ正月のお年玉だけで何万円と集め、大人も手の出ない、高級なオーディオを買ったりする子供が珍しくない。

大人が酒やバクチで、乏しい小遣いを浪費するのに比べると、子供はきちんと小遣い帳などつけて、その点は誠に立派なものである。

しかし、これは果して喜ぶべき風潮と言えるのかどうか……。

「小学生ローンだって?」

努は訊き返した。「ローンって、あの……サラリーローンとか、ああいうやつかい?」

「そうだよ」

と肯いたのは、同級生のケンである。

努がやや太目の甘えん坊タイプなら、ケンはヒョロリとノッポの秀才タイプ。強度の近眼で、度の強いメガネをかけているので、よけいにその印象が強い。事実、ケンは数学にかけてはクラスでも、常にトップの地位にあった。

二人は、昼休みの校庭をブラブラと散歩していた。昼休みでもあまり校庭を元気良く駆け回っている子供はいない。その辺も大人並みなのか、「疲れるから」といって、教室にいる子供が多いのである。

「そんなことやって、どうするのさ」

と努が訊くと、

「もちろん、稼ぐんじゃないか。金を貸して利息を取るんだ。そんなに高くはしない。高利貸じゃないからね。でも、手広くやりゃ、かなりもうかると思うな」

「お前、やりすぎじゃないか」

「どうして？　年中小遣いが足らなくなってみんなブーブー言ってるじゃないか。次の小遣いが入るまでの、つなぎに貸してやればみんな喜ぶぜ。利息をつけて返してもらう。その分は僕らの収入だ。それに、小遣い不足で万引をやる奴が減りゃ、世の中のためになる」

「そうかなあ……。じゃ、やってもいいよ」

「そう言うと思った」

ケンはニヤリと笑って、「まずそれには元手がいる」

「元手？」

「金がなきゃ、貸したくたって貸せないじゃないか。そうだろ？　だから、最初にまず金を用意する」

「いくらぐらい？」

「そうだな……。まあ、できれば百万円ぐらい」

「お前、馬鹿じゃないのか？」

努が目を丸くした。「百万円？　どこにそんな金、あるんだよ」

ケンは澄まして言った。

「君んちにはあるんじゃないか？」

「うちに？」

「うん。君んち、割と金持じゃないか」

「『割と』ってことないだろう！　でも――知らないよ、いくらあるかなんて」

ケンはため息をついて、

「嘆かわしいなあ。小学校五年にもなって、自分の家の預金残高も知らないのかい」

努は口を尖《とが》らして、

「すぐ分るよ」

「僕はちゃんと知ってるぜ。普通預金、定期預金、貸付信託、郵便貯金、国債、生命保険、火災保険……」

努はただ呆気に取られるばかり。

「それ、みんな知ってるのか？」

「当り前さ。ちゃんとノートに控えてあるんだ。もし両親が事故で死んでも、どれだけ遺《のこ》してくれたか、すぐ分るだろ」

驚くべき思慮の深さ、というべきか。

「へえ……。じゃ僕も調べてくるよ」

「そうしろよ。百万円以上ありゃＯＫだ」

「だって、うちのお金だぜ。僕じゃおろせないよ」

「出させるのさ」

「どうやって？」

ケンはちょっと周囲へ目を走らせ、声を低めて言った。

「な、努、君、誘拐されてみないか？」

「誘……拐？」

「そうさ。『お前の子供は預かった。サツへ知らせると命はねえぞ』、ってやつさ」

努はあまり利発という言葉が似合わないタイプである。

「よくＴＶでやってるけど、それがどうしたんだよ？」

「鈍いなあ。君が誘拐されるんだよ。そして君んちに、金を出さないと、君を殺すって手紙を出すのさ」

「やだよ！　誘拐されるなんて、手を縛られたりするんじゃないか。痛いよ」

「馬鹿だな。本当に誘拐されるわけじゃないんだぜ。誘拐された、とうちの人に思わせりゃいいんだ」

「それで金を払わせるのか」

「分ったかい？」

努はちょっと考えて、

「もし出さなかったら？」

と言った。

「大丈夫。出すさ。君んちで男の子は君一人だろう」

「そうだよ」

「絶対に出すよ。うちなんか五人兄弟で僕は四番目だからな。でも一人息子ってのは大事にされるんだ。絶対に出す」

「百万円かあ……」

努はちょっと迷っていたが、すぐに心を決めた。「よし。じゃ、うちの預金、いくらあるか調べて来る！」


その頃、姉の久子は学校を脱け出そうとしていた。

表門から出て行くわけにもいかないので、裏へ回る。先生にでも出会わないかとキョロキ

ヨロあたりを見回してから、裏門を出ようとすると、

「こら！」

と鋭い声が飛んで来た。

しまった、と首をすくめる。——クスクス笑う声がして、

「へへ、びっくりしたでしょ」

と近付いて来たのは、級友の美智子だった。

「なあんだ。おどかさないでよ」

久子は胸を撫《な》でおろした。

「お出かけ？　ヤバイわよ」

「大丈夫。午後は古典だもん。あの爺さん、生徒がみんな男だって気が付きゃしないわ」

「誰かに頼んであるの？」

「うん、サチ子にね」

「へえ。高く取られたでしょ」

「本当。ふっかけんのよね、あの子。でも一番確かだからさ」

「じゃ、見付かんない内に早く行きなさいよ」

「うん。バイ」

久子は足早に裏門を出た。——学校からできるだけ早く遠ざからなくてはならない。

何しろこの制服姿では目立って仕方がないのである。

「仕方ないなあ……」

気はすまないが、タクシーを拾うことにする。駅まで行けばいいのだから。

幸い空車がすぐに通りかかって、素早く乗り込むと、

「駅まで」

と言って、座席にわざと浅く座った。頭が低くなって歩道から見えないようにするためだった。間一髪であった。というのは、担任の教師が、昼食からの帰りか、ヨウジで歯を突っつきながら歩いているのが、チラリと目に入ったのだった。

「危ない、危ない……」

息をついて、座り直す。

「もう帰りかい？」

と運ちゃんが言った。

「試験前なんで早く終るんです」

スラスラと嘘が出て来る。

「そうか」

運ちゃんはちょっと間を置いてから、「うちにもあんたぐらいの娘がいてねえ」

「そうですか」

久子は至って愛想がいい。外づらがいいのは定評があり、努にいつもからかわれる。

「お姉さんはジキルとハイドだよ」

駅前でタクシーを降りようとして、財布を開けて久子は、

「あら、困った」

と声を上げた。「お金入れて来るの忘れちゃったわ」

久子は鞄の中もひっくり返して、

「ごめんなさい。千円札を入れたつもりだったんだけど」

「まあいいさ」

と運ちゃんは人の好い笑顔で、「その内またこの車に乗ったときに払っとくれ」

「でも、それじゃ悪いわ。――身分証明書を置いて行きます」

「そんな大切なもの、いけないよ。いいんだってば。どうせこの駅へ空《から》で戻るところだったんだから」

「すみません」

久子は車を降りて何度も頭を下げた。

「試験、頑張りなよ……」

「ありがとう」

久子は、タクシーが走り去るのを見送って、ペロリと舌を出した。「甘いもんだわ」

金がないというのは、嘘っぱちである。

さて、もう十分遅刻。久子は駅前の商店街を急ぎ足で抜けて行った。

途中の道を折れた、細い小路に、地下へ降りて行く喫茶店がある。そこが目的地だった。

狭くて、薄暗い店へ入って行くと、奥から、

「こっちよ！」

と声がかかった。

「ごめん、遅くなって」

久子は、少し息を弾ませながら、席についた。――円《まる》いテーブルを囲んでいるのは、制服こそまちまちながら、久子とほぼ同年代の娘たち五人。テーブルの周囲が青白く煙っているのは、みんながタバコを喫っているからだった。

「一本」

と久子の後輩らしい娘が洋モクを差し出す。久子は礼も言わずに抜いて、その娘が火を点《つ》けてくれるのを待った。

「――何にします？」

喫茶店の女主人が声をかけて来る。

どう見たって未成年者の喫煙である。しかし、別に注意もしないのは、商売第一と考えているせいか、それとも面倒なことには関わりたくないからか。

それにしても――少女の非行化は、化粧をするようになったり、帰りが遅くなったりするのを見て未然に防ごう、という呼びかけは少々時代錯誤である。

そう簡単に見てとれるような馬鹿な真似は、久子たちは決してやらない。タバコを喫った後はちゃんとガムを嚙《か》んで匂いを消すことも忘れない。

「話、進んだの？」

うまそうに煙を吐き出して、久子は言った。

「もう一つねえ」

少しアネゴ風の娘が言った。

「向うの言い値がさ、安すぎるのよ」

「安売りは禁物だわ」

と久子は言った。「そうそう、今朝ね、うちの裏で人が死んでたのよ」


久子の話に、居合わせた娘たちは聞き入っていたが、

「その男、もしかして――」

と一人が言い出した。

「そうなのよ」

久子が肯いて言った。「私も気になってさ、ずっと見ていたかったんだけどね。何しろお袋がうるさいでしょ。いい子にしてないと、ヤバイしね」

「もしそれが奴らの身内だったとしたら……」

「何か今度の取り引きのことが分るような書きつけでも持っていなかったか、ってことでしょ？」

と久子が引き取って、「私もその点は心配よ。でもしようがないでしょ、今さら」

「まあね。——その男、どうして死んだの?」

「分らないわ。傷はなかったけどね」

「暴力沙汰だったら困るわね」

「私たちにまで手が伸びることはないと思うわよ」

久子は呑気《のんき》に欠伸《あくび》をして、「あーあ、退屈ねえ」

と投げだすような言い方をした。そこへ、新たな客が入って来た。

「いらっしゃいませ」

女主人の声に、何気なく入口の方を見て、一瞬、久子はギクリとした。

それは、入って来た方も同様だったらしい。——今年、久子の通う中学校へやって来た、大学出たて、新米ホヤホヤの教師、若尾だった。

背広にハイネックのスタイルがまだ何となく板に付かない若尾は、目の前で、自分の教え子が平然とタバコをふかしているのを見て、唖然としている。

久子が、すぐににこやかな笑顔を取り戻した。

「若尾先生、今日は!」

若尾は二、三度瞬《まばた》きをくり返して、

「き、君……何してるんだ?」

ときいた。

「他校との交流を深めてるんです」

「今は授業時間中だよ。それにタバコとはどういうつもりだ？」

「先生も一本いかが？」

「と、とんでもないことだ！」

若尾はやっと教師らしく怒り始めた。「すぐに学校へ戻りたまえ！」

「そうカリカリしないで、禿《は》げますよ」

「君は……真面目な生徒だと思っていたのに……。この件は報告しないわけにはいかないよ。分ってるだろうね」

教師の方が青くなって、声が震えている。久子はチラリと他の娘の一人に目配せしてから立ち上ると、甘ったれるような声で、

「先生……。口止め料に私を抱いていいと言ったらどうする？」

と言った。

久子にぐっと迫られて、

「馬鹿を言うんじゃない！」

と、若尾は後ずさった。

「ねえ、先生……。可愛いわね、みんなそう言ってるんですよ」

「そ、そんなことを言って——」

「一度抱かれてみたかったの。先生に……」

と言うなり久子は若尾にぐいと抱きつき、唇を押し当てた。

「ムム……」

やめろと言っているつもりだが、声が出ない。そこへサッと閃光が走った。「OK。いいスナップよ」

娘の一人が、ストロボつきのカメラのフイルムを巻き上げた。久子は若尾からヒョイと離れると、

「さあ、これで先生と私が道ならぬ関係にあるって証拠ができた、っと」

「おい、君――」

「この写真を公表したら、責任を取らされるのはどっちかしら?」

「よせ！　フイルムをよこせ！」

若尾がわめいたときには、カメラを手にした娘は、店から駆け出して行ってしまった。

「先生、ここは黙って帰った方がいいと思いますけど」

と久子は愛想よく言った。「こんなことで将来を棒に振るのはつまりませんよ」

若尾が、頭をかかえて店から、逃げるように出て行くと、みんなが一斉に大笑いした。

「――さて、と。ここもちょいと住み辛《にく》くなったわね」

久子はコーヒーをぐいと飲みほして、「そろそろ場所を変えるか」

「今日の議題は?」

「そうそう。あんたの学校じゃ何人ぐらい都合がつきそう?」

「確実なのが五人ね。後、目をつけてるのが三人かな」

「慎重にね。私たちのとこはだめねえ。せいぜい四人止り。ちょっと人員不足だなあ」

久子はちょっとの間、考え込んでいたが、「そうだ。お姉さんに頼んでみよう」

と言い出した。

「大学生でしょ?」

「だから、後輩を世話してもらうのよ。それなら、どっちも困らない」

「そうか」

「ともかく今日はこれで解散だ。変な邪魔が入って、気勢をそがれちゃった」

一斉に立ち上ると、久子がレジへ行って代金を払い、

「ここでのことは秘密にね」

と、千円札を何枚か足した。

「分ってるわ。またどうぞ」

表へ出ると、久子が言った。

「ああいう大人が青少年の非行化を助けてるのよ。問題ね、全く!」

仲間と喫茶店を出た久子は、そこで別れた。固まって歩いていると人目につくのだ。

「さあ……。どうしようかな」

とのびをする。学校へ戻ってもしようがないし、といって家へ帰りゃ母親が妙に思う。

「映画でも観て帰るか」

そうは言ったものの……。久子は財布を出して中を覗いてみた。

今の勘定を一人で払ってしまったせいもあって、どうにも心細くなっている。

「一、二万ほしいところね」

と久子は呟いて、ふとセールスマンらしい、中年の背広姿の男が、アタッシェケースを手に、くたびれ切ったような顔で歩いているのに目を止めた。

背広にネクタイというスタイルだって、着ようによっては、若い娘の目をひきつけることはできるのである。しかし、あんな風に、ネクタイはねじ曲り、上衣の裾にはソースのシミらしきもの。ズボンは折り目が消えてしわだらけでは、まだシャツとステテコで歩いてる方がましってものだ。

しかし、あの手の男が、カモとしては最高である。

「ま、我慢するか」

その中年男は、いささかさぼろうという気なのか、喫茶店の中を覗き込んで、入ろうか入るまいか、と迷っている様子。

久子はそっと近付いて行くと、

「おじさん」

と声をかけた。相手はギョッと飛び上りそうになる。

「な、何だい？」

「お暇？」

「い、いや……仕事中だ」

「喫茶店覗くのがお仕事なの?」

男は渋い顔で咳払《せきばら》いした。

「何の用だい?」

「ちょっとお小遣いが足らないんだ」

とわざと目をそらして、「――どう? 助けてくれない?」

「君! そんなことを……」

男は目を丸くして言いかけたが、そこで急に声を低くして、

「ほ、本気なの?」

「ええ。二枚でどう? 一時間ぐらいならお付き合いするわ」

男がゴクンと唾《つば》を飲み込む音が聞こえた。

「二枚……というと、二万円だろうね?」

「そりゃそうよ。二千円だと思ったの?」

「いや、分ってるけど……。あんまり持ち合わせがないんだ。一……枚じゃ?」

「さよなら」

と足早に歩き出す。このタイミングが肝心である。安売りはしないことだ。

「ちょっと! 待ってくれよ!」

男は追いかけて来た。「分った。二枚払うよ」

「じゃ、ついて来て」

と久子は振り返って、ニッコリ笑った。

久子は、男をグルグルと引っ張り回して、この手の「アルバイト」によく使う旅館へとやって来た。

「ここも払ってね」

「ああ分ったよ」

男は財布を出し、休憩料金を支払った。これは二枚とは別になる。結構余計な金を取られるのである。

「ホテルでもいいけど高いでしょ」

久子は部屋へ入ると、鞄を投げ出して、言った。「あんまりお金使わせちゃ悪いものね」

「そ、そうだね」

ろくに耳に入っていないのだ。おどおどして、部屋の中を見回しているところを見ると、こういう所は初めてなのかもしれない。

旅館の女主人——七十近い婆さんである——が、入って来て、黙って布団を敷いて行く。

「よくやるの、こういうことを?」

と男が言った。

「お小遣いが不足したときだけよ。年中やってちゃ身がもたないわ」

久子の方は至って落ち着いたものだ。「悪いけど先に払ってくれる?」

「え?　——ああ」

と男は震える手で財布を取り出すと、一万円札を二枚抜いて手渡した。久子は手早く、金をしまい込むと、

「あんまり時間をむだにさせちゃ悪いものね」

と立ち上って、制服を脱ぎだした。

男の方は今にも目玉が飛び出しそうなほどに目を大きく見開いて、久子が服を脱いで行くのを見つめている。

今の十五歳といえば、もうほとんど成熟しかけた女といってもいい。久子はやや細身で、友だちのように太りすぎを気にすることもない。

すらっとのびた足、ぜい肉のついていない体の線は、優雅な曲線を描いていて、妙なくびれもない。

「どうしたの?」

久子は布団に横になると、男へ声をかけた。「早くしないと二万円がむだになるわよ」

男の方は、夢ではないかと疑うような目つきで、口をポカンと開けながら、久子の体を眺めていたが、やおらネクタイを引きちぎるように外すと服を脱ぎ捨て始めた。あんまりあわてているので、あっちへ転び、こっちへつまずき、起き上りこぼしよろしく右へ左へと倒れては起き、倒れては起き、やっとこ久子へ飛びかかった。

「気をつけてよ!　けがするじゃないの」

久子の苦情も耳に入らばこそ、コマ落しの映画みたいにせっかちに久子を抱きしめて——。

その時、ガラリと襖《ふすま》が開いて、さっきの婆さんが飛び込んで来た。

「大変だよ！　警察の人が――」

「け、警察？」

男がはね起きて、それから裸なのに気付いて、あわてて布団を引っ張り寄せた。

「落ち着いて」

久子は素早く起き上って、

「ね、玄関の所で少し食い止めてちょうだい」

「やってみるけどね、どれくらいできるか……」

と婆さんが急いで出て行く。

「早く服を着て！」

と久子が言った。「裸でいる所へ踏み込まれたら、それこそ現行犯よ」

久子は手早く服を着た。男の方も手早く――着る気はあるのだが、あわてているのでなかなか巧くいかない。ズボンを逆にはいてはき直したりしている。

「早くして！　玄関からは出られないわ」

「ど、どうしよう？」

廊下の方で男の声がする。

「来るわ」

「捕まったら終りだ！　会社もクビだ！」

男は生きた心地もない様子。

「じゃ、窓から。——大丈夫。ここは一階だもの」

「そ、そうか。君は？」

「ここに残るわ。私なら叱られて済むもの。あなたは大変でしょ。早く行って！　あなたのことは絶対に言わないから」

「ありがとう！」

男は窓から、やっとこさと狭い露地へ降りる。久子が、

「ほら、アタッシェケース！」

と投げてやるのをひっつかみ、あわてて駆け出す。

久子はそれを見送っていたが、男の姿が見えなくなると、窓を閉め、

「もういいわよ」

と言った。襖が開いて、さっきの婆さん、ヒョイと顔を出すと、

「巧く行った？」

「うん。毎度ご協力感謝します」

久子は財布から三千円出して、

「じゃ、手数料ね」

と渡した。——廊下で聞えた男の声はＴＶの刑事物から録音したテープなのである。

「あんたもよくやるねえ」

「あんなの、自業自得よ。少しはこりて、もう手を出さなくなるでしょ。二万円で勉強になりゃ安いもんだわ」

久子は鞄を手にして、「じゃ、またね」

と手を上げてみせ、旅館を出た。

金がなくなると、大体この手で稼いでいるのだ。だが、久子はさらに妙な深みへはまるようなこと――麻薬とかには決して手を出さない。こういう金も一度はちゃんと自分の預金口座へ入れている。

「さて、ケーキでも買って帰るか」

家へのみやげも忘れないのである。

第二章　月の裏側

その夜の思惑

「久しぶりだなあ、全員揃った晩飯なんて」

と月波は言った。

「本当ね、今日は珍しくお父さんも早かったし」

紀子もご機嫌で夫へビールを注いでやる。

「私にももう一杯」

と空《から》になったコップを差し出したのは、むろん長女の岐子《みちこ》である。

「お前、そんなに飲んで――」

と紀子が言いかけるのを、

「まあいいじゃないか」

と月波が口を出した。「もう大学生だ。ビールぐらいどうってこたあない」

「まるで何かのお祝いね」

と妹の久子が愉快そうに言った。

「そうそう、後で久子の買って来てくれたケーキが出るわよ」

「へえ、珍しい！」

と弟の努が冷やかす。「明日雪だ、きっと」

「何よ、いらなきゃ食べないでよ」

「久子もビールどう?」

と岐子がコップを上げてみせる。

「私、中学生よ、まだ」

「何言ってんの。いい子ぶっちゃってさ。陰じゃ何やってんだか」

「お姉さんと違いますからね」

久子は澄まして言った。このケーキを買った金が、売春まがいの手段で手にした金だとは、誰も思ってもみなかったろう。

「お父さん、乾杯!」

「ああ。何に乾杯だ?」

「そうね。家の裏口で死体が見つかったのを祝して」

「やめてよ、岐子」

と紀子が苦笑いする。「あれはたまたま、あそこで死んでただけなんだからね」

「そうかしらね、果して?」

岐子は楽しげに言った。「誰か心当りのある者はないかな?」

月波はゆっくりとビールを飲んだ。——あの男が人妻売春の斡旋《あっせん》人の使いだと分ったら大変なことになるところだった。しかし、警察はあの男のことを調べているだろう。何かちょっとしたきっかけで、ばれるということもあり得ないではない。

明日はやめておいた方がいいだろうか？　いや……明日は同僚の女房を抱きに行くのではない。意見しに行くのだ。

それにしても、南の女房――泰子はいい女だからな。月波の思いはあらぬところへ飛んでいた。

電話が鳴って、久子が立って行ったが、すぐに戻って来て、

「お父さん、電話」

と言った。

「誰からだ？」

「南さんとかいったわ」

月波はあわててむせ返った。

月波は電話へと急いだ。どうしたというんだ？　明日のことがばれたのかな。

「もしもし、月波だ」

「あら、月波さん？　南の家内です」

てっきり亭主の方が出ると思っていた月波はびっくりした。

「こ、こりゃ失礼しました！　ご主人かと……。お元気ですか？」

「ええ、おかげさまで。実は主人がまだ戻りませんの。ご一緒だったかと思いまして」

「そうですか、いや、今日は私は先に帰ったので――」

「あら、それじゃ他の方と飲んでるんですわね、きっと。いえ、ちょっと言づけを頼まれて

いるものですから。——ご一緒でなかったのなら結構です。どうも失礼いたしました」

「いや、とんでもない」

明日はよろしく、と言いかけて、あわてて口をつぐんだ。それにしても、売春をやって他の男に抱かれていながら、ああして平然と話しているのだから（当り前だが）、女というのは図太い生き物である。

ダイニングへ戻ると、

「五百万ぐらいじゃない？」

「いえ、七、八百万は確か……」

と、女たちが言い合っている。

「何の話だ？」

月波は席に戻って訊《き》いた。

「いえ、努がね、今、うちにいくらぐらい貯金があるか、って言い出して」

「ほう。どうしてそんなことが気になるんだ？」

「学校でさ……」

「小学校でそんなことを調べるのか？」

「そうじゃないよ。いばってる奴がいたんだ。貯金が何千万もあるんだぞ、って。だから、うちにだってそれぐらいあるさって言ってやったんだ」

「何千万とは大きく出たな」

と月波は笑って、「サラリーマンの家庭で何千万も貯めるのは大変だ。とてもそんなにはないよ」

「なあんだ」

と努はがっかりした様子。

「しかし、この家とか土地は何千万の値打ちがある。それは何千万も貯金しているのと同じことだ」

「でもお金じゃないでしょ」

「売れば金になるし、これを担保に、銀行から金を借りることだってできる」

「売れば二千万ってとこでしょうね」

と岐子が言った。

「まあそんなところだ」

「安心しなさい。あんたが誘拐されたら二千万は出してくれるってさ」

岐子の言葉に努はギクリとした。努の考えていたことを言い当てたとは、岐子はむろん知る由もない……。

二千万円！

努にはちょっと想像もつかない金額だった。模型飛行機やSLのレコードや、それにもっといい一眼レフのカメラ、望遠レンズがあれば、ぐんと迫力のある写真がとれるんだ。

それを全部……全部買ったって、うんとおつりが来る。その程度のことは努にも分った。

——明日、ケンの奴にそう言ってやろう。

「僕んちはね、二千万円出すってさ」

あいつ、目を回すかな？　それを言うときの得意さを思って、努の胸はふくらんだ！

「——さて、私、帰ろう」

と岐子が時計を見て言った。

「何だ、泊って行けばいいのに」

「学校があるのよ、お父さん。じゃ、また来るわ」

岐子はさっさと帰り仕度を始める。

「あら、帰っちゃうの？」

と久子がつまらなそうに言った。

「そうよ。何か用？」

「久しぶりに色々話がしたかったのに」

「話なんていつだってできるわよ。電話かけりゃいいじゃない」

久子は肩をすくめた。電話で話せることと話せないことがあるのだ。

岐子が玄関へ行くのを、久子は追いかけて、

「ね、今度アパートに行っていい？」

「何か相談ごと？」

岐子は靴をはいて振り向く。

「まあね」

「避妊の相談なら得意よ」

と言って岐子は笑った。「電話してからおいで。いないことが多いから」

「了解」

「バイバイ」

岐子は足早に出て行ってしまった。遅れて出て来た紀子が、

「まあ、あの子はせっかちなんだからね、全く!」

とぼやいた。

「ね、お母さん。お姉さん、何の用で来てたの?」

「え? ああ、例の死人のことを努が知らせたのよ。それでね……」

と紀子は曖昧《あいまい》に逃げた。「さあ、早くご飯を食べちゃいなさい」

久子も努も、ご多分に洩れず深夜族の一人だ。最初の内こそ紀子もやかましく言っていたのだが、全くむだだと分ってからは、放ってある。

寝室へ入るのは、結局月波と紀子が一番早いということになっていた。――夫婦のベッドルームは、ツインベッドだけで、ほとんど一杯になっていて、奥のベッドへ行くのに、体を横にしないと通れないほどだった。

「ねえ、あなた。ちょっと岐子のことでお話があるんだけど」

と紀子は言った。

ベッドで雑誌を開いていた月波は顔を上げて、

「何だ?」

と訊いた。

「あの子……男の子に好きになられてるらしいのよ」

「ふーん。全然もてないよりいいじゃないか」

「それがあなた……。二人の男の子に、よ」

「ほう。さすがに俺の娘だ」

「感心してる場合じゃないわよ」

「何か困ったことでもあるのか?」

「ええ」

紀子は自分のベッドに腰をかけると、「その内の一人は同じ大学の先輩で、今、四年生なんですって。優等生で人気者で、女の子の方で憧れてるのが大勢いるぐらいらしいわ」

「いいじゃないか」

「その人が岐子のことを好いてるらしくて、私たちにも一度会いたいとか言ってるそうなの」

「会うぐらいならいいじゃないか」

「ところがもう一人の人がね……」

「そっちは何だ?」

「いつも岐子の行く喫茶店で働いている子で、高校を中退してるっていうから、ちょっと不良ね、きっと」

「ふーん」

「その子も岐子に夢中らしいの。で、岐子をめぐって、その二人、決闘でもしかねない勢いらしいのよ」

「放っとけ。本当にやりゃせんさ。岐子がつめたくすれば、その喫茶店か何だかの方はその内諦めるさ」

「ところが、あの子ったら、その二人のどっちとも決めかねて、平等にお付き合いしてる様子なの。――危険だと思うんだけど」

「そいつは……感心せんな」

「ねえ。もし逆恨《さかうら》みされて刺されでもしたら……。心配だわ」

女って奴は不思議だ、と月波は思った。南の女房にしても、外で浮気をする分だけ、亭主には優しいかもしれない。どっちの顔も、間違いなく女の顔なのだ……。

「まあ子供じゃないんだ。そうそう口出しもできんさ」

と月波は言った。

「いつか機会があったら、少し言ってやってよ」

「いいとも……」

月波はベッドへ入る妻の方をそっと眺めた。明日……成り行き次第では南の女房を抱くことになるかもしれない。比較のためにも――。

「おい」

声をかけながら、月波は妻のベッドへ入って行った。

「なあに、あなた……努たちが起きてるわ」

月波が枕もとの明りを消した。


お定まりの手順と方法で欲求を満たしてしまうと、月波は自分のベッドに戻り、五分としない内にいびきをかきだした。

性生活の手引書などによると、事後の対話が大切だということになっているのだが、月波にしてみれば、今さら古女房と対話でもあるまいという気持なのだろう。

しかし女は女であって――紀子は言うまでもなく女だった。

暗がりに目が慣れて来て、夫が口を少し開けたまま寝入っているのが見える。男なんて気楽なもんだわ、と紀子は思った。終ればコロリと眠ってしまえる。女はそうはいかないのだ。中途半端に燃え立たされたおかげで、目は冴えるし、何となくモヤモヤしたものが頭に絡まっているようで、苛立《いらだ》った。

これで明日の朝には自分が一番早く起きねばならないのだから、全く女というのは損な役回りだ……。

夫はいびきをかいている。紀子は、ちょっと顔をしかめてその方を見たが、むろん、そんなことを、いびきの主が知るはずもなく、紀子の気のせいか、いびきのボリュームは少しずつ上りつつあった。

「幸福と不幸には、どれくらいの違いがあるのかしら?」

と紀子は、そっと呟《つぶや》いてみた。それを二度くり返して、やっと、今のが上出来だったわ、と満足する。——というのは、今の言葉が、紀子の見ているTVの昼メロのヒロインの言葉だったからで、できるだけ、そのセリフ回しに近いニュアンスで言ってみたかったのである。

紀子は、その連続ドラマを、最初から見ていたわけではない。その時間には他のチャンネルをいつも見ていたのだが、自分の好きな俳優がドラマの中で死んでしまったので、つまらなくなって、たまたまその番組を見たのである。

むろん細かいストーリーは分らなかったが、大体があの手の番組は、どこから見てもストーリーの見当がつくもので、ちょうどブラウン管では、中途半端な美女と出来損ないの美男が、深刻ぶった様子でたたずんでいた。

そこでそのセリフが言われたのである。

「幸福と不幸には、どれくらいの違いがあるのかしら?」

紀子は、このとき、ふと自分は不幸ではないだろうか、と思った。平和な家庭は、裏返せば退屈で、外へ出られぬ牢獄のようなものかもしれない。幸福も、見方を変えれば不幸と言える。——本当にその通りだわ、と紀子は感激した。

そのドラマのシナリオ・ライターがこのことを聞いたら、赤面したに違いない。なぜなら、ライターはこの前に書いたドラマに全く同じセリフを使っていたからである。

紀子は、これがメロドラマの一シーンなら、ナレーションが入るところだわ、と思った。たとえば、

「紀子は、自分でも理由の分らない空しさに捉えられていた。自分は善良な夫と、真面目な子供たちに恵まれ、何不自由のない暮しをしている。これで、幸せでないはずがない。——だが、そう自分へ言い聞かせるにつけ、紀子の内の空しさはますます広がるのだった……」

といった具合に。

そして、こんな日々の中へ、年下の——たぶん二十代の若者が現れ、人妻の心は激しく揺れ動く、ということになる。

目下のところ、〈若き恋人〉はいなかったし、紀子も、メロドラマのヒロインよりはやや落ちる容貌である、という問題もあった。

しかし、心情的に紀子がいささか危なっかしいバランスを保っていることは、事実である。その原因がTVのメロドラマだというのでは冴えない話だが、ヒロインが、子供の家庭教師に来ている青年と、罪の意識におののきながら抱き合うシーンに涙が出るほど感動したのだから、笑い話では済まない。

もし自分にそんなチャンスが訪れたら、どうなるだろう?

努にも家庭教師は二人ついているのだが、どちらも、およそ浮気の対象にはほど遠い存在である。

先生のお話では、家庭教師は三人は必要だということだったわ、と紀子は思った。あと一人、頼んでもいいわけだ。もちろん、それは努に私立中学へ入ってもらいたいからであって、浮気の相手がほしいのではない。だが、もしかして、万が一、その三人目の家庭教師が、TVに出て来たような、ちょっと憂いを帯びた美青年だったら……。

まあ、そんな可能性はまずあるまいが。

「明日、お父さんに話してみよう」

と紀子はひとりごちた。


久子は、そっと努の部屋のドアを開けた。努は例によって、ヘッドホンで深夜放送を聞きながら机に向っているので、姉が入って来たのに全く気付かなかった。

そっと近付いて肩越しに覗《のぞ》き込むと、努はノートの余白に〈二千万円〉と書き込んで、そのわきへ、〈プラモデル、トランシーバー、一眼レフ……〉と色々品物の名を並べている。

久子は手をのばして、パッとノートを取った。努がびっくりして、

「何するんだよ！」

と取り返そうとする。久子は素早く逃げて、

「あんたこそ、何のつもり？　夕ご飯のとき妙なこと言い出したな、と思ってたのよ。さあ、隠さずに言いなさいよ。言わないとお母さんに言いつけるわよ！」

努は姉の得意げな顔を悔しそうににらみつけた。

運命の出会い

翌朝の朝食の席は、前の日に裏口で死体を見つけるという事件があったわりには、至って平常通りであった。

ちょっと違うことと言えば、月波がいくらか取り澄ました顔をしていることと、久子が早く起き出して来たことだろう。

「行って来るよ」

努が席を立った。「当番なんだ」

「あら、じゃ気を付けてね」

と紀子が大して意味もなく優しい言葉をかける。久子がからかうように、

「今日は死体につまずかないようにね」

と言うと、努はフンというように、姉の方へ向って顔をしかめて見せた。

「──久子、お前も早くしなさいよ」

と紀子が言った。

「分ってるわよ」

久子はぐいとコーヒーを飲みほした。

努が久子をにらむのも無理はないので、何しろ、ゆうべ問い詰められて、ケンの提案した

狂言誘拐のことを洗いざらいしゃべらされてしまったのだ。

久子にとっては、これを聞き流す手はない。全く、今の小学生は凄《すご》いこと考えるもんだわ、などと自分のことは棚に上げ、二千万円を出させたらうちが破産してしまう。そこまで行かない程度に絞り取れれば、それは名案に違いない……などと考えていた。

頭のよく回る点では、久子は両親のどっちにも似ていない。こういう狂言を、いかにも本当らしく見せるためには、組織の力が必要であると考えていた。――早速今日にでもみんなを集めて相談しよう。

「じゃ、行ってくるわ」

と久子は席を立って、「今日、放課後にクラブの勉強会があるから」

「暗くならない内に帰っといで」

「そんなに遅くはならないわよ」

と久子は笑って言った。

「――久子はしっかり者で安心だわ」

知らぬが仏、紀子は久子が出て行くと、夫に向ってそう言った。

「ああ、俺も今夜はちょっと遅くなる」

「あら、ご飯はいらないの?」

「うん、外で食べる」

南の女房は本当に来るだろうか? 同僚の妻と浮気するというのは、どんな気分だろう。

南は今夜は……そうか、あいつは今日は出張所を回るのだ。必ずどこかで引き止められて一杯やりに行くことになる。

当然、妻の方も何か出かける口実は作っているのだろう。

「ねえ、あなた」

と紀子が言った。「努の家庭教師を、もう一人お願いしようかと思うんだけど……」

「うん？　――ああ、そりゃ構わん。お前が捜してくれるんだろう？」

「もちろんよ」

紀子はホッとした様子で言った。

「努には言ったのか？」

と月波は訊いた。

「あ、いえ、まだなの」

と紀子は急いで言った。「これから捜すわけだし、いい人が見付かってから、と思って……」

「そうか。まあ、あんまり努の負担にならんようにしないとな」

「それはよく分ってるわ。努の気持が第一ですものね」

二人とも、いつになく道徳的な気分になっている。後ろめたさを補おうという気持が多少は働いているようだった。

実際、月波など、出がけに、

「みやげに何か甘い物でも買って来るからな」

とまで言ったのである。

だが、それを怪しむには、紀子の方も内心のばつの悪さを隠すことに気を取られすぎていた。

「行って来る」

「気を付けてね」

いつものやりとりも、必要以上に優しさが強調されすぎた嫌いがあった。


「――さようでございます。ぜひ、お一人、先生からご紹介いただけないかと存じまして……」

電話に話しかけながら、紀子は頭を下げていた。相手は、努の担任の教師である。

今、努を教えに来ている二人の家庭教師はPTAで知り合った奥さんの紹介で、決して悪くはないのだが、やはり教師の紹介となれば、金はかかっても、それなりの成果はあるのではないか、と紀子は思ったのだった。

「そうですねえ、私ができるといいんですが」

と教師は残念そうに、「何しろ今抱えているだけで手一杯でしてね」

「いえ、先生のようにお忙しい方に教えていただくなんて、とてもとても……」

と紀子は急いで言った。現役の、それも担任の教師などに頼んだら、一体いくら取られるか、見当もつかない。

「どなたかご存知の方でいらっしゃいませんでしょうか？」

「そうですね……そうだ、あいつがいい！」

と教師は声を高くした。

「どなたか適当な方が？」

「私の知人の息子でね、今、東大の大学院へ行ってるのがいます。その知人に頼まれていたんだ。早速連絡してみましょう」

「ありがとうございます」

「凄い秀才でしてね。見るからに切れ者って男です。きっとお気に召しますよ」

と教師は自信たっぷりに言った。

努の家庭教師に東大大学院の秀才というのは、ちょっともったいないようでもあったが、教師が自信たっぷりに請け合うので、紀子の方も任せることに決めた。

待つほどもなく、その教師から電話が入り、

「今連絡したらOKだそうです」

と返事をして来た。「今日はちょうど休みなので、色々とご相談にお宅へ伺うということでした」

「今日ですか？」

急な話に紀子の方がびっくりする。

「ええ、道順も教えてあります。行きましたらよろしく」

「恐れ入ります……」

電話を切ると、紀子は急いで掃除を始めた。まさかそんなにすぐ来るとは思えないが、お茶菓子ぐらいは買っておきたいし……。

昨日久子が買って来たケーキも食べてしまった。一つでも二つでも残しておくんだったわ、と悔んだが、後の祭だ。やっと一通り掃除を終って、ホッと一息ついていると、玄関のチャイムが鳴った。

「もういらしたのかしら……」

と急いで玄関のドアを開けると、ずんぐりと太って、ひどく度の強いメガネをかけた青年が立っていた。どうみても学生だ。これがその当人だろうか？　——紀子はがっかりして、

「どちら様でしょうか？」

と、いささか元気のない声で訊いた。

突然、相手は紀子を突き飛ばすように押し戻して玄関の中へ入って来ると、ドアを閉めた。そしてポケットからナイフを取り出して、

「騒ぐな！」

と言った。——男の方もかなりあわてていたようだ。というのも、紀子は騒ぐどころか、何が起こったのか分らず、ただその場に突っ立って、相手の手のナイフを見ているだけだったからである。

「金、出しな」

男は低い声で言った。紀子は、やっと今自分が強盗と面と向って立っているのだということに気付いた。

「出すわ。出しますから、ナイフは——」

「早く持って来い!」

男がキンキンした声を上げげた。紀子は急いで居間へ走った。それから、財布を台所に置いてあったことを思い出し、そっちへ回った。裏口から出ようと思えば出られるのに、それを思い付かなかったのは、やはり、怯《おび》えていたせいかもしれない。

財布から、入っていた三万円ばかりの札を抜いて、玄関へ戻った紀子は、

「今はこれだけしか……」

と言いかけて唖然とした。

メガネ姿の強盗は玄関の土間にのびていて、ぐったりとはしているが、死んではいないようだった。そしてそのそばに、長身の青年が立っていたのだ。

一体何が起こったのか、紀子にはさっぱり分らなかった。強盗が気絶していて、その傍に見知らぬ青年が立っている。

お金を手にしたまま、紀子はどうしていいのか、迷っていた。

「こちらの奥さんですね」

とその青年が訊いた。

「はあ」

「どうも申し訳ありません」

と青年は頭を下げて、「こいつは僕の友人なんですが、時々発作的に人の家へこうやって飛び込んで、強盗の真似事をやるくせがあるんです」

「くせですって?」

紀子は呆れて、「くせで強盗に入る人なんて、聞いたことありませんわ」

「いや、金に困ると何日間か飲まず食わずの状態が続いて、その内突然こういうことを始めるんです。決して人を傷つけたりできる男ではありませんので、どうか許してやって下さい」

青年はすらりとした長身で、端正な顔立ちだった。目が澄んでいるのが、紀子の心を動かした。

この人は嘘をつく人じゃないわ、と紀子は思った。

「分りましたわ。でもそういう人には刃物を持たせない方が……」

「ああ、これですか」

青年はかがみ込んで、気を失っている男の手からナイフを取り上げた。「これでけがをする人はありませんよ。——ほらね」

刃の所を弾くと、クニャリと曲って、またピンと元に戻った。

「まあ」

「ゴムなんです」

ホッとすると同時に、おかしくなって、紀子は笑い出してしまった。

「分りました。じゃ、このことは忘れましょう」

「ありがとうございます」

と青年はていねいに頭を下げた。

「でも、大丈夫なんですの？　あなたが殴るか何かしたのかしら」

「いいえ、腹が空きすぎて、目を回しただけなんですよ、勝手に」

青年は、気を失っている友人を抱きかかえるようにして起こすと、「どうもお邪魔しました。また後ほど伺います」

と言った。

「いいえ」

と答えてから、紀子は、「後ほど？」

と訊き返した。

「ええ、僕は、お宅の息子さんの家庭教師をやるように言われて来た者なんです」

と青年は言った。

紀子は、しばしポカンとして、その青年を見つめていた。

「僕がこのお宅への道順をメモしておいたら、こいつがそれを見ましてね、家庭教師を何人も頼むような家なら金持に違いない、と思ったんでしょう、こうして押しかけて来たわけです。全くお騒がせしました」

と空腹で気を失っている友人を抱えて、玄関を出ようとする。

「待って……。あの……お友だちの方に、何か作って差し上げますわ。先生も、どうぞお上りになって下さい」

と紀子は言った。


「本当に申し訳ありません」

——その青年は中神雄二と名乗った。

強盗になりそこねた友人の方は、紀子の作ったチャーハンを、猛烈なスピードで平らげつつあった。

「努をよろしくお願いします」

と紀子は頭を下げた。

「僕なんかで、どの程度お力になれるか分りませんが、やってみましょう」

中神雄二はそう言って微笑《ほほえ》んだ。その笑顔には、若々しい純真さと、とろけるような甘さがあって、紀子の胸が一瞬ときめいた。

何を考えてるの、馬鹿！　この人はただ、努の家庭教師というだけじゃないの……。

しかし、いくら他のことを考えようとしても、紀子の脳裡には、ＴＶのメロドラマのヒロインの姿が、自分の顔とダブって映ってしまうのだった。

こんな若くて、ハンサムな秀才にとって、私みたいな中年女が、一体どんな意味があるというの？

——紀子は多少自嘲《じちょう》気味に考えた。

「おい、お前はもう帰れよ」

と中神雄二は友人を早々に追い出すと、

「じゃ、息子さんの部屋をちょっと拝見できますか」

と紀子に言った。

「はい。汚れていますけれど」

紀子は、中神を二階へ案内した。

「——なるほど。大体今の小学生の典型ともいえる部屋ですね」

雑然とした努の部屋を見回して、中神は言った。「ご両親の寝室はどちらです？」

紀子は当惑した。

「この隣ですが、それが何か……」

「こっち側ですか？」

「はい」

中神は壁をトントンと叩いてみて、「いけませんねえこれは」

と首を振った。

「何か不都合な点でも……」

「まあおかけ下さい」

と中神は、努のベッドに腰をかけた。

言われるままに、紀子は中神雄二と並んで、努のベッドに腰かけたが、何となく落ち着かず、お尻のあたりがムズムズするようだった。

息子の部屋で、家庭教師と二人、並んでベッドに腰かけているというのは、何とも妙な気分である。

しかし、中神の方は一向にそんな紀子の気持には気付いていないようで、

「いいですか」

と、教師口調で話し始めた。

「努君は何歳です？」

「あの……十歳になりますけど」

「今の十歳は、昔でいえば十六、七といってもいいでしょう。体の発育が早いだけでなく、TVや漫画週刊誌に溢れている情報によって、今の子供の性のめざめは非常に早いのです」

「はあ」

「しかも、今、努君は中学受験を控えて、大変に不安定な精神状態にある。そんなときに、性への関心が歪《ゆが》んだ形で努君の心に入り込んだら、もう勉強などは手につかなくなります」

中神の口調は淀《よど》みなく、説得力があった。

「よく分りますわ」

「結構。そこでこの部屋です」

中神は、隣の紀子たちの寝室との壁をトントンと叩き、「この通り、音がよく響きます。お分りですか?」

紀子も漠然と、中神の言わんとすることが分って来たが、すぐにそう答えるのは恥ずかしかったので、黙っていることにした。

中神は続けて訊いた。

「奥さんは声をたてますか?」

「あの……」

「ご主人に抱かれるときです。少しは声を上げるでしょう」

中神は医者のような、事務的な調子で訊いた。紀子の方は首まで真赤になって、

「さあ……あの……そんなこと……」

とモゴモゴ言っている。

「僕はお子さんの教育について必要だから伺っているんですよ。恥ずかしがっている場合ではありません」

中神にピシャリと言われて、紀子は急いで、「はい、多少は……」

と答えて、さらに赤くなった。

「この薄い壁を通して、それが努君の耳に届いているのは、ほぼ確実と見ていいでしょう。性について、興味を持ち始める年代の少年にとって、それがどんなに刺激になるか、奥さん

にも想像がつくでしょう」

「はあ。――どうすればよろしいのでしょう？」

「そうですね」

中神はちょっと考えてから、言った。「寝室を他に移すか、でなければ子供部屋を移す。それができなければ、努君の受験が終るまで、ご夫婦のセックスはおやめになることですね」

ギョッとして言葉の出ない紀子へ、

「とんでもないことを言い出して、びっくりされたんじゃありませんか？」

と中神は言った。

「い、いいえ、そんなこと……。私たちも、うかつでしたわ」

紀子は中神のカップに紅茶を注ぎながら、ぎごちない笑みを浮かべた。

息子の家庭教師から、夫婦の営みをやめてほしい、などと言われれば、誰だって面食らうだろう。紀子とて同様である。

しかし、理由を言われれば誠にもっともであり、今までその点に思い及ばなかった自分の軽率さが悔まれるのだった。

「よくおっしゃって下さいましたわ。そんなことまで注意して下さる先生はいらっしゃいませんもの」

居間のソファに腰をかけて、紀子は言った。

「いや、そう言って下さってホッとしました」

中神は、その繊細そうな長い指でティーカップをつかみ、そっと含むように紅茶を飲み始めた。——ああ、何て上品な飲み方なのかしら、と紀子は思った。

夫の月波と来たら、まるでナイアガラの滝でも飲みほしてるみたいに凄い音をたててすするのだから。特に高級レストランで、スープをズルズル音をたてて飲まれると、紀子の方が恥ずかしくなって、テーブルの下にでも隠れてしまいたくなる。

たぶん、この青年の指は、女性に触れるときもデリケートに違いない。——あらいやだ。私、何を考えてるのかしら？

「ああいう例は多いんですよ」

と中神は言った。「それを注意すると、『余計なお世話だ』と叩き出されたりしましてね」

「まあ」

「その点、奥さんはよく理解して下さったので、大助かりですよ」

「恐れ入ります」

「僕が一昨年教えた子は高校三年生でしてね。やはりご両親に同じ話をしたんですよ。そこはお二人ともとても理解のある方でしてね。快く承知してもらえました」

「で、そのお子さんは……」

「昨年、東大へ入学しました」

「まあ、それはすばらしいですね」

何としても、夫にも納得させなくては、と紀子は決心した。

「しかも、そのご夫婦は、そういう制約を逆に巧く利用しましてね」

「といいますと？」

「つまり家ではだめだというので、月に二度ホテルを利用することにしたんです」

「ホテル……」

「それが却って新鮮で、実に楽しかったそうです。感謝されてしまいましたよ」

中神はそう言って笑った。

導火線に火がついて

なるほど、と紀子は感心した。子供の受験のためとはいえ、決して短くない期間である。夫婦が禁欲生活を送るのは、どうしても無理があるだろう。ホテルを利用することで、それを解決し、さらに気分的にも若返るとなれば一石二鳥というものだ。

「お宅でもそうなさるといいですよ」

と中神は言った。

子供の家庭教師が、両親の性生活にまで気を遣《つか》ってくれるというのも何だか妙だが、紀子は、中神の、精神分析医にも似た、説得力豊かな話しぶりにすっかり魅せられていて、いとも素直に肯《うなず》いた。

「主人によく話してみますわ」

「でも、ホテルの件は、僕が言ったとはおっしゃらないで下さい」

と中神は少し声を低くして、「妙な奴だと思われても困りますからね」

「あら、そんなことは——」

「いや、こんな若い奥さんをお持ちのご主人は、どうしても疑い深くなりますからね」

「若いだなんて、まあ……」

紀子は照れて笑った。

「いや、本当にお若いじゃありませんか。努君が一番上でしょう?」

「とんでもない、末っ子ですわ。上に十八と十五の娘が——」

「そうですか。いや、信じられないなあ」

と中神はまじまじと紀子を見つめる。紀子はどぎまぎして、

「あ、あの——お食事はいかがですか。お昼でも……大したものはございませんけれど……」

と立ち上った。

「いや、あまり長居をしては。もう今日はこれで失礼します」

「そうですか……」

引き止めたかったが、あまり止めても、却っておかしい。紀子は、中神を送って玄関まで

出た。

「では、いつから努の家庭教師の方をお願いできますでしょうか?」

「僕の方は今日からでも構いません」

と中神は、靴をはきながら言った。

「そうでございますか。ちょうど今日は何もない日ですけれど……」

「それじゃ今日から、ということにしましょう。ではまた夕方にお伺いします」

「よろしくお願いいたします」

中神が帰ると、紀子は急に疲れを感じた。知らず知らず気を張っていたのだろう。

今夜、あの青年がまたやって来るのだ。それを思うと、何となく、その疲れが溶けて流れてしまうような気がする。

紀子は三面鏡の前に座り込んだ。そして、じっと自分の顔を見つめて、

「私、本当に若いのかしら」

と独《ひと》り言を言った。


その頃、努は小学校の校庭で、ケンと話し合っていた。話題はむろん、狂言誘拐で親から身代金をせしめようという計画についてである。

「二千万だって?」

さすが数字には強いケンも、度の強いメガネの奥で目を丸くした。

「うん、二千万円あるんだよ、うちには」

　努は得意げに言った。

　正確には、土地、家屋などの不動産が二千万の価値だというだけで、実際にそんな金があるわけではないのだが、努としてはケンの手前、少し大きな顔がしたかったのである。

「凄いなあ！」

　ケンはため息をついた。「うちなんか子供が多いから、金がちっともたまんないんだよ。今、普通預金の残高が、たったの百十五万七千六十二円だからな」

「詳しいんだなあ」

「そんなの銀行へ電話すりゃ教えてくれるのさ。——ところで、二千万もあるなら心配することないな。やっつけようぜ」

「う、うん……」

　努は少々ためらっていた。

　一つには、いささか良心のとがめというやつもあったし、もう一つは、姉の久子におどしつけられて、計画のことをしゃべってしまったせいもある。それを言えばケンにまた馬鹿にされるだろう。

　口が裂けたって言わないぞ！

「でも……大丈夫かなあ？」

　と努は言った。「すぐばれちゃうんじゃないか？」

「任せとけって。計画はちゃんと練ってあるんだ」

とケンは肯いて見せた。「まず段取りとしては、君が行方不明になるんだ」

「行方不明?」

「そう。どこそこへ行って来ると言ってうちを出る。遅くなっても帰って来ない。親の方は心配して行先へ電話をするけど、君は来なかった、って返事だ。一体どうしたんだろうって親が青くなる。そこへ脅迫電話が行くって寸法さ」

「へえ」

「早すぎると、いたずら電話と思われるし、遅すぎると警察へ捜索願いか何か出されちまう。そうなると厄介だからね。警察へ連絡されるのだけは、どうしても避けなくっちゃ」

努は感心して聞いていた。ケンの奴は本当に頭がいいや。

「で、誰がその電話をかけるのさ?」

「うん、それが問題だな」

とケンが言った。「子供の声じゃすぐにばれちまうし。……やっぱりここは誰か大人を仲間に入れる必要があるよ」

「大人を仲間に入れるって?」

努はびっくりして訊き返した。

「そうさ。仕方ないだろ」

「だめだよ、そんな!」

「どうしてさ?」

とケンが訊く。

「だって……大人と一緒にやったら、お金なんかみんな取られちまうに決ってるじゃないか」

「でも、電話をするのは大人の声でなきゃ。手紙はだめだよ。足がつくからな、必ず」

とケンが言い張る。

「じゃ、誰か頼むあてはあるのかい?」

努が言うと、ケンはニヤリと笑った。

「あてがなくって僕がこんなこと言い出すと思うのか?」

「なあんだ」

努はホッとして笑い出した。

「そうならそうと早く言えよ」

「まだ頼んじゃいないんだ。でも、大丈夫、まずOKしてくれると思うな」

「誰なのさ、一体?」

「話をしてみてから教えてやるよ」

とケンはもったいぶっている。

「ま、いいや。——でも、それだけじゃないだろ? 他にも色々やることが……」

「分ってるって。君を一時隠しておく場所が必要だな」

「あんまり汚ない場所じゃいやだよ」

「だからって、ホテルに泊るわけにはいかないぜ」

「うん」

「僕の家の裏に、空家があるんだ。人目にもつかないし、食べる物も持って行けるし、絶好の場所だと思うな」

「ずっと一人でいるんだろ?」

と努が心細げな声を出す。

「何だよ、怖いのか?」

「こ、怖くなんかないや」

努がぐっと無理をする。——二千万円だ!

二千万円のためだもの、それぐらいのこと……。

昼休みの時間も終りに近付いて、ケンと努は教室に戻って来た。

「月波君」

と声をかけて来たのは、事務室の女性だった。「お宅から電話よ」

「はい」

何だろう?　また裏口で人が死んでたとでもいうのかしら?

事務室まで駆け足で行くと、息を切らしながら、努は受話器を取り上げた。

「何やってたの?　十円玉をもう三枚も使っちゃったじゃない」

久子である。努はプッとむくれて、

「何の用だよ？」

「そんなに怒っていいの？」

久子がニヤニヤしているのが目にみえるようだった。

「例の件で話があるの。帰りにこれから言う場所に来てちょうだい。分った？」

何ともしゃくにさわることではあったが、努としては姉の言う通りにせざるを得ない立場である。

学校が終ると、言われた通りの喫茶店へと向った。

大体が、喫茶店などというものに縁のない努である。姉から店の名だけ聞いたのだが、一向に見付からない。

やっと捜し当てたのは、何やら狭い階段を二階へ上って行く、ちっぽけで薄汚れた感じの店だったが、これがその店かしら、と努は入るのをためらった。

階段の下でウロウロしていると、急に頭上から、

「何やってんのよ！」

と声がした。見上げると、久子の顔が、窓から出ている。

「待ってるのよ！　上ってらっしゃい！」

見付かっては仕方ない。努はややふてくされ気味の顔で階段を上って、店のガタガタするドアを押した。

店の中は割合広くて、ごく普通の喫茶店という感じだ。窓際の席に久子が座っていた。他にも何だかやけに女学生の客が多い。

「何がいい？　おごってあげるわよ」

と久子が珍しいことを言い出した。しかし努の方としても意地がある。そうすんなりとそれじゃ、と飛びつくわけにはいかない。

「いらないよ」

と一応は言ったものの、

「そう意地張らないで、チョコレートパフェ？」

などと言われると、拒むわけにもいかず、素直にウンと肯いた。

「さて、どういう話になってるの？」

久子に訊かれてとぼけるわけにもいかず、努は、ケンとの相談の内容をしゃべってしまった。

「大人を仲間に入れるって？」

「そうなんだ。僕は反対したんだけど、ケンの奴、絶対に必要だって……」

久子はちょっと考え込んだ。――子供の頭で作り上げた夢のような計画というには、ちょっと妙なところがある。

「何だか怪しいわね。――分ったわ、私が調べてあげる。あんたは知らん顔して、そのケンって子の言う通りにしてなさい」

努は面食らった。

「姉さんったら、何のつもりさ?」

「決ってるじゃないの。あんたの計画をいただくのよ」

努は啞然とした。——姉までがそんなことを言い出すとは思いもしなかったのだ。

「姉さん一人でどうしようっていうの?」

「一人じゃないわ」

「ええ?」

「ねえみんな、私の弟よ」

と久子が店の中へ声をかけると、あちこちに座っていた女学生たちが一斉に立ち上って、

「よろしくお願いします!」

と声を揃えた。努はただ呆然としていた。


月波は妻の紀子からの電話に耳を傾けていた。

「そうか。そりゃ良かったじゃないか。いい先生なんだろう? ——うん、多少高くても仕方あるまい」

「もう今日から来て下さることになっているのよ」

と紀子が言った。

「そうか。ご挨拶できるといいんだが、今夜は遅くなるからな。よろしく言っといてくれ

よ」

「ええ、分りました」

月波は電話を切ると、ホッと息をついた。——一日中、どうにも落ち着かない。仕事がさっぱり手につかないのである。

南は予定通り出張所回りに出ていて、今日は事務所へ戻らないことになっている。まさかこれから女房が同僚と浮気をするところだとは思いもしないだろう。

月波は、引出しを開けると、周囲の目をチラリと気にしてから、奥を探った。南泰子の写真を見ようと思ったのだ。あんなナンバーの入った写真を、家へ持って帰るわけにはいかない。却って会社に置いた方が安全というものである。

「おや……。変だな」

月波は眉を寄せた。写真がない。いや、他の二人の女の分はあるのだが、南泰子の写真だけがないのだ。

「おかしいぞ……」

月波は本気になって引出しをかき回した。——しかし、南泰子の写真だけがない。

月波はしばらく考え込んだ。

あのことを知っているのは、俺だけのはずだ。それとも南が……?

月波はちょっと迷ってから立ち上ると、南の席へと歩いて行った。

何かを捜すようなふりをして、

「確かここだったな……」

などと呟きながら引出しを開ける。

「ここじゃなかったか……」

袖机の一番上の引出しを開けて、月波はギクッとした。あの写真がいとも無造作に入っていたのだ。そっと写真を裏返してみる。No.3と書かれていた。間違いない。

これは一体どういうことだろう？　月波はしばらくわけが分らずに突っ立っていたが、やがて、誰かに怪しまれては、と、写真を戻し、自分の席へ戻った。

南の奴、俺の様子を怪しんで、引出しの中を調べたのだろうか？

そして妻の写真を見付けた。――すると、あいつは何もかも知っているのかもしれない。きれい好きな社長の秘書が、月波の引出しから落っこちた南泰子の写真を拾って、南の引出しへ入れておいたことなど、月波は知るはずもない……。

今宵、二人の夜はふけて

ついに来たのだ！

といっても、月波が立っているのは南極点でもエベレストの頂上でも火星の上でもない。例の〈浮気のセールスマン〉が指定したホテルの前である。

散々迷ったが、これをすっぽかせば、まず二度とチャンスは訪れないだろうし、そうなれば今まで払った会費が全部パーになるのだ。それを考えれば、今さらやめるわけにはいかない。それにどんなことだろうと、約束を守るのは社会人としての常識だ。

色々と理屈をこじつけて、月波はホテルの正面階段を上った。

ここはいわゆるラブホテルではない。れっきとした一流ホテルで、人の出入りも多く、ロビーも人で溢れ返っている。

あのセールスマンがいるはずだが、どうやって捜し出そうかとキョロキョロしていると、向うから見付けて来た。

「お待ちしておりました」

とアタッシェケースを手に、相変らずの礼儀正しさ。

「やあ」

「どうぞこちらへ。一杯やりながらご説明しましょう」

と、先に立ってカクテルラウンジの方へ。月波は、もしや見知った顔はないかと、方々へ忙しく目を向けてこれが本屋かデパートなら、まず万引と見られるところ。

「――ではカクテルでも一杯」

「僕はウイスキーでいい」

「ご自由に。――さて、仕事の話を済ませてしまいましょうか」

とセールスマンはアタッシェケースを開けて、何やら書類を取り出し、「ええと、お品物は三番でしたね」

「う、うん」

「結構です。間違いなく当人が来るはずですから、ご安心下さい。それから契約時間は……一応七時から九時までです。これは最低保証時間でして、これ以上お望みの場合は、個人的に折衝、支払いも個別でお願いします」

と説明もいかにもスラスラと淀みない。こういう場合はむしろ事務的にやってくれる方がホッとするものだ。

「それから、ここのカクテル代は私が持ちます。しかし部屋で飲み食いしたものはご自分で支払って下さい」

「分った。それで、部屋代は?」

「ホテルの宿泊料は、毎月の会費にちゃんと含まれておりますから不要です。チェックアウトのときには伝票にサインだけして下さればよろしいので。……あ、そうそう」

と鍵を取り出す。「忘れないうちにお渡ししておきます」

ゴクリとツバを飲み込んで、月波は鍵を受け取った。

後のセールスマンの話など、ろくに耳に入らない。

「分った分った」

と、どこやらの政治家の如きセリフを連発して、その実何も分っちゃいない。しかし、ともかくこの鍵を持って行けば、安全に浮気ができるのである。月波には、それさえ分っていれば充分だった。

「ただ今六時二十分ですね」

とセールスマンは腕時計を見て、「ではお食事を済ませてはいかがですか。相手には七時ぴったりに来るよう言ってあります。当然ルームナンバーしか教えてありませんので、七時までにはお部屋へお入りになっていて下さい」

「わ、分った」

「では私はこれで失礼いたします。充分にお楽しみ下さい」

セールスマンが、やっと人間らしい、意味ありげな微笑を浮かべて立ち上った……。

月波はカクテルラウンジを出ると、すぐにも部屋へ飛んで行きたい気分で、鍵を取り出しては、見直した。その内、枯葉にでも変ってしまうんじゃないかと心配な様子である。

ルームナンバーは〈九〇七〉だった。

「落ち着け、落ち着け」

と自分へ言い聞かせる。——南泰子に友人として意見してやろうなどという建前は、ポケットの中のキーの前には脆《もろ》くも崩れ去って、跡形もなく消滅していた。

ともかく飯を食おう。腹が減っては戦《いくさ》ができぬ、というやつだ。

月波はホテルの案内板を見て、できるだけ一般向きのレストランを選ぶと、そこへ足を向けた。

まだ月波の胸に引っかかっていることがあった——それはむろん南の机に泰子の写真が入っていたことだが、色々考えてみて、あの写真だけで、今夜月波と泰子がこのホテルへ来ることまで分るはずもないし、南は妻がこんなアルバイトをしていることなど知る由もないのだから、あの写真が何を意味しているか、分るはずがない。

少々自分に都合のよい解釈ではあったが、月波は今夜は大丈夫と判断したのである。さて――レストランの前でメニューを眺める。

スタミナをつけるには肉料理だろうが、シャトーブリアンはちと値が張る。フィレミニヨンぐらいにしておくか……。あんまり香料の強いものは、口に味が残るだろう。キスしたときに向うがいやがりはしまいか。

餃子《ぎょうざ》を食べた後だって、妻の紀子にそんな気を遣ったことはないのだが。

店へ入ろうと歩き出して、やはりメニューを覗いていたらしい女性にぶつかった。

「失礼」

と顔を見て、「あ……」

「まあ、月波さん！」

南泰子が目の前に立っていた。

「こ、これは、南君の奥さんじゃありませんか！」

「月波さんにこんな所でお会いするなんて……。びっくりしましたわ」

南泰子は楽しそうに笑った。月波の方は、かなり引きつったような笑いだった。

考えてみれば不思議はない。彼女の方だって部屋へ行く前に夕食を、と考えるだろうし、そうなればこのホテルの中。超一流の店は値も張るし、フルコースでゆったり食べるほどの時間はない。

二人が同じ店を選ぶのは自然の成り行きというものだろう。

「月波さん、こちらでお食事?」

と南泰子は訊いた。

「え、ええ……。奥さんも?」

「そうなんですの。お友だちと買物の帰りで。たまにはホテルで食事でもと思いまして。月波さん、お連れは?」

まさかあなたが連れですとは言えない。

「一人なんです」

「まあ、じゃ、ご一緒にいかが?」

全く屈託のない笑顔である。断ることもないと一緒に店に入ったものの、月波は、これが今から夫を裏切ろうとしている女房の顔か、と内心いささかの恐怖すら感じていた。

これから見知らぬ男とベッドを共にしようというときに、夫の同僚に会ったら、少しはきまり悪がるとか、どぎまぎするぐらいの後ろめたさはあるものではないだろうか。それが泰子ときたら……。

「皆さんお元気ですの?」

とにこやかに話しかけて来る。

南泰子は紀子よりやや若いが、それでも四十歳にはなっているはずだ。しかし、少しも老けたとか、疲れたという印象を与えない。いわば生活感というものが感じられない女性なのである。

南の家だって格別金持というわけではないのだから、当然泰子が炊事、洗濯をしているはずだが、その情景がどうにも想像できないのだ。——飛びきりの美女、というのではなく、ちょっと男心をくすぐるような、流し目タイプ（そんな言葉があるのかどうか……）の、可愛い女、なのである。

一緒に食事をとり、ワインなど飲みながら、月波はどうにも落ち着かなかった。店を出て一旦別れて、また部屋で顔を合わせるというのは、どうも間が悪い。しかし、この席で、そんな話を持ち出すわけにもいかない……。

「平日なのに、ずいぶん混んでますわね」

と南泰子が言った。

「全くです。儲かるでしょうね」

「ご存知？　最近はこういう一流ホテルが、浮気の場所に選ばれるんですって。ラブホテルと違って、そこへ入ったからって浮気とは限らないでしょ。だから、後でばれても言い逃れができるという利点があるようですわ」

呆れたもんだ！　月波は南泰子の言葉に、答えるすべを知らなかった。

今から見も知らぬ男と寝ようという女が澄ました顔でこんなことを言うのだから、呆れる外はない。

「ロビーなんかでぼんやり座っていると愉快ですよ」

と泰子は続けて、「待ち合わせてフロントの方へ行く男女——見れば、ああこれは浮気だな、とか恋人同士だな、とかすぐに分りますもの」

「そ、そんなもんですかね」

「ええ。男性の方は目の光が違いますわ」

「目の光が？」

「そう。何というのかしら……。女性を見ていても、ただ見ているんじゃなくて、服の下を想像しながら見ている、ってことが分るんです」

「はあ……」

「女性の方だって、少し上気した顔をしててね。女性は期待だけだってある程度は興奮しちゃうんですもの」

月波は完全に泰子に呑まれていた。ワインが入って少々舌が滑らかになっているのかもしれないが、それにしても、かつて会社で職場の花だった頃の泰子が、こうも……。いや、俺だって、あれこれ言えた義理ではない。

何しろこれから彼女を金で抱こうというんだからな。

「もう少しワインが欲しいわ」

目のふちをほんのり赤くして、少々酔った様子。「月波さんはいかが？」

「い、いや、僕はもう……」

「お帰りにならないと、奥様が怖いの？」

と冷やかすように見る。

「そうじゃありませんが……七時に約束がありまして」

「あら、そうだわ！　私も忘れるところだった」

と泰子は腕時計を見る。「もう七時。行かなくちゃ」

ちょっと伝票を取り合ったが、ここは月波が持つことになって、

「ごちそうさま。月波さん、優しいのね」

などと泰子がくすぐる。「――私たち、ホテルの人からはどう見えるかしら？」

月波が支払いをしていると、後ろで泰子が、

「九〇七、九〇七……」

と呟いているのが耳に入って来る。部屋のナンバーを思い出しているのだろう。まさかそのキーが月波のポケットにあろうとは思うまい。

「さ、行きましょう」

と泰子を促して店から出ると、

「お客様！」

と、ウエイトレスが追いかけて来た。「お部屋の鍵を落とされましたよ」

ウエイトレスはごていねいにナンバーを見て、「〈九〇七〉。間違いありませんね」

と念を押す。

南泰子が目をパチクリさせているのを横目で見ながら、月波はキーを受け取った。

――二人は店を出たところで、しばらく黙って立っていたが……。

先に口を開いたのは、泰子の方だった。

「それじゃ、月波さんなの」

今さら否定したって仕方ない、と覚悟を決めると、月波は一つ咳払《せきばら》いして、

「そうなんですよ。妙な巡り合せで……その……断り切れなくって」

ここまで来ておいて、断り切れなかったというのも妙なものだが。

「驚いた！　――月波さんが、人妻を買うなんて、思ってもみなかったわ」

「そんな大声を――」

とあわてて周囲を見回す。「こっちだってびっくりですよ。あなたの写真を見て、目を疑いました」

泰子はちょっと考えていたが、やがて少し斜めに、色っぽい目つきで月波を見て、

「私に意見するつもりでいらしたのね？」

「ええ……まあ……そんなところです」

「じゃ、お部屋でゆっくりお叱りを受けるわ。こんなところで泣いて許しを請うのもみっともないでしょ？」

「そうですね。じゃともかく部屋へ――」

無理に今から試験の監督に行く教師みたいないかめしい顔をして、月波は泰子の腕を取っ

た。

「エレベーターは反対の方よ」

「あ、そうですな。エスカレーターがあるかと思って」

「デパートじゃあるまいし」

エレベーターへ乗ると、係の女性が、

「何階でございますか？」

と訊く。月波は、

「九〇七階」

と答えた。


「いいお部屋ね」

と泰子は、セミダブルのベッドが二つ並んだ、広い室内を見渡した。それから、ソファに腰をおろして、バッグからタバコを出して、火を点《つ》ける。

月波の方はどうしたものやら分らず、突っ立っていたが、

「――もう長くやってるんですか？」

「そうね。一年ぐらいになるかな」

「どうしてこんなことを始めたんです？」

「そのわけは言葉じゃ説明しにくいわ」

泰子はやおら立ち上ると、面食らっている月波につかつかと近寄って来て、いきなり抱きつき、唇を合わせた。月波も、確かに、こいつは言葉では説明できない、と思った。泰子が服を脱ぎ始めたときも、月波のネクタイを外したときも、そう思った……。

ついにやってしまった。

ベッドの中に、裸の南泰子と寄り添って、月波はそう思った。

泰子が体を起こして、訊いた。

「——何を考えてるの？」

「ずいぶん色々なことをしたな、と思って……」

「色々な？」

と不思議そうに、「まだ一回だけよ」

「いや、つまり……これで僕は浮気をしたわけだ」

「そりゃそうね」

「その他にも、同僚を裏切り、妻を裏切った。何カ月分かの小遣いをフイにした。子供に自信を持って説教できなくなった」

「まだあるの？」

「ああ……。考えれば色々と」

「つまり後悔してるのね」

「いや、後悔はしていない。本当ですよ。うちの奴とは大違いで、本当に素敵だ。でも——他の女性にすべきだった。会社へ行っても、ご主人の顔をまともに見られない」

「あなたのしたことは単純よ」

と泰子は言った。「女を一人買った。それだけよ。相手はNo.3。名もなくて顔もない。ただの番号よ」

「そりゃまあ、分りますが、なかなか、そうは割り切れないもんですよ」

「善人ね、あなたは」

と泰子はちょっと笑った。

「どうしてこんなことを始めたんです?」

「女に戻ったからでしょうね」

「女に戻った?」

「子供が大きくなって、もうあまり手もかからなくなると、女は母親から女へ戻るのよ。でも父親の方は、その間に課長になったり、ゴルファーになったりして、妻が女に戻ったことに気付かないんだわ。——主人もこのグループに入ってるのね?」

「ええ。——まだ、実行しちゃいませんが」

「私のこと、月に一、二度しか抱いてくれないくせに」

と泰子は息をついた。

妻が女に戻る、か……。月波は思った。そういえば、紀子の奴だって、例外ではないかもしれない。俺はあんまり構ってもやらないが。

「うちの女房は入ってないでしょうね」

「まさか。——でも、他のメンバーなんか知らないから、分らないけど」

紀子はそんな女じゃない。いくら夫が物足りないからといって……。それに表へ出るにしても、夜遅く帰るというようなことはない。

「どうするの？」

と泰子が訊いた。「まだ時間はあるわ。これで終りにする？　それとも——」

月波は見始めたＴＶを途中で消すことは決してしない性格であった。そこで、「それとも」の方を取ることに決めるのに、数秒とはかからなかった。

明日に波乱が

「本当なら主人がご挨拶申し上げなくちゃいけないんですけれど……」

紀子は中神雄二に紅茶を出しながら、言った。

「いや、どうぞお気づかいなく」

二枚目の家庭教師は、魅力的な微笑を浮かべた。紀子は半ばうっとりとそれを眺める。何年ぶりかの「うっとり」である。普通、結婚生活に「うっとり」ということはめったに存在しないものなのだ。

最初の授業を終えて、夕食を出し、今は一息ついているところだった。

「努、あなたは上へ行ってなさい」

と紀子が言うと、努はクッキーを三つ一度に頬ばって出て行った。「――本当に行儀の悪い子で困りますわ」

と紀子は照れたように笑ってから、

「あの――いかがでございましょう？　努はどうも算数の方が苦手で……」

「そうですね」

中神は紅茶のカップを置くと、両手を組んで天井を見上げ、しばらく考え込んでいた。それからやおら口を開いた。

「まあ今のままでは絶望的でしょう」

紀子は一瞬、顔から血の気がひくのが分った。そう期待を持っていたわけではないし、我が子が天才であるという幻を抱いているのでもないが、しかし、こうもはっきり言われたのでは……。

「さ、さようでございますか」

「今の状態では、私立中学合格は無理と申し上げる他ありません」

「そ、そこを先生のお力で何とかなりませんでしょうか？」

「今までの家庭教師の教え方がなっていないのです。あれでは分るものも分らなくなる」

中神はズバズバと物を言った。

「努君は決して馬鹿ではありません。まあ僕のような特別の天分に恵まれた者と比較しては気の毒ですが、人並みの理解力は持ち合わせています」

紀子は少しホッとした。中神は続けて、

「僕もできる限りのことはします。しかし、何といっても週一度しか努君をみることができないのですから……」

「あの——他の先生はお断りしてもよろしいんですが、何度かいらしていただくわけには参りませんでしょうか?」

「そうですねえ……。都合がつくときにお邪魔するとしても、そう何度もは無理です」

「はあ……」

「ここで大切なのはですね、ご両親が一緒になって勉強することです」

「あの……私どもがですか?」

紀子は目を丸くした。算数といっても、家計簿をつけるのに必要なのは、足し算、引き算ぐらいである。それも今は電卓任せ。

「私は、全然分りませんけれど……」

「ご心配なく」

と中神は言った。「僕が教えてさしあげます」

「先生が私に……算数を教えて下さるんですか?」

紀子は思わず訊き返した。

「そうです。――といっても、もちろん問題集をやったり、という所までは必要ありません。しかし子供にとっては、親が自分と一緒になって勉強しているんだと思うことが、非常に大きな励ましになるのです」

中神は、まるで精神分析医の如く、流れるような調子でしゃべった。紀子はすっかり呑まれてしまい、黙ってコックリと肯くだけである。

「お分りですか?」

と訊かれて、あわてて、

「はい、よく分りました」

と答える。「では私も一緒に先生の授業を受ければよろしいのでしょうか?」

「いや、いきなり聞いても理解できないでしょう。基礎は別に教えてさし上げます。料金はいただきませんから、ご心配なく」

「あ――いえ、そんなことはいけませんわ」

「これも努君を教えるための手段ですから。ただ僕もあまり時間がありません」

「申し訳ありません、お忙しいのに」

「いかがでしょう? 僕のアパートへいらしていただけませんか?」

中神の言葉に、紀子はドキッとした。

「ああお腹空いた」

久子はぼやきながら家へと急いでいた。いくら遅くなっても夕食は家で食べる、というのを鉄則としているのだ。

もちろん、外で食べてもどうということはないだろうが、「真面目な子」であることを常に両親へ印象づけておく必要がある。ともかく、疑われるきっかけを作らないことが大切なのだ。

玄関の前まで来て、久子は口に手を当ててハアッと息を吐き出した。自分の息の匂いをかいでみる。——大丈夫。タバコの匂いは残っていない。ちゃんとガムをかんで消すようにはしているが、念には念を入れて悪いことはない。

玄関のドアを開けて、

「ただいま」

と言いかけ——目の前に、ちょうど靴をはいている青年と顔を見合わせた。

「あ、失礼しました」

「あら、久子、お帰り。こちらは努の新しい家庭教師の中神先生よ。娘の久子ですの」

「初めまして」

久子は頭を下げると、上って奥へ引っ込んだ。

「素敵なお嬢さんがおいでですね」

と中神は微笑みながら言った。

「お母さんによく似ていらっしゃる」

「まあ、そんな――」

紀子が赤くなった。玄関の方へ聞き耳を立てていた久子は、

「ふん、気に入らない奴！」

と呟いた。

久子が、母と中神の、玄関での話に耳を傾けていたのは、決して立ち聞きの趣味があるからではない。ちらりと見ただけだが、どうにもあの中神というのが、うさんくさく思えたからなのである。

「それではお待ちしています」

と言って、中神は出て行った。――お待ちしています？　何のことだろう？　逆に母の方がそう言うのなら分るが。

空いたお腹へ一気にご飯をつめこみながら、久子は、

「良さそうな先生じゃないの」

と言ってみた。紀子は嬉《うれ》しそうに、

「そうでしょう？　凄い秀才なんですって。それにとても熱心に教えて下さるのよ」

「帰り際に『お待ちしてます』って言ってたけど、何なの？」

「え？　あ――それは――」

紀子はあわてて必死に答を考えた。中神のアパートへ行くことは、やはり他の家族には黙っていようと思ったのだ。

「どうってことじゃないのよ。――努のことでね、ちょっと電話することになってるの」

「ふーん」

大して興味のないような顔で、久子はお茶を飲んだ。――お母さんは嘘をつくのが下手くそなんだから。これじゃ非行に走っても、たちまちばれちゃうわね。

どうも怪しい。このあわてぶりといい、あの家庭教師のことを話すときに頬を紅潮させている様子といい……。まさか、とは思うけど、あの男、お母さんを……。


「何か分った?」

久子が入って行くと、努が振り向いて訊いた。

「え? ――ああ、例のケンって子のことね。そうすぐには分らないわよ。任しときなさい。私の手下は優秀なんだから。ちゃんと調べ出して来るわ」

「姉さん、凄いんだなあ。驚いちゃった」

努の目には尊敬の念が溢れている。

「絶対に秘密よ」

「口が裂けたって言わないよ」

「ところでさ、今日来た家庭教師、どう?」

「どう、って? ――親切に教えちゃくれるけど……」

「何なの?」

「ちょいちょい簡単な計算間違いするんだ。大して秀才とも思えないけどな……」

「計算違い？」

東大大学院生の秀才が？　久子は腕組みして考え込んだ。――どうも気に入らない。しかし、母は若い男が誘惑したくなるほどの魅力ある中年女とは言えない。娘の目だからといって、その辺は久子の判断力は確かである。すると、他に何か目当てがあるのだろうか？


その頃、月波と南泰子は、何度目かの対戦を終え、疲れ果てて――もっとも、疲れたのは主に月波の方だが――やっとシャワーの段階に達していた。

「月波さんって粘りがあるのね。びっくりしたわ。そうは見えないもの」

紀子と比べて十歳も違うかと思える、むだな肉のついていない裸身を、熱いシャワーが包むように滑り落ちて行く。

「そうかなあ」

半分お世辞と思っても、そう言われると満更でもない。

「奥さん、お幸せね。羨《うらやま》しいわ」

「いや、うちの奴相手じゃ、とてもこうは行かないよ」

と、口調もぐっと砕けて来る。「何しろ味も素気もない女だからね」

「あら、そんなこと言って……」

と半ば笑いながらにらんで、「いつも家庭円満って顔してるわ」

「波風がないってだけさ。別れるのも面倒だから一緒にいるってわけでね」

「大ていの夫婦はそんな所かもしれないわね。——さあ、そろそろ帰り仕度をしなくちゃ」

ここへ来て、月波は、会社の南の机に泰子の写真が入っていたことを、やっと思い出した。何しろ夢中でそれどころではなかったのだ。

しかし、今のところ、南が怒鳴り込んで来るでもなし、別に気付いてはいないのだろう、と思った。

「仕上げに一杯、下のバーで飲んで行きましょうよ」

と部屋を出てエレベーターの方へ歩きながら泰子が言った。

「いいのかい?」

「少しアルコールを匂わせて帰った方が、怪しまれなくていいわ。それに石けんの匂いが残っているから」

そうか。そこまでは気付かなかったぞ。泰子に言われて、月波はヒヤリとした。さすがにベテランは注意すべき所を心得ている。

「部屋のキーはどうするんだろう?」

「出かけるような顔をして、フロントへ置いていけばいいの。後は巧くやってくれるのよ」

「そうか。——じゃ、ともかく飲もう」

バーへ入って二人は水割りを飲んだが、泰子の方がピッチが早い。月波はびっくりした。

「君、会社にいた頃は飲まなかったな」

「そうだったかしら？　飲まない頃のことなんか忘れちゃったわ」

泰子の言い方には、ちょっと月波をハッとさせるような、やけっぱちな調子があった。やはり何かこうなるきっかけがあったのだろう。ただ、退屈だというだけで売春をやる女性ではないのだ……。そのとき、急にすぐそばで、

「あら、月波のおじさま」

と若い女の声がした。

バーで若い女性に声をかけられれば、普通は嬉しいものだが、例外は何事にもあるもので、自分が浮気の相手と一緒で、声をかけて来たのが、娘の古い友人だと言うのは、ほぼ最悪のケースと言ってもいいだろう。

西谷正美という、その娘は、長女の岐子と中学生のときからの友人で、岐子と同じ大学に通っている仲だ。当然のことながら、年中月波の家にも遊びに来て、顔はよく知っている。

人違いでしょうととぼけるわけにもいかず、

「やあ、どうも」

と渋柿を飲み込んだような顔で言った。

「お久しぶりです」

「そ、そうだね。——君、お酒飲んでたの？」

「ええ」

と正美はクスッと笑って、「二十歳に見えるでしょ？」

そう。岐子に比べて正美は昔から大人びていた。ちょっと地味なワンピース姿は、二十二、三に見える。しばらく見ない内に、胸の膨《ふくら》みがまたぐっと豊かになったな、と月波は思った。やせ型の岐子と対照的に、グラマーな魅力のある娘だ。

「おじさまは……」

と、一緒にいる南泰子の方を不思議そうに見るので、月波はあわてて、

「こ、こちらは会社の同僚の奥さんでね――」

嘘をつくのに慣れていない。つい本音が出てしまう。

「今晩は」

正美は軽く挨拶して、「おじさま、そういえば岐子さんのことで一度ご相談したいと思ってるんです」

「岐子のこと？　何だろう？」

「一度ゆっくりお会いできますかしら？」

「そりゃいいけど……」

「じゃ、会社の方へお電話しますわ」

失礼します、と正美が行ってしまうと、月波は息をついて額を拭った。

「本当のことしゃべっちゃっていいの？」

と泰子が言った。「『今、浮気した帰りなんだ』って言い出すんじゃないかと思って気が気じゃなかったわ」

「いや……とっさに言葉が出なくってね」

と頭をかく。「娘の友だちなんだ。まずかったなあ」

「今の若い子は気にもしないわよ、きっと。――じゃ、出ましょうか」

「うん……」

西谷正美の口から岐子の耳へ、岐子から紀子へと伝わるのではないか、と月波は気が重かった。酔いもさめてしまう。

別れ際、泰子はちょっと誘うような笑みを浮かべて、言った。

「ルート外で会いたくなったら、お電話ちょうだい」

いや、もう二度と、と思いつつ、月波は南の家の電話番号を思い浮かべていた。


「ただいま」

と、ごく当り前の調子で家へ入ったのは上出来だが、月波としては初の浮気の帰りである。

つい、ご機嫌を取ろうとケーキなどを買って帰って来た。

「――気に入らない」

努の部屋へ、おみやげのケーキを持ち込んで一緒に食べていた久子が、首を振りながら言った。

「何だ、嫌いなの？　じゃ食べてやるよ」

と努が手を出すのを、ピシャリとやって、

「そうじゃないのよ！」

「何だよ、痛えなあ」

「お父さんもお母さんも、変だっていうの」

「何がさ？」

「お母さんは何だかポーッとしてお風呂をつけ忘れるし、お父さんはケーキなんか買って来るし」

「何が変なの？」

「お父さん、飲んで帰って来ても、ケーキなんか買って来たことある？」

努は関心のない様子で、

「そんなの知らないよ」

と、アッという間にケーキを平らげる。

「あんたにゃ分んないわよ」

と久子は小馬鹿にしたように言う。

確かに、二人とも妙だ。――久子は、こいつは一つ調べてみる必要がある、と思った。


久子でさえ気付いたのに、紀子の方は夫の様子がいつもと違って何となく落ち着かず、上っ調子で、お茶漬を食べた茶碗を自分で流しへ運んだり、急に、

「この間、欲しがってたハンドバッグ、どうした？」

などと言い出したりするのにも、別に注意を引かれなかった。

紀子の方でも、明日、中神のアパートへ算数の勉強に行くのだ、と、そればかり考えているのだが、月波の方も今夜ばかりは妻がいやに口数が少なく、噂話の一つも出ないのに、変だと思う余裕はない。

「あなた、お茶はいかが？　お茶菓子は？」

「うん。どうもありがとう」

ＴＶのホームドラマぐらいでしか聞けない、夫婦の暖かい会話である。


「ケンの奴が、すぐにでもやろう、って言い出したらどうするのさ？」

と努が言った。

「誘拐のこと？　何とか引き延ばしなさいよ」

「何て言って？」

「そうねえ……」

と久子はちょっと考えてから、

「ケーキの食べすぎでお腹こわした、とかさ」

と言ってやった。

本当に、私一人がみんなのことを心配してやらなきゃいけないんだから！

第三章　嵐の前の騒々しさ

壁の向うで

時計を見て、紀子はびっくりした。

「まあ！　もう十時半。出かけなくちゃ」

洗濯物を干している途中だったが、そんなことは言っていられない。

中神の所へ、行かなくてはならないのだ。

「仕方ないわ、残りは明日干そう」

それに帰ってからだって、充分にできる。そんなに何時間もかかるわけはない。

紀子は、台所へ行って、冷凍庫に入れてあったおかずを取り出して、冷蔵庫の方へと移した。夕食頃には大分解凍できているだろう。

冷蔵庫を閉めようとして、ふとタッパーウエアに入れたシチューが目に止まった。

「そうだわ。これを……」

中神の所へ持って行こう。アパートでの一人暮しだ。変なお菓子などより喜んでくれるに違いない。

紀子は自分でも気付かない内に、鼻歌を歌っていた。——急いで外出の仕度をする。

さて……何を着て行くか、までは考えていなかった。しかし、迷っている時間はない。適当にスーツを選んで着たものの、何だかひどく老け込んでしまったような気がする。ブラウスを替えてみようかしら。——派手すぎるかな？　でも、これが一番上等だし。でも、こんな派手なのを着て笑われるかしら？　でも……。

何やかやで、たちまち時間は過ぎ去り、紀子が家を出たのは十一時を十分以上も回っていた。性格で、出かけるときは、戸閉りやガス、電気など、全部見て回らなくては気が済まないので、よけいに時間がかかってしまう。

ともかく、あわてて家を出てみたものの、久子ではないから、駅までマラソンというわけにもいかない。

「ええと、先生のお宅のメモは……」

とハンドバッグを探って取り出す。「あの駅だと、とっても十二時までには着けそうもないわ……」

タクシーに乗って行こうか？　いくら取られるだろう？　でも、こんなことで少々のお金をケチって先生の心証を害しては、それこそ元も子もない。努のための出費なのだから。

そう言い聞かせて、紀子は駅前のタクシーへ乗り込み、メモを見せて、

「ここまでやってちょうだい。急いでね！」

と言った。

「はいよ」

と運転手は車をスタートさせて、「若い恋人でも待ってんのかい、奥さん」

と愉快そうに言った。紀子は驚いて、

「まさか——どうして？」

「香水が匂ってるからね」

言われてみて、紀子はつい無意識に香水をつけて来たことに気付いた。いつもは、つけたことがないのに……。

「この辺だと思うけどね」

とタクシーの運転手がスピードを緩めて、言った。「そこはアパートだろ？　住所だけじゃ分らないよ」

「いいわ、この辺で訊《き》いてみるから」

紀子は料金を払ってタクシーを降りた。

結局タクシーでも時間的にはあまり変らなかった。約束の十二時を、二十分も過ぎている。

紀子はともかく、目の前の八百屋へ入って行った。

「いらっしゃいませ」

店に並べてあるトマトみたいに丸い赤ら顔のおかみさんが出て来る。

「すみません、ちょっと伺いますが、この辺に〈夕富士荘〉っていうアパートはありませんでしょうか？」

おかみさんは、ちょっと当惑顔で紀子を眺めて言った。

「夕富士荘ならうちの裏だよ」

「そうですか。どう行けば——」

「そっちの角をぐるっと回ればいいのさ」

と指さしておいて、「あんた、あそこに住んでる学生さんの母親かい？　だったら、もうちっと、みんな早く寝るように言ってくれないか」

「あの……私、そういう者じゃないんです」

「そう。じゃ、いいわよ」

と、奥へ引っ込んで行ってしまう。

学生さんが少々夜ふかしするのは当り前じゃないの、と紀子は歩き出しながら、思った。何かとやかまし屋の人はいるもんだわ。

夕富士荘は、割合に新しい、しかし、お世辞にも立派とは言えないアパートだった。モルタル造り二階建で、外廊下式。どこにでもある形のアパートだ。

「二〇四号……。二階ね、きっと」

スチールの、心もとない階段をこわごわ上って、とっつきが二〇三。一つ奥が二〇四号室だった。ドアのわきに、〈中神〉とサインペンで書いた板が下がっている。よく見ると、カマボコの板だ。紀子は思わず微笑《ほほえ》んだ。

ブザーを鳴らすと、すぐにドアが開いて、中神が顔を出した。

「やあ、もうおいでにならないのかと思いましたよ」

「申し訳ございません、遅れまして」

「いや、構いません。夕方までは暇になったんです。どうぞ。狭苦しい所ですが」

「では、お邪魔いたします」

1Kというのか、六畳一間に、二畳ほどの板の間と台所。一応、トイレと風呂はついているが、それだけの部屋だ。

中は、中神らしい几帳面さで、きちんと整理が行き届いていた。特に台所は、もちろんあまり使わないせいもあるだろうが、紀子の目で見ても、よく掃除してある。

今、若い男性のアパートにいるのだ、と紀子は思った。

紀子は、男の一人暮しの部屋へ入ったのは、これが初めてだった。夫の月波も独身のときは両親の家にいて、会社も地方勤務ということがないので、一人暮しは経験していない。

紀子は、つい、珍しい国へやって来たように、六畳間へ入って中を見回した。どうやって入れたのかと思うようなベッド、勉強机、椅子。それ以外にはファンシーケースと本棚があるだけだった。

紀子は、部屋がきれいに片付いているのに驚いた。男一人の部屋といえば、もっと乱雑で、汗くさい匂いのするものかと、漠然と考えていたのだ。

「あんまり見ないで下さい。散らかしてますから」

中神が照れたように言った。

「あ、すみません。私ったら……」

「まあ、どうぞその辺の空いている所へ座って下さい。今、お茶でも淹《い》れますから」

「とんでもない！　先生にそんなことをしていただくなんて。私、やりますわ。いえ、どうぞ、任せて下さい。――お茶の葉はどこですの?」

「すみません。それじゃ――」

と恐縮する中神に言われて、紀子は戸棚から日本茶のティーバッグを出して、やかんを火にかけた。

「いや、奥さんをここへお招《よ》びして、まずかったかな、と後悔していたんですよ」

と中神は畳に座って言った。

「あら、どうしてでしょう?」

「いや、何といったって、男一人のアパートですからね。きっとご主人が快く思われないんじゃないかと……。ご主人は何とおっしゃいました?」

「主人には、私――」

言っていません、と言いかけてためらい、「別に何とも……。よく教わって来いと申しておりましたわ」

と言い直した。

「それなら安心ですが、数学の勉強の最中に突然怒鳴り込んで来られでもしたら大変ですからね」

と中神は笑った。

「そんな心配はご無用ですわ。もうやきもちをやくほど、お互い若くはありませんし」

紀子はお茶をいれてから、持って来たシチューのタッパーウエアを小型の冷蔵庫へとしま

ったが、中はほとんど空っぽなのを見て、

「何かお入用の物があれば、お持ちしましたのに」

「いや、そんなことまでお願いできませんよ。それに自分で何か作る時間などありませんしね」

今度来るときは、色々と作って来てあげよう、と紀子は思った。言われもしないのに、紀子はここへ何度も来る気になっていたのだ。

紀子は、お茶を飲みながら、のんびりと、

「部屋をこんなにきれいにしてらっしゃるなんて。きっとどなたか女の方が掃除においでになるんでしょう?」

「とんでもない。そんな優雅な身分だといいんですがね」

と中神は苦笑した。「今日は奥さんがおみえになるので、ちょっと片付けたんですよ」

「お食事はいつもどうしていらっしゃるんですの?」

「まず外食ですね。ただ、夜中に、勉強していてお腹が空くことがあります。そんなときは仕方なく何か作りますが」

「失礼ですけど……先生、いつ東京へ出ていらしたんですか?」

「僕はもともと東京生れなんです」

「それじゃ、ご両親は――」

「ええ、まだ元気で成城の方にいますよ。そこから通えばよさそうなものですがね、実は色々と事情がありまして、家を出てしまったんですよ」

中神は、ふっと寂しげな微笑を浮かべた。紀子は、そこに今まで気付かなかった、孤独と不幸のかげを見たような気がして、ハッとした。——東大大学院の秀才といえば、親にとっても自慢だろうに、それがあえて不便な一人暮しを選んだのは、よほどの事情があるのに違いない……。

「それじゃ、色々と大変でしょう」

と紀子が言うと、中神はすぐに明るい笑顔に戻って、

「なあに、こういう暮しも気楽なものですよ、実際。——さて、お忙しいのに、こんなことをしてちゃいけないな。では、勉強の方を始めましょうか」

「はあ、実は私……」

数学なんか、もうすっかり忘れてしまっておりますので、と言おうとすると、

「大丈夫、簡単な基礎をやりさえすれば、充分なんですから」

と立ち上って、机の上をかき回し、「おっと、いけない。奥さん用にノートを用意しようと思って忘れてた。ちょっと待っていて下さい。すぐ買って来ます」

「あ、私が——」

「いや、すぐそこですから」

とサンダルを突っかけて出て行く。紀子は、ノートぐらい用意して来るんだったわ、と悔んだ。それぐらい分っていてもよかった……。

ぼんやりと部屋の中を見回しながら、紀子は座って待っていたが、その内、ふと何か、声らしいものが聞こえて来るのに気付いた。――何かしら？　耳を傾けて、紀子は赤くなった。どうやらそれは女の喘《あえ》ぐ声のようだった。

きっと、こんな学生相手の安アパートだ、壁も薄いのだろうが、それにしても、愛し合う声が、こんなにはっきり聞こえて来るなんて、と紀子は、身の置き所に困るように、もじもじしていたが、どこへ行くというわけにもいかない。

こんな昼間から、呆れたもんだわ！　今の学生というのは、全く……。

しかし、聞こえて来るものはどうしようもない。耳をふさぎたい、と思いながら、ついつい、じっと耳を傾けている自分に気付いて、紀子はあわてて座り直した。

それにしても――中神先生も、いつもこれを聞いているのだろうか？　あの人も、こういう恋人があるのかしら。

「まさか！」

あの先生に限って、そんなことをするはずがない、と紀子は確信した。若い男性なのだから、もちろんそういうことだって……ないとは言えないが。こんな、真昼間から、はしたない真似をするような人ではない。

早く終ってくれないかしら。――紀子は苛々《いらいら》と壁の向うをにらみつけた。にらんだってどうなるものでもないのだが。

中神が帰って来て、あの声が聞こえていたら、何とも気恥ずかしいだろう。帰る前に終らせてくれたら……。よほど壁を叩いてやろうかと思ったが、妙なインネンでもつけられては、と思ってじっとこらえる。

やがて、終ったとみえて、静かになる。ホッとした所へ、中神が戻って来た。

「やあ、すみません、お待たせして。近くの文房具屋が休みだったもんですから」

と、真新しいノートを紀子の前に置いた。

「まあ、何十年ぶりかしら、ノートなんて」

と紀子は笑った。

「じゃ、始めましょうか。——小学生の数学といっても、以前とはずいぶん内容が変っていましてね……」

「はあ」

中神が自分のノートを出して来る。机が二つはないので、畳の上で差し向いという格好にならざるを得ない。

「まず概略からご説明しましょう」

中神がノートをめくっていると、隣からまた女の喘《あえ》ぐ声が洩れ聞こえて来て、紀子はギクリとした。二回も、昼間から！　何ていう人たちだろう！

紀子が照れかくしに咳払《せきばら》いをすると、中神は顔を上げて、

「お風邪ですか？」

「いえ、別に……」

紀子は当惑した。あんなにはっきりと声が聞こえて来ているのに、中神は一向気にする様子がない。もう慣れっこなのかもしれないが、それにしても、何か一言あってもよさそうなものだ。――中神は〈授業〉を始めた。

中神の授業は一時間ほど続いたが、紀子はほとんど頭に入らなかった。なにしろ数学などというものが、この世に存在するという実感を失って、すでに久しい。今さらあれこれと説明されても、一向に頭へ入らないのは当然ではあったが、そればかりではなかった。

隣からの〈声〉である。いや、それに対して、中神が気付いてもいない様子なのが、紀子には不思議でならなかったのだ。本当に、まるで――そんな声など聞こえてもいないというように見える。こんなにはっきりと、いやになるほど伝わって来るというのに……。

「――今日はこの辺にしておきましょう」

中神はノートを閉じた。「あんまり一度に色々なことをやっても、混乱するばかりでしょうからね」

「どうもありがとうございました」

と紀子は頭を下げた。――隣の声も、いつしか聞こえなくなっている。

「もう一杯、お茶でも」

「いいえ、もう失礼しなくては……」

思いの外長居してしまった。努も学校から戻るだろう。もう帰らなくてはならない。

「そうですか。では、またおいでいただけますか」

「ええ、もちろんですわ。先生はいつがご都合よろしいんでしょうか？」

「そうですね、明後日ならば――」

「分りました。同じ時間でよろしいんでしょうか？」

「ええ、結構です」

紀子は立ち上りかけたが、ふと、言葉が口をついて出た。

「お隣の方は……」

「え？」

「いえ――こんなことを申しては何ですけれど、お隣はいつもあんな風でいらっしゃるんでしょうか」

「隣――ですか？」

中神は左右を見て、「どっちの方でしょう？」

「あの、こっちの方ですけど……」

「こっちは今空室なんですよ」

紀子は一瞬ポカンとしていたが、

「でも……ずっと、声が……」

「声がしましたか？　じゃ、きっと、どこか他の部屋でしょう。何しろ安普請ですから」

と中神は笑った。

「はあ……」

どういうことだろう？　紀子は中神のアパートを出て、タクシーを拾おうと広い通りへ向って歩きながら思った。先生は、全くあの声を聞いていないようだ。

「まさか、そんな……」

あれは自分の妄想だったのかもしれない、という思いに、紀子は啞然とした。

極秘捜査

「通称ケン。本名、野島賢一」

と、久子はメモを読み上げた。

「その子が黒幕なのね」

と、喫茶店に集まった久子の〈手下〉たちの一人が訊いた。

「というより、このケンって子の裏に、誰かいるんじゃないか、って気がするのよ」

と久子は言った。

「何だかややこしいのね」

「それを一つ調べてほしいの。この子の家に近いのは……すみれ、あんたどう？」

「OK。任せといて。バッチリ洗い上げてやるわ」

すみれと呼ばれた、とんがった感じの、メガネをかけた娘がタバコを灰皿へぐいと押しつぶしながら、肯く。

「でも、相手に大人が絡んでるようだと、甘く見てかからない方がいいわよ。一人じゃ無理でしょ。ユリ子、あんたすみれを手伝っておあげ」

「はい」

小柄で、ちょこまかした感じの娘が肯く。

「途中で報告をちょうだい。早目、早目に対応していかないとね」

「了解。じゃ、早速かかるわ」

「お願いね」

「近所の評判や噂の聞き込みから始めるのがいいと思うけど」

「任せるわ」

「じゃ――」

とすみれが、ユリ子を従えて店を出て行く。機動性の高さが、久子のグループの特長の一つである。

「――久子。でもさ、その計画に乗ると、あなたの家が破産するんじゃない?」

「心配してくれるのは嬉《うれ》しいけど、それぐらい、私だって分ってるわよ。調査結果次第で考えるつもりよ」

「考える?」

「そう。――誘拐されるのが何もうちの弟でなくたっていいわけよ。そのケンって子の方でもね」

ホッと、感心したようなため息が一同の口から洩れた。久子の考えることは、さすがに一歩先へ行っているのだ。

「――ところでね、これは私の個人的なことなんだけどさ」

久子は、もう一つのメモを取り出した。

「こいつのことをちょっと調べてくれないかな、誰か」

それは中神雄二の住所だった。昨夜の内に、母親がしまい込んでいたメモを見付けて写して来たのだ。自分は中神に顔を見られてしまっている。

「私のうちに近いわ。やるわよ」

「悪いね。日当払うから」

「そんな、堅苦しいこと――」

「これは私の個人的な依頼だからね。それはちゃんと払うわ」

そういうところがリーダーとして久子がみんなに信頼される一因なのである。

「この中神雄二って何者なの?」

調査を引き受けた、手下の千春が久子へ訊いた。

「うちの弟の家庭教師なの」

と久子は説明した。「東大大学院の秀才ってふれこみなんだけどさ、どうもうさんくさいのよね」

「分った。任せといて」

「お願いね。何か分ったら、その都度連絡してちょうだい」

「了解。じゃ出かけて来る」

千春が出て行くと、久子は残る面々の顔を見回して、

「さて、他に何か？」

と訊いた。「特になければ解散しましょうか」

表へ出て、みんながバラバラに散って行くと、久子も、ごく当り前の中学三年生に戻るのである。

「さて、今日はどうやって時間を潰すかな……」

このまま帰っては、午後の授業をさぼったのが分ってしまう。

「そうだ」

お姉さんのアパートへ行ってみよう。留守にしてることが多いから、電話してから来いって言ってたけど、行って、いなけりゃ帰ってくればいいんだし……。

どうせ時間はあるんだから。——久子は、そう決めると活発な足取りで歩き出した。

月波は、昼休みになると、早々に席を立って一人で食事に出た。ぐずぐずしていると、南に誘われそうな気がして、逃げ出したのである。

浮気した翌日に、その相手の亭主と平然として昼食を共にできるほどの度胸を、月波は持

ち合わせていなかった。

実際、午前中は、南がこっちをにらんでるんじゃないか、トイレで待ち伏せして襲って来るんじゃないか、とあれこれ気を回してばかりいて、一向に仕事が手に付かない有様だったのである。

「こんなことでどうする！　全く、だらしがない！」

と独《ひと》り言を言いながら、ソバ屋へ入って、軽く昼を食べ、いつも入らない喫茶店に落ち着いた。いつもの店では、南に会うかもしれない、と思ったのだ。

まあ、今のところ、南は全く気付いていない様子だ。——しかし、考えてみると、まずいこともある。

あの「浮気のセールスマン」の口から、昨夜、月波がホテルへ行ったことが知れるかもしれないということである。もし耳に入れば、どうして俺には黙っていたんだ、と腹を立てるに決っている。

それをどう説明したらいいのか……。

このまま南が何も知らずにいてくれたらいいが。

仕事に気が乗らないときに限って、昼休みはあっという間に終ってしまうものである。

一時になって、社へ戻った月波が、席についたものの、すぐに仕事にかかる気になれず、タバコをふかしていると電話が鳴った。出てみると聞き憶えのある声——。

「昨夜はいかがでした？」

あのセールスマンだ！　月波は素早く南の方へ視線を投げた。南は何やら部下と話し込んでいる。

「うん……。大変結構だったよ」

「ご満足いただけましたか。それは幸いです。南様には黙っていた方がよろしいですね」

「そうしてくれると助かる」

気のきく奴だ、と月波はホッとした。

「では来月、またご連絡いたします」

と言ってから、「会費は続けてお払い込みいただけますね？」

と念を押して来る。

「ああ、もちろん」

月波は受話器を置いて息を吐いた。――これで南には知られずにすみそうだ。

そうなってみると、また来月が楽しみになって来る。もちろん南泰子も魅力的ではあるが、一人に深入りするのは間違いのもとだ。毎月なり二月に一度なり、その都度、違う女を抱けるとなれば、まずいことになる心配もないし、常に新鮮である。

「次はどんなのが来るかな……」

さっきまでヒヤヒヤしていたことなどケロリと忘れて、月波がニヤついていると、また電話が鳴った。取ると、交換台からで、

「お客様がご指名で苦情を言いたいとかけて来られています」

月波は渋い顔になった。いいことばかりはないもんだ。

「いいよ、つないでくれ。——もしもし、月波でございますが」

フフ、と忍び笑いが聞こえて、

「私、南泰子よ」

「何だ……。人をからかって」

「だって、南の家内ですけど月波さんを、って頼むわけにもいかないでしょ。ゆうべは奥様に怪しまれなかった?」

「いや、別に。君の方は?」

「主人はずいぶん遅かったもの。心配ないわ。——ね、月波さん」

「え?」

「私、あなたのこと、忘れられないの。ねえ、もう一度抱いて下さいな」

甘えたような声が、あたかも電流の如く月波の体を貫く。「おいやかしら?」

「そ、そんなことはないけど……」

「主人には絶対分らないようにするわ。ね? 二、三日の内にまたお電話するから。それじゃ……」

月波は何だかフワフワと空中遊泳の気分だった。あの南泰子が、俺のことを忘れられない、だって? 思わず顔の筋肉がゆるんだ所へ、また電話が鳴った。

よく電話のかかる日だな、全く。

月波が受話器を上げると、また交換台からだった。この電話は直通だが、交換からもかかるようになっている。

「西谷さんという方からです」

西谷？　誰だったかな。

「もしもし、月波のおじさま？」

と若い女の声が飛び出して来て、やっと分った。長女の岐子の友人、西谷正美だ。そういえば、昨夜、南泰子とホテルにいるのを見られてしまったが……。

「やあ、どうも」

「昨晩は失礼しました。お仕事中ごめんなさい」

「いや構わないよ。ああ、何か岐子のことで話があるとか言ってたね」

「そうなんです。彼女、今困ってるみたいなの。——男の子のことで」

「何だか二人ボーイフレンドがいるとかって女房に話してったそうだが」

「そうなんです。ちょっとややこしいことになってて……。一度お会いしてお話ししたいんですが」

「ああ、そりゃ構わないよ」

「じゃ、お昼休みのときにでも、そちらの近くへ行きます。明日、よろしいですか？」

「うん、待ってるよ。近所で電話してくれたまえ」

と受話器を置こうとすると、

「——おじさま、昨日の方、なかなかチャーミングでしたね」

と西谷正美がからかうような調子で言った。

「おいおい、変に気を回さないでくれよ」

「大丈夫。至って口は固い方ですから。それじゃ明日」

全く……どうして急にもて始めたのかな、と月波は思った。俺もそろそろ中年の渋みというやつが出て来たのかもしれない。

——月波はネクタイをしめ直した。


窓が開いている。

「いるんだな」

と、久子は呟《つぶや》いて、アパートの階段を軽い足取りで上って行った。

姉の岐子が借りているアパートは、まあ世間並みのアパートよりは多少上等で、家賃も高いが、洒落《しやれ》た造りである。親から家賃を出してもらっている岐子のような女子大生なども何人か入っているらしい。

二階へ上って、〈二〇三〉という部屋の前へ。〈月波〉という表札にスヌーピーの絵が描き添えてある。少々幼いところがあるのよね、お姉さんには。

ドアの把手に手をかけて、ふと、室内の物音に気付く。耳をそばだてると、どうやら、成人向指定、十八歳未満お断りの行為の最中らしい。——お姉さんったら!

久子とて、我が身を省《かえり》みれば、岐子が男と寝たからといってあれこれ言える立場ではないのだが、そこは妹である。せっかく訪ねて来たのに何たること、と腹を立てて、

「邪魔してやろ」

やおら、ドアをぐいと開ける。

「お姉さん！」

「キャッ！」

と悲鳴を上げて、飛び上りそうになった半裸の女は、岐子ではなかった。

「あら、ごめんなさい。——お姉さん、いません？」

二人とも大学生らしい。渋い顔で、起き上る。女の方がブラウスの前を押えて、

「あなた岐子の妹さん？」

「そうです」

「ちょっと今、出かけてるわ。それで部屋を借りてたの」

「すみません、邪魔しちゃって」

と久子は微笑んだ。「でも鍵はやっぱりかけといた方がいいですよ」

「そうね、そうするわ」

「じゃ、どうぞ続きを」

久子はにこやかに言って廊下へ出ると、ドアを閉めた。

やれやれ、この分じゃ、お姉さんだって当然純潔無垢《むく》ってわけにいかないようね。

さて、どうしよう、と迷いつつ、階段の方へ歩いて行くと、えらく急ぎ足で駆け上って来る若者があった。

久子のことなどまるで目に入らない様子で、すれ違ったその若者は、岐子の部屋の前で立ち止った。そしてチャイムを鳴らそうとするので、見ていた久子は、

「あの――」

と声をかけた。「そこ、今は留守ですよ」

若者はびっくりしたように、久子を見た。二十歳前後の、セーターにジーンズというスタイルだが、どことなく学生には見えない。久子の、そういう目は確かである。

「君は?」

とその若者が訊いた。

「月波久子といいます」

「じゃ、岐子さんの妹?」

「ええ。――今、中で奮戦中なのは他の人たちです」

若者はやっと中の様子に気付いたらしい。愉快そうに笑って、

「面白いこと言うね、君は」

人なつっこい、優しい笑顔だった。

「お姉さんのお友だちですか?」

「うん。平田っていうんだ。――君、お姉さんに会いに来たんだろ?」

「そうです。でも、前に電話しておかなかったから……」

「じゃ、少し待ったら？　向いにスナックがあるよ」

平田と名乗った若者がそう言って久子へ微笑みかけた。

平田淳史、というのが若者の名だった。

昼は喫茶、夜はスナックという小さな店へ入って、平田は久子にクリームソーダをおごってくれた。

「働いてらっしゃるんでしょ」

久子の言葉に、平田はちょっとびっくりした様子で、

「そうだよ。僕のこと、姉さんから聞いたのかい？」

「いいえ。何となく、感じでそう思ったんです」

「働くったって、喫茶店のバイトだけどね。きつい割には給料安いし」

「どうして普通の会社へお勤めしないんですか？」

「高校中退じゃ、なかなか使ってくれないのさ。働く気はあるんだがなあ」

よく、バイトで生活費ぎりぎりだけ稼いでそれがなくなるまで遊んで暮すという種族がいるようだが、この人は、その手の人とは違う、と久子は思った。

高校中退というのも、ぐれたとか、そんなせいではなさそうだ。きっと何か事情があったのだろう。

「一度お店に行きたいわ。どこですか？」

と久子は訊いた。店の名と場所を聞いて憶え込むと、こいつも一つ身許調査をしてやろう、と思った。怪しんで、というわけではない。何となく、詳しく知りたいと思わせるような若者なのである。

あの〈東大大学院〉のエリートなんかより、よほど人間的な魅力を久子は感じた。

「お姉さん、恋人のことなんか一言も言わないんですよ」

「そう？　でも、長松って奴のことは聞いてないかい？」

「いいえ。大体あんまり帰って来ませんし。長松って誰です？」

「彼女の先輩だよ。どこかの社長の息子だとかで、凄《すご》いスポーツカーでよく彼女を迎えに来てる」

久子は、平田の口調に、苦いものが混じっているのを感じた。この人、お姉さんに惚れてる。

「でも、恋人ってほどでもないんでしょ。何も言わないくらいですもの」

「でもねえ……。気になるんだ」

「何がですか？」

「――いや、君に言っても仕方ない。あ、お姉さん、帰って来たんじゃないか」

ガラス越しに通りを見ると、岐子が、スーパーの紙袋をかかえてやって来る。

「さあ、行っていいよ」

「あなたは？　姉に用なんでしょ？」

「いや、もういいんだ。僕と会ったことは黙っていてくれないか」

久子はちょっとためらってから、

「分りました」

と肯いた。

岐子の四角関係

スナックを出て、久子は声をかけた。

「お姉さん」

「あら、久子！　来てたの」

買物帰りにしては、何となく重苦しい様子だった岐子は、久子を見て、嬉しそうに声を弾ませた。

「部屋へ行ったんだけど、〈使用中〉で」

久子がとぼけた顔で言うと、

「いやだ。まだ終ってないのかしら。しつこいのよね、あの二人」

と顔をしかめる。

「お姉さん、あの人たちに部屋を提供してるの？」

「提供してんじゃないわ。お金とって貸してるのよ」

「料金とるの？　ラブホテル並みだ」

「これも小遣い稼ぎよ。行きましょう」

「でも、まだ――」

「いいのよ。終ってなかったら超過料金を取り立てるから」

「厳しいのね！」

久子は思わず笑いながら言った。二階へ上ると、ちょうど岐子の部屋二〇三号室から、さっきの男女が出て来たところだった。

「ありがと、岐子。お代《だい》はいつもの所へ置いといたからね」

と女の方はサバサバした様子だが、男の方はかなりばてているらしく、眠そうな、トロンとした目をしている。

大変ね、男性っていうのは。久子は同情したくなった。こんな顔してまでセックスしたいのかしら？

そういう面では、久子も男性をよく理解しているとは言い難い。中学三年で総てが分っていたら、それこそ恐ろしい話であるが。

「さ、換気、換気！」

部屋へ入ると、岐子は窓を開け放った。「そのスーパーの袋にシュークリームが入ってるわ。一緒に食べよう。お湯沸かしてくれない？」

もとより久子はまめな方である。手早く紅茶を淹《い》れると、姉と二人でシュークリームをパクついた。

「お姉さん、悩みごと？　さっきえらく深刻な顔で歩いてたわよ」

岐子は久子の顔を見て、

「そう？　まあ……悩みといえば悩みね」

「男性問題？」

「女性もからんでるの」

「へえ、お姉さん、レズの傾向があるの？」

「違うわよ。——言うなれば四角関係ね」

「ややこしそうね」

「そうよ。あんたが羨《うらやま》しいわ。私も中学生の頃は純情だった……」

とため息をつく。

「一体どうなってんの？　最初から話して」

「つまりね、こうなの。今、お付き合いしてる男性が二人いるのよ。一人は喫茶店で働いてる平田君っていう人。もう一人は大学の先輩で長松って人なの」

平田はさっき久子にクリームソーダをおごってくれた青年だ。久子はなかなか好感を持った。

「で、お姉さんはどっちが好きなの？」

岐子は苦笑して、

「そんなに単純なもんじゃないのよ、恋愛っていうのは」

そうかなあ、と久子は思った。久子には、いわゆる恋愛というやつの経験はない。誰かにのぼせ上るには、ちょっとさめすぎているのかもしれない。

それは久子の持って生れた性格でもあって、岐子の方が、どこか頼りない、末っ子っぽい感じがするようであった。

「女の意地とかね、色々と絡んでて……」

と岐子はため息をついた。「それに好きな相手、必ずしも結婚相手とは限らないじゃないの」

「そりゃそうかもしれないけど……」

「まあいいわ。あんたに話したって仕方ないもの。——何か用で来たの？」

久子は肩をすくめて、

「午後の授業がお休みで早く終ったもんだから来てみただけよ」

「そう。部屋にいてもつまんないね。その辺に出る？」

「私はいいけど……お姉さん、約束か何かないの？」

久子は、あの平田淳史という若者が、まだあのスナックで待っているかもしれないという気がしていたのだ。久子が帰って行ったら、ここへ来るつもりかもしれない。

「ないわよ約束なんて。じゃ、出かけよう」

岐子が久子を促して部屋を出る。

表へ出ると、久子は向いのスナックの方をじっと見たが、店の中の様子までは分らない。仕方なく姉と一緒に歩き出すと、突然、背後で車のクラクションが鳴って、びっくりして振り向く。

燃えるような赤のスポーツカー。努なら即座に車の名前を言ってみせるだろうが、とんとその方面には疎《うと》い久子でも、これが高級な外国の車だということぐらいは分る。

窓から顔を出したのは、何だか白くブクブクしたしまらない顔だった。栄養が良いのはよく分るが、頭の中身へはあまり回っていないことが一目で見て取れる。

「おい、約束を忘れたのかい？」

とそのしまらない顔が口をきいた。

「あら、長松さん」

岐子がスポーツカーへと歩み寄って行く。

これが長松か、と久子は思った。どこかの社長のドラ息子の典型というタイプだわ。

このスポーツカーだって、当然親の金で買ったのに違いないのだ。お姉さんも趣味悪いなあ、本当に。

「今日迎えに来るって言っといたじゃないか」

と長松がスポーツカーの窓から顔を出して言った。

「あなたがそう言っただけよ。私、待ってるとは言わなかったわ」

「冷たいな、おい。いいから乗んなよ」

「今日は妹が来てるの。また今度にしてちょうだい」

「へえ、あの制服の子？　そういえば君に似てるよ。可愛いね」

久子はゾッとして、ベエと舌を出して――やりたかったが、辛うじて我慢した。

「妹と用があって出かけるところなの」

相当にしつこいタイプである。この手の男が久子は大嫌いだ。だめと言われりゃ、素直に引き退《さ》がるのが男ってものじゃないの。

と、長松が急に手をのばして、岐子の手を握った。久子は頭へ来た。図々しい、全く！

――ところが岐子の方はその手を引っ込めようともしないのだ。おとなしく握られるに任せている。私なら鳥肌が立っちゃうわ、と久子は思った。

「いいだろう？　乗ってけよ」

長松が薄気味の悪い甘ったるい声を出す。

「でも……」

と岐子はためらっているが、明らかにさっきよりかなりぐらついて来ている。久子は頭に来て、

「お姉さん、私、帰るわ」

と歩き出した。

「久子、待ってよ」

「だって、私が邪魔なようだから——」

「そうじゃないわよ」

岐子が長松の手を振り切って走って来る。

「帰らないで。ね?」

久子は、岐子がかなり微妙な立場にあることを察した。こいつはややこしそうだ。

そのとき、

「やっぱりここだったのね!」

と、女のカン高い声があたりの空気を引き裂いた。——見ると、髪を染めた、えらく化粧の濃い女が、タクシーから降りたところだった。

女はスポーツカーの方へ歩いて行くと、

「何よ、この女の所へはもう行かない、って言っといて!」

と長松にかみつかんばかり。長松は渋い顔で、ブツブツ呟くように言った。

「そう喚《わめ》くなよ、聞こえるから」

「聞こえたって、分ってないじゃないの!」

とその女はキンキンと頭へ突き刺さるような声を出した。

「なあ、ここは往来だぜ」

と長松が言った。

「だからどうだって言うの? ——こんな女のどこがいいのよ」

と、その女が岐子の方へ詰め寄って来た。久子が素早くそれを遮《さえぎ》ったが、同時に、向いのスナックの扉が開くと、平田淳史が飛び出して来た。やはりここにずっといたのだ。

「よさないか!」

と女の腕をつかむ。

「あんたなの……」

と、女は急におとなしくなった。頭の回転の早い久子も面食らうほどの変りようだ。

「そんなことをしたってどうにもならないんだ。分らないのか?」

と平田が、さとすように言うと、女はうなだれて、グスグスとすすり泣き始めた。

「さあ、一緒に帰ろう」

平田がその女の肩へ手を回して歩き出す。

どうなっちゃってるの? ——久子は姉の方を振り向いて、

「あれ?」

と目を見張った。岐子の姿がないのである。どこへ行っちゃったのかしら?

やれやれ、これは何だかややこしいことになりそうだぞ、と久子がため息をついていると、車のエンジンの音がして、長松がスポーツカーを久子の所まで進めて停めた。

「君の姉さんは逃げちまったようだな。どうだい、君、乗らないか?」

久子はゾッとした。

「残念ですけど、ご先祖様の遺言で、外国製のスポーツカーには乗ってはいけないことになておりまして」

と久子は言った。

長松のスポーツカーが行ってしまうと、どこに隠れていたのか、岐子が姿を見せる。

あれこれあったが、結局また二人になった。

「今の三人とお姉さんで、四角関係ってわけね」

と久子が言った。

「そうなの」

「スポーツカーに乗ってたふくれたのが長松、スナックから出て来たのが平田ね。あの女の人は？」

「ああ、彼女、長松の元恋人なの」

「元？　というと……お姉さんが取って換《かわ》ったわけね」

「私の意志とは関係ないけどね」

「でもどうしてあの女の人、平田って人の言うことなら聞くの？」

「彼女の名は、平田巳紀《みき》子っていうの」

「平田？」

「そうなの。彼女、平田君の奥さんなのよ」

と岐子は言った。

紀子は、努の家庭教師、中神のアパートから戻った後も、一向に家事が手に付かず、ぼんやりと、冷めたお茶を手に、茶の間に座り込んでいた。

紀子は、中神の授業の間、隣の部屋から聞こえていた声について考えていたのだ。

あれは確かに、男と女の愛し合っている声だった。しかし、あんなにはっきりと、自分には聞こえたのに、中神は全く耳にしていない。しかも隣は空室だという……。

「あれは私の妄想だったのかしら?」

そう考えることは、紀子にとって少なからぬショックだった。結婚生活二十年。セックスに関しては至って淡泊で、自分の方から求めたことなど一度もない。

夫はそう嫌いな方でもなかったようで、若い頃から、一度として紀子はその方面での不満を感じたことはなかった。

もちろん最近のように夫が事務的になってしまって、中途半端に放り出されることがあると不愉快にはなったが、といって自分からせがむなどということは考えたこともない。

そこへ今日の幻想である。——幻聴とでも言うのだろうか。ともかく、ありもしない音を聞いてしまったのは、やはり無意識に、それを求めていたのかもしれない。

他の人はどうなんだろう?

いつだったか、この辺の主婦たちの会合があったとき、そんな話になって、

「うちの主人は三日に一度は——」

「まあ、いいわねえ! うちなんか十時か十一時ですもの帰るのが。それからじゃ遅すぎて、

気分が乗らないでしょう。せいぜい週に一度ね」

「いいじゃないの。うちなんか月に三回よ」

紀子は黙っていた。私の所は月に一回か二回、とは言いにくかったのである。

どうやら世間の標準より、うちはずいぶん低いらしい。

その不満がつもりつもって、あんな形で出て来たとしたら……。

紀子は顔が熱くほてっているのが分った。顔だけではない、全身が徐々に熱せられるという感じなのだ。こんな気分、初めてだわ。

紀子は急に、誰かに抱かれたいという衝動を覚えた。誰かといって、夫以外にそんな人があるわけもない。

そのとき玄関のチャイムが鳴った。

「はい」

考えごとをしていたせいか、帰ったときに鍵をかけておかなかったらしい。一見してセールスマンと分る男が、一応背広の上下に身を固めて、微笑みながら、

「お邪魔いたします」

と言った。「お一人ですか」

男は何やら一向に紀子の興味のないことをまくし立てている。——百科事典のセールスマンだった。

玄関の上り口に腰をおろして、さっぱり立とうとしない。ちょっとなよなよした感じだが、

いい男である。三十歳そこそこの若さだろう。

紀子はいい加減に受け応えをして、その実、全く頭に入っていない。もし……もしも、私が誘ったら、この人は私を抱こうとするかしら？

こんな年寄りはごめんだと逃げ出すかもしれない。でも、結構喜んで……。

私は何を考えてるのかしら？　どうしたっていうのかしら？

「ですから奥様」

とセールスマンが言った。「今、お求めになっておきますと、大変に結構なお買物と存じますが……」

「お求めに？」

「はい」

求める……。そう、私は求めている。ここには夫はいない。夜にならなくては……。

「いかがでしょう、奥様、ここで一セットお求めいただければありがたいんですが」

買ってもいいわ。その代り、私を抱いてくれない？　――心の中でそう言うと、紀子はめまいがしたような気分で、

「そうね、それは、まあ……」

と呟くように言った。

「ぜひ一つお願いいたします」

とセールスマンは勢い込んで言った。

「いいわ、その代り――」

「は？」

「お願いがあるの」

「何でしょう？」

「私を――」

玄関が勢いよく開いて、努が帰って来た。

「ただいま！　お腹空いたよ」

紀子は、ハッと夢からさめたような気がした。努はさっさと奥へ行ってしまう。

私、どうしたっていうんだろう？　おかしくなってしまったのか……。

「あの――」

とセールスマンが言いかけるのを、

「あ、悪いけど、やっぱり考え直したわ。また来てちょうだい。それじゃ」

何が何だか分らずに、呆気に取られているセールスマンを、押し出すようにして帰らせ、紀子は目をつぶった。

何てことを！　――あんな見ず知らずの男に……。自分があんなことを言いかけたというのが信じられない思いだった。

「お母さん」

と努がふくれっつらで出て来る。「何か食べるもの、ないの？」

「はいはい」

紀子は台所へと小走りに駆け込んだ。

ねじは巻かれた

「もしもし、月波のおじさま？　西谷正美です」

昼休みの少し前に、電話がかかって来た。

「やあ、今どこなの？」

「そちらの会社の向いにある電話ボックスです」

「それじゃ昼を一緒に食べよう」

月波は、自分だけならあまり行かない、少し高いレストランを教えた。相手が若い女の子となれば、多少無理をするのが男というものである。それに安い店は昼間はラッシュアワーの駅のホーム並みに混雑して、話をするどころではない。

「じゃ、後でね」

と電話を切ると、南が足早にやって来るのが見えて、一瞬ドキッとした。しかし、その顔は至って楽しげだ。これなら別に気付かれたわけでもあるまい、と月波は気を落ち着けた。

「おい、今日、昼を一緒にどうだ？」

「悪いな、ちょっと約束があって——」

「そうか。実はな……」

南が声を低くした。「例のセールスマンから電話があったんだ」

「そ、そうか。何だって?」

「今回は一人しか都合できなかったので、お前は次にしてくれとさ」

「そいつは……残念だけど、仕方ないな」

「こっちも選択の余地なしってのが、ちょいと気に入らないが、まあ、ものは験《ため》しだ」

「いつなんだ?」

「今夜さ」

「また、急だな」

「なに、俺が遅くなるのはいつものことだからな」

女房が遅くなっていることは、まるで気付いていないようだ。

「じゃ、よく確かめて来てくれよ」

「任しとけ、何しろ三カ月も待たされたんだ。もとを取ってやらなきゃな」

経理マンの南のことだ、女を抱きながら、原価計算でもする気かもしれない。

南がご機嫌に、鼻歌など歌いながら席へ戻って行くのを見送って、月波は首を振った。知らぬが仏とはこのことだ。

机の上の書類へ視線を戻したとき、昼休みのチャイムが鳴った。

一応背広をちゃんと着て、少し遅れて行くと、エレベーターの前で、社長の秘書と顔を合わせた。

「南さんとご一緒じゃないんですか？」

「うん、今日はね」

「でも仲が良いんでしょ」

「同期だからな」

「そうなんですか。奥さんもご存知なんでしょう？　私も顔は存じてますけど」

「うん、まあね。どうして知ってるんだい？」

「南さんの奥さんの写真が、この間、机の下に落ちていましたもの」

そうだったのか。社長の秘書が、南泰子の写真を拾って、南の机へ入れておいた。南はたぶんそれをまだ見ていないのだ。

やっと謎は解けたが、いつ南が写真に気付くか分らない。――あの写真を見つけたときに持って来てしまえばよかった。月波は後悔した。

ともかく今は西谷正美が待っている……。


「――すると岐子が妻のいる男に恋してるってわけかい？」

「そうなんです」

一番高いヒレステーキをペロリと平らげて、正美はナプキンで口を拭った。

「そいつはまずい……」

「ええ、私も何度か忠告したんです。だって何しろ届を出しちゃってあれば絶対の勝ちですものね。いくら岐子が頑張ったって、どうにもならないでしょう」

「その通りだ。いや、よく教えてくれたね。私もよく岐子に言って聞かせよう」

「岐子には恨まれそうだけど、本当に彼女のためを思うと、黙っていられなくって」

正美はワインをぐっと飲み干した。「あら、私ったら、昼間から――」

「いいじゃないか。学生なんだ。サラリーマンが赤い顔して会社へ戻るのはどうも巧くないがね」

「じゃもう一杯いただこうかしら」

「いいとも」

グラスワインをおかわりすると、正美は、たちまちの内に空にしてしまう。グラスをぐいと上げるとき、豊かな胸が揺れるのが、服の上からでも、いやというほど目につく。こいつはノーブラかもしれない、と月波は思った。

「ねえ、おじさま」

少し頰を染めて、色っぽくなった正美が言った。「一昨日《おととい》の夜は、浮気してらしたんでしょ?」

「浮気? とんでもない!」

「あら、だって同僚の奥さんと一緒にホテルのバーで、なんて、誰が見たって……」

「違うよ。あれはただ……」

と言いかけたものの、代りの口実を全く用意していなかった。そんな言い訳がスラスラ出て来る器用な月波ではないのである。

「つまり、ちょっとその……話をして……」

しどろもどろになっているのでは、浮気していたと認めているようなものだ。

正美がクスクス笑いながら、

「おじさまったら、そんな具合じゃすぐに奥さんにばれちゃいますよ」

「いや、しかしね……参ったな！」

「大丈夫。私なら口が固いから、絶対にしゃべりゃしません」

この手の話を自分一人の胸にしまい込んでおくというのは、女性にとって不可能に近いことである。月波もその辺はよく承知していた。といって、否定し切れそうもないのも、また事実だ。仕方ない。月波は諦《あきら》めて肯いた。

「お察しの通り、ちょっと出来心で浮気してたんだよ」

と月波は認めた。「でも、これは岐子には絶対秘密に頼むよ」

「ご心配なく。昼食をおごっていただいた義理がありますもの」

正美はやくざみたいなことを言って、「ただ……ちょっとお願いがあるんです」

そら、おいでなすった。月波は内心ヒヤリとした。ちょっとお小遣いが――とでも言い出すのだろう。

「うん、でもねえ、僕も家内からそうそうたっぷりもらってるわけじゃないんだ。特に最近はタバコの本数を減らして節約してるくらいでね。いや、昼飯も高くなってねえ。前なら五百円で食べられたのが、今はコーヒーまで飲むと千円じゃきかない……」

ホテルで人妻と浮気しているにしては、みみっちいことを言っていると、

「いやだ、そんなんじゃありませんよ」

と正美がふくれっつらになる。

「違う？　それじゃ何だい？」

「私、妊娠してるんです」

あんまりあっさり言われたので、月波は一瞬ポカンとして……。

「おめでとう」

と言った。

「おじさまの子供よ」

「あ、そう。――何だって！」

月波は仰天して椅子からずり落ちそうになった。「そ、そんな馬鹿な！」

「大きな声出さないで」

「し、し、しかし……そんなことが……」

「分ってます。本当は誰の子かよく分んないの。パーティでね、二、三人の子と寝たらできちゃって……。堕《おろ》したいんだけど、そういうの、どこへ行けばいいか分らないし、一人じゃ怖いでしょ。それに、男の人が一緒だと簡単らしいんです。だから、おじさま、私の彼氏み

たいな顔してついてって欲しいんです」

「そういうことか……。ああ、心臓が止るかと思った」

月波がハンカチで顔の汗を拭った。

「可愛いのね、おじさまって。——お願い、お医者さんを捜して連れてって下さい」

「うん……しかし、僕もよく知らないけどねえ」

「そこを何とか。——浮気のことは黙ってますから。ね？」

何のことはない。甘えるような声で脅迫しているのだ。断るわけにはいくまい。

「何とかしよう」

「よかった！　やっぱり大人って頼りになるわ」

月波は苦笑した。頼りになるわ、か。

「じゃ、できるだけ早くお願いします。早い方が楽に済むし。ああ、ホッとしたら、また飲みたくなっちゃった。ねえ、おじさま、今夜、よかったら一緒に飲みに行きません？」

と正美が誘った。酔いのせいか、目が少し妖《あや》しげに潤んでいる。


正美と別れて、会社へ戻りながら、月波はため息をついた。

やれやれ、浮気の副産物とはいえ、厄介なことを引き受けちまった。——月波とてプレイボーイというわけではないから、子供をこっそり堕すのはどこがいいか、などといったことには詳しくない。

それにしても、あの正美が！　しごく真面目そうに見える娘なのに、分らないものだ。まさか——岐子はそんなことはないだろうな。

「いや、分らんぞ」

と月波は呟いた。何しろ妻のある男に恋しているというのだから。

今は好きになるより早く肉体関係ができてしまうのが珍しくないらしい。全く乱れてるという外はない。

自分だって「乱れて」ないわけではないくせに、こと娘の話となれば道徳家に変貌するのである。

紀子とよく話し合って、一度岐子を呼んで言い聞かせなくてはならない。

席へ戻ったときは、一時を少し回ってしまっていた。課長が遅れて戻って来るようではしめしがつかない。照れ隠しに、月波はやたら咳払《せきばら》いをした。そして——南の席へ何気なく目をやった。

そうだ、南泰子の写真！　あれを南が見付けない内に取って来るのだった。経理課は全員姿が見えない。課の会議らしい。それなら正に好都合だ！

月波はさり気なく席を立って、経理課の方へ歩いて行った。こういう場合は、こそこそしたりすれば却って人目をひく。いつもと同じように振る舞えば、誰も怪しんだりはしないはずだ。

真直ぐに南の机へ行く。写真の入っていた引出しを引く。写真は元の通り、少し奥に入れたままになっていた。いつもは引出しの手前の方しか使わないので、奥の方まで見なかったのだろう。幸運というものだ。

月波は写真をポケットへ入れ、引出しをしめると、廊下へ出て行った。近くに誰もいないのを確かめると、写真を取り出し、四つに裂いて、くずかごへ放り込む。

これでいい。——月波はホッと緊張が緩むのを感じた。ともかく、南の方はこれで当分大丈夫だ。

南泰子が、もう一度抱いてくれ、と言ってたっけ。南にばれる心配がなくなったと思うと、現金なもので、急に泰子の艶やかな肌が思い出されて来る。二、三日中に電話して来ると言ってたな。こっちからかけてみるか。

月波はニヤつきながら、席へ戻って行った。

廊下の曲り角から、一部始終を見ていた目があることに、月波は気付かなかった。その人物は、くずかごの中を注意深く探って、裂かれた南泰子の写真を拾い上げた……。

午後三時半。——久子は家へ電話を入れていた。

「そうなの。お友だちが映画の券があるからって、誘われて……。どうしようかしら？——私？　うん、見たいことは見たいんだけど、帰りが夜になるし……。お母さんがだめって言うなら、やめるわ。——いいの？　本当？　——それじゃ見て来るわ。できるだけ早く帰るから」

受話器を置いて、にこりと微笑む。ああ言えば母がだめと言うはずがないことを、久子は承知していた。久子は親に絶対の信用があるのだ。

たまに遅くなるときでも、こうして電話でちゃんと連絡を入れておけば、親の方でも安心するし、ますます信用が高まるというわけである。

もちろん、映画というのは嘘で、久子は、平田淳史が働いている喫茶店の表にある電話ボックスから家へかけたのだった。

店は、ごくありふれたコーヒーショップで、妙に造りに凝って、薄汚れた感じになるよりは、こういう平凡な造りの方が入りやすいというものである。

「いらっしゃいませ」

カウンターの奥にいた、口ひげを生やしたマスターらしいのが、欠伸《あくび》しながら言った。平田はいないようだ。

久子は、表に面したガラス窓のそばのテーブルについた。マスター自らがやって来る。他に客はいない。ちょうど手の空く時間なのかもしれない、と久子は思った。

「ミルクティー下さい。――あの、平田さんいますか?」

「平田に用? 今、昼飯食いに出てる。もう戻って来ると思うよ」

「ありがとう」

久子は、氷の入っていない、生ぬるい水を飲んで顔をしかめた。

お手上げだなあ、全く。――久子にも、セックスのことなら分るが、男女のどろどろした愛だの憎しみだのという話になるとさっぱりである。

要するに状況はこういうことだ。

姉の岐子は平田を愛している。長松に近付きかけることもあるがそれは一種の反動で、本心が平田にあることは間違いない。しかし、平田には巳紀子という、かなりヒステリックな妻がいる。これは同情結婚みたいなもので、長松に捨てられて自殺しようとしていた巳紀子を救おうとして平田が結婚したらしい。巳紀子の方でも、その恩は忘れていないが、一方では長松が忘れられず、彼が岐子に熱を上げ始めると、嫉妬も手伝って、再び追い回し始めたというわけである。

「ややっこしいのよね、全く」

と嘆く。そこへ、

「やあ、君か」

と平田の声がした。

「お仕事中、怒られないんですか？」

と久子は言った。

「いや、大丈夫。まだ十五分ぐらいは休み時間だし、店が混み始めるのは四時過ぎさ」

平田は久子と向い合って座った。「何か話があって来たの？」

「別に。ただ、どんなお店かと思って」

久子はそう言ってミルクティーを一口飲んだが、

「……本当は、ちょっとお訊きしたいことがあったんです」

「だと思ったよ」

平田は微笑んだ。「お姉さんが心配なんだろう」

「姉は子供じゃありません。だから別に心配はしてないんです。でも、平田さん、姉があなたのことを好きなのは分ってるんでしょう?」

平田はちょっとびっくりしたように目を見張った。久子は続けて、

「あなたも姉のことが好きみたいだし、別に問題はないと思うんです。奥さんがいらっしゃるの知ってますけど、奥さんはあの長松とかいう男を追っかけてる……。奥さんと別れて姉と一緒になるわけにいかないんですか?」

平田はまじまじと久子を見つめながら言った。

「君は意外に大人だねえ。——いや、確かにそう言われると、弁解のしようもない。話は単純に見える。だがね……巳紀子ってのは哀れな女なんだ。長松を憎んでいるくせに、忘れられずにいる。そりゃね、僕も君の姉さんが好きだ。しかし、僕と別れたら、巳紀子は生きていけないだろう。性こりもなく、長松を追いかけ、また捨てられるに決ってる。そのとき、誰もいなかったら、きっと巳紀子は死んでしまうよ。——そうなることが分っていて、巳紀子と別れることは、僕にはできないんだ」

そういう男女の仲もあるのか、と久子はつくづく感心した。世の中、思ったほど単純ではなさそうだ……。

「分りました。生意気言ってすみません」

と久子は言った。「私、長松って人より、あなたの方がずっと好きです」

「ありがとう。どう？　アイスクリームでも。おごるよ」

「結構です。安いバイト代、ますます少なくなっちゃ気の毒ですもの」

平田は楽しそうに笑った。

「君ははっきり物を言うんだねえ」

「そういう点は姉と違うんです」

久子は澄まして言った。

気に入らないのは、あの長松ってドラ息子である。あいつが姉につきまとっていると思うと、久子は無性に腹が立った。

「待てよ……」

久子の頭の中で、ある計画が形を成しつつあった……。

第四章　裏切りの季節

底なし沼

もう、ずいぶん長いこと、紀子は鏡の前に座り込んでいた。

行くべきだろうか？　――もちろん、そうだ。行かなくてはならない。

今日は金曜日だった。中神雄二のアパートへ、算数を教えてもらいに行かなくてはならない。一昨日、ちゃんとそう約束して来たのだ。それを破るわけにはいかない。

頭で分っていても、紀子は、座り込んだまま、もう一時間近くじっとしているのだった。

行くのなら、もう仕度しなくては間に合わない。時計の針は、正確に一秒一秒、紀子を追い詰めて行った。

紀子は、自分自身が恐ろしいという感情を、ほとんど初めて味わっていたのである。それは確かに、はるか昔の娘時代、少女時代に、一時の熱気に駆られて突っ走りそうになった記憶は、紀子とて人並みに持っていたが、少なくともこの何十年間、自分で自分が制御し切れなくなるという恐怖を感じたことはなかった。

私は一体どうしてしまったのかしら？

鏡の中の自分の映像へ、紀子は問いかけた。一昨日、中神のアパートから帰った後、突然の衝動に襲われて、偶然やって来たセールスマンに身を任せてしまうところだった。

あのとき、努が帰って来なくとも、いざとなれば理性を取り戻して、貞操を守り抜いただろうか？

もちろん、と答えたかったが、おそらく、九十九パーセント、答は否、であった。

たぶん、努が帰って来ず、あのセールスマンが拒まなければ、行き着く所まで行ってしまったに違いない。——今思えば、鳥肌が立つような嫌悪に捉えられるし、努が帰って来たことに心から感謝していたが、あの一瞬、自分が自分でなくなって、何か得体の知れないものが自分を支配していたという感覚は、はっきりと憶えていた。

中神のアパートへ行って、もしまたあの幻聴に悩まされたらどうしよう？　もう、とても中神の話を聞いているどころではあるまい。そうなるのが怖くて、紀子はためらっているのだった。

せっかくの中神の好意を、こっちから断って、向うが気を悪くしたら、努の受験にもマイナスになる。理性的に考えれば、行くべきだった。

「だめだわ……。とても……」

紀子は顔を両手で覆《おお》って、深々と息をついた。そのとき電話が鳴った。

「月波でございます」

「あ、奥さんですね。中神です」

「どうも。先生。先日は……」

紀子は急いで言った。「実は私——」

「今日、おいでになりますね？」

中神の声は至って明るかった。「今日はじっくり勉強できると思います。お待ちしていますから」

いけない、断らなくては。

紀子は、受話器を握りしめた。先生、実はちょっと急用ができまして、今日は伺えなくなってしまいましたの。どうも申し訳ありません……。

「今から参ります。よろしくお願いいたします」

紀子はそう言って、電話を切った。

もう一度、鏡の前に座ると、紀子は、ほとんど機械的に化粧を直し始めた。——心配なんてない。私はちゃんとした人妻で、母親なのだ。あんなことぐらいで動揺するはずがない。

仕度を終えて、紀子は家を出た。

月波は、朝から南の様子をそっと窺《うかが》っていた。

昨夜、南は女とホテルで会ったはずである。その首尾は、果してどうだったのか？　月波は、南がいつもの通り、仕事を片付けて行くのを眺めていたが、南の表情からは、何の答も見出すことができなかった。

あいつもなかなかポーカーフェイスだ、と月波は思った。

もうすぐ昼休みになるというころ、月波はコピー室へと立って行った。課長なのだからコピーぐらい部下にやらしてもいいのだが、たまには腰を伸ばしたい気分にもなるのである。

珍しく、コピー室には誰もいない。いつもここは女子社員たちのたまり場で、噂話の花が咲いているのだが、昼休みになったらすぐに席を立てるように、もうみんな各自の机へ戻っているらしい。

一人で月波がコピーをとっていると、

「おい」

と声がして、南が入って来た。

「何だ。どうしたのかと思ってたんだぞ」

南は、さっきまでとは打って変って、上機嫌にニヤついていた。この分では、どうやら上々の首尾だったらしい。

「相手が何と二十二なんだ」

と南が声をひそめて言った。

「人妻だぜ。亭主が出張ばかりで欲求不満になってるのさ。凄《すご》かったぜ！」

「そいつは良かったな」

月波は適当に羨《うらやま》しそうな顔をして見せた。「少しこっちにも分けてほしかったよ」

「ああ、今度はお前の番だ」

南がポンと月波の肩を叩いた。

「いつもああいうのが当るとは限らないが、月一万も惜しくないぜ、全く。――あんなにいい思いをしたのは初めてさ」

よほど感激したらしい。南は腕組みして、うっとりとため息をついた。

「奥さんは怪しまなかったかい?」

と月波は訊《き》いてやった。

「当り前さ。そんなへまをするもんか」

南が愉快そうに笑い声を上げた。

まるでオモチャを買ってもらった子供のように喜んでいる南を見て、月波は哀れになった。妻を騙《だま》したつもりで、自分が以前から騙されていることなど露ほども気付いていないのだ。

「今日の昼は俺におごらせてくれ」

とまで言い出した。

「どうして?」

「お前に悪いじゃないか、一人でいい思いしてさ。どうだ、一丁うなぎでも」

「そんな高いものじゃなくても——」

と月波が言いかけるのを遮《さえぎ》って、

「いや、俺が食いたいのさ。何しろ昨日、体力を使い果しちまったからな」

南は笑って、コピー室を出て行った。

「やれやれ……」

月波は苦笑した。全く、亭主族こそいい面の皮である。知らぬが仏とはこのことだろう。

昼休みのチャイムが鳴って、席へ戻る。せっかく南がおごってくれるというのだから、断る手はあるまい。

席を離れようとすると、電話が鳴った。

「畜生！」

舌打ちしながら取ると、

「月波さん？　私よ」

南泰子の声が耳に飛び込んで来た。

「やあ、どうも……」

月波は、南がこっちへやって来るのを見て、あわてて咳払《せきばら》いした。「まあその件については、良く相談してからご返事いたします」

「どうしたの？」

と泰子はびっくりしたように言ってから、

「あ、そうか。主人がそばにいるのね？」

「そ、そうなんです。それで、電話ではなかなか……」

「分ったわ。じゃ、簡単に言うわね。明日、私、用があって実家へ一人で出かけるの。家は午前中に出るけど、実家へは夕方までに着けばいいの」

南泰子の言わんとするところは、かなり明白であった。

「なるほど。それでしたら、こちらとしても何とか都合をつけたいと存じますが」

「よかった！　それじゃ――」

泰子はかなり名の知れたラブホテルを挙げて、一時に、と付け加えた。「いいわね？　部屋は私、取っておく。名前は……そうね、〈南〉じゃなくて、〈北〉にしておこうかしら。分った？」

「かしこまりました。それでは必ずご希望に添うようにいたします」

月波は受話器を置いた。手の汗で受話器が濡れている。何しろ、南が目の前で待っていたのだ。

「こんな時間にかけてよこすなんて非常識だな」

と南が言った。——全くその通り、と月波は思った。

南は目ざましい食欲で、うな重をペロリと平らげてしまった。月波の方がやっと半分食べた所で、もう二杯目のお茶を飲んでいる。

「浮気か……」

南が独り言のように呟《つぶや》いた。

「家へ帰って、女房の顔を見たときは、多少後ろめたさを感じたな。泰子も悪い女房じゃないが、何しろ気性が強くて疲れるんだ」

「まあ、ばれないように気を付けようぜ」

と月波は言った。

「全くだ。しかし、例の二十二の人妻を抱きながらふっとその女の亭主のことを考えたよ。

出張がちで構ってくれないったって、家族のために、せっせと働いてるわけだろう。それなのに、知らない内に女房は他の男と金で寝てるなんて、全く踏んだり蹴ったりじゃないか」

月波は何とも言わなかった。みんな、自分の女房だけはそんなことはないと思っているのだ。

南泰子の、あの熟れた肉体の手触りを、月波は思い出していた。——自分の女房だけは……と思っている点では、月波も同じだった。

「ああいう女ってのは、ピルでも飲んでるのかな」

と南が言った。

「ちゃんと時期を外してるんだろう」

「そうかな。ま、ああいう関係なら、後で責任を取ってくれと迫られることもないな」

月波は、南の言葉で、西谷正美に頼まれていたことを思い出した。子供を堕《おろ》す病院を捜さなくてはいけないのだった！　——全く、厄介なことを引き受けちまったもんだ。

「おい、月波」

と南が少し声を低くして、「お前、うちの課の阿部光江の噂、知ってるか？」

「阿部君？　いいや。何だい？」

阿部光江というのは、経理課に入ってまだ一年足らずの、今年やっと成人式という娘である。なかなか素直で、可愛い娘なので、男性社員、特に中年クラスに人気がある。

「先週、彼女三日ほど休んだんだ」

と南が言った。「——どうやら妊娠して、その始末をつけてたらしいんだよ」

月波は目を見張った。

「まさか！　阿部君が？」

「俺もびっくりしたよ。ただのデマだと思った。ところが事実らしいんだ。経理のマスコットガールも地に落ちたよ」

「分らんもんだなあ」

と月波は言った。

そうか。すると阿部光江はその手の医者にかかったわけだ。巧く行くと、西谷正美の方も、これで片付くかもしれないぞ。

ともかく早くしなくては、正美も困ってしまうだろう……。


来てしまえば、どうってことはなかったんだわ。

紀子は笑い出したいような気分だった。

今日は中神の話も、ずっとよく頭に入るようだし、例の「隣からの声」に悩まされることもない。アパートは至って静かで、まるで放課後の学校のようだ。

紀子は、ふと、自分が出来の悪い生徒で、一人残されて先生に教えてもらっているような気がした。一瞬、少女時代に戻ったような不思議な錯覚を起こしていた。

中学一年のとき、素敵な先生に、ほのかな恋心を抱いたことがあったっけ。もちろん、その思いは、親に読まれるのを恐れて日記にすら書かなかったのだけれど……。

　でも、どうして急にそんなことを思い出したんだろう？　もう何十年も、ずっと忘れていたというのに。

　そう言えば……中神先生は、あのときの先生に似ている。いや、顔をはっきりと思い出せるわけでもないのに、似ているというのはおかしいが、ともかく、そう思えてならないのである。

　今の中学生の女の子なら、堂々と先生にラブ・レターぐらい出すかもしれない。もちろん相手にもされないだろうが。

　今、中神先生に、

「あなたを愛しています」

　と言ったら、どうなるだろう？

　言っていけないこともあるまい。言うだけなら……。

「さあ、少し休みましょう」

　中神の言葉に、紀子は夢からさめたように、頭から血が下って行く感覚を味わった。一体自分は何を考えていたのか？

「紅茶を淹《い》れますから、休んで下さい」

　と中神が立ち上る。

「いえ、私が……」

「どうぞ、座っていて下さい。ただ湯をわかすだけですから」

紀子は、言われるままに、黙って座っていた。本当にどうかしている。自分の年齢も忘れて、先生に愛していますと言おうとしたのだ。親子ほど年齢の違う先生に。

笑い出したくなった。どうしたというんだろう、この頃は。――前のときには妙な幻聴に悩まされ、今度は空想に耽《ふけ》る……。

この、何の変哲もないアパートには、どこか不思議な雰囲気があるらしい。

「ここへいらして、何かまずいことはないでしょうね」

中神が紅茶を出してくれながら言った。

「まずいことと、申しますと?」

「ご主人が不機嫌になるとか、そういうことです。僕も妙な誤解はされたくありませんからね」

「そんな心配はご無用ですわ。主人には何も――」

つい言いかけて、紀子はしまった、と思った。中神の顔が、急に厳しく、こわばったのである。

「そうでしたか」

中神は口もとまで運びかけたティーカップを受け皿へ戻した。

「ご主人は、奥さんがここへ来ておられることをご存知ないのですね?」

中神の穏やかな、しかし、きっぱりとした口調には、嘘を許さないものがあった。

「はい……」

紀子は囁《ささや》くような声で答えた。

「それを最初に確かめるべきでした」

中神は息をついて、「僕もうかつだった」

「でも、先生、息子の教育のことに関しては主人は私に任せっきりなんです。ですから——」

「それとこれとは別問題です」

と中神が遮る。「これをご主人が何かのきっかけで知ったら、どう思われます? 妻が黙って若い学生のアパートへ通っている。どんなに信じているつもりでも、つい疑いを抱くのは当然です」

「ですが、私は何も……」

「事実ではなく、隠していたことが問題なのです。隠していたのは何か理由があったからだと思われるでしょう」

「では、今日、主人が帰りましたら早速——」

「いや、だめです」

紀子は中神の言葉に戸惑って、

「だめ……とおっしゃると……」

「もう、僕は手を引かせていただきます」

「はあ……」

紀子は気が抜けたように答えた。

「努君には他に適当な人を捜してあげましょう。後日、連絡します」

「先生！　――努の方だけはお願いします」

紀子は驚いて身を乗り出した。

「何とかして私立中学に入ってもらいたいんです。先生に見捨てられては――」

「しかし考えてみて下さい。僕はあなたのお宅へお邪魔するのですよ。ご主人とも当然顔を合わす。そのときに、何かの拍子で、奥さんがここへ来ていたことが知れるかもしれない。そうなったら、お二人の間に気まずいものが残るでしょう。両親のもめごとは、受験生にとって最大のマイナス材料です」

「ああ、どうしましょう……」

紀子は首を振った。「何とか考え直していただけませんでしょうか？」

中神は、きっぱりと、

「諦めて下さい」

と言った。「どうぞお引き取り下さい」

断固とした口調だった。

紀子は持って来たノートをバッグへしまい込んだ。すっかり全身の力が抜け落ちてしまったようだ。

ふと、手が止った。——また、あれだ。

紀子の耳に、女の喘《あえ》ぐ声が聞こえて来た。中神には一向に聞こえていない様子だ。その声は徐々に激しく、あからさまになって来ていた。

紀子は急に涙が溢《あふ》れ出るのを押えられなかった。自分が、途方もなく惨めに思えたのだ。

紀子は両手で顔を覆ってすすり泣いた。

崩れ落ちる日

会社のビルの地下に、喫茶室がある。それほど広くはないが、昼休みに混み合う他は、いつも大体空いていて、たまに商談に使うぐらいだった。

そこで、月波は待っていた。——注文したコーヒーが来るより早く、阿部光江がやって来るのが見えた。

若々しく、はつらつとして、セーラー服を着せれば、まだ高校生といって通りそうだ。

「課長さん、お呼びですか?」

と、いかにも容姿に相応《ふさわ》しい、可愛い声で訊いて来る。

「うん。まあ……ちょっと座らないか」

と月波は微笑《ほほえ》んで、「何か頼んだら?」

「はい。——じゃ、クリームソーダ」

と、月波のコーヒーを運んで来たウエイトレスへ注文して、「課長さんとこんな風にお話するの、初めてですね」

と言った。今の若い娘は、相手が課長だろうが部長だろうが、少しも物おじしない。

「そうだね」

「何かお話があるとか……」

「うん、まあね。大したことじゃないんだが……。どうだい仕事は。面白いかね？」

いきなり、君はどこの病院で子供を堕《おろ》したの、なんて訊けやしない。月波は当りさわりのない話から始めた。

「まだ夢中です。言われた通りにやるだけで」

と答の方も型通り。

「先週休んでたね。もういいのかい？」

とさり気なく言った。

「ええ。ちょっと胃をこわして」

「そりゃいけないね」

——どうも、この手の話はどう切り出して良いものやら分らない。大体が月波は話術に巧みな人間ではないのだ。ことに相手がやっと二十歳という女の子では……。

阿部光江はクリームソーダが来るとさっさと食べ始めた。当然月波の払いだと知っているから、遠慮もない。

「実はね、ちょっと噂を聞いて……」

「噂？　私のですか？」

「うん。まあ、まさかとは思うんだが……」

「あ、分った」

と含み笑いをして、

「私がお荷物を始末したっていうんでしょ？　いやだわ、本当に休む前に、何度か気持悪くなって吐いたりしたんです。それで、つわりじゃないかって勘ぐられたみたい」

何だ。すると、あれはデマだったのか、と月波は内心がっかりした。しかし、光江が嘘をついているのかもしれない。それはそうだろう。そうあっさりと、子供を堕しましたと認めるわけはない。

「それならいいが、ちょっと気になってね」

「あら、どうして課長さんが気になさるんですか？」

「うん……それは……」

月波は言葉に詰まった。

阿部光江は、ちょっと斜めに月波を見つめていたが、

「課長さん、私が本当に子供を堕してたのかと思ったんですね？」

と訊いた。月波はあわてて、

「いや――そんなことはないよ」

「じゃ、どうして気になさるの？　隠さないで下さい」

光江は真直ぐに月波を見据えている。月波はふうっと息を吐き出して、

「実はそうなんだよ」

と肯いた。

「いや、もちろん間違いだろうとは——」

急に光江が笑い出した。いかにも楽しげでTVのコメディか何かでも見ているような笑いだ。月波は呆気《あっけ》に取られていた。

「課長さんは正直ね」

と光江は、笑いを残しながら言った。

「正直？」

「黙ってりゃ分らないのに。でも、意外だな。課長さんは家庭的な方だと思ってたわ」

月波には何のことやら分らない。光江はぐっとソーダ水を飲みほして、

「お察しの通り、堕して来たんです」

あっさりと言った。

「そうか。——大変だったね」

「十万円もかかったんですよ。知り合いの医者に頼んで」

「十万！」

月波は青くなった。もし西谷正美に、費用の方まで面倒をみてくれと言われたらどうしよ

う？　断れば浮気の件をばらされないとも限らない。

「じゃ、出していただけるんですね？」

と光江が言った。

「出す、って……何を？」

「堕した費用です」

月波は目を丸くした。

「おい、待ってくれよ！　僕は何も——」

「あら、認めておいて、ずるいわ。そりゃ、あのとき、私も大丈夫だと思ってたから、その点は私の責任だけど、やっぱり傷ついたのは私なんですよ」

「あのとき……」

「父親が課長さんとは限らないっていうんでしょ。そりゃそうよ。でも、そうでないとも限らないわ。あの中の誰かだったことは確かですもの」

月波はただ呆然と光江の話に聞き入っているばかり。光江は続けて、

「課長一人で負担なさることないわ。みんなで分担したらいいんです。それなら一人二、三万で済むでしょ。私も実費以上は請求しませんから。大サービスですよ」

そう言って、いたずらっぽく笑ったが、それからちょっと真顔に戻って、

「でも、まさかとは思うけど……何も知らないと逃げるようなら、こちらにも考えがありますから」

そう言うと、光江は立ち上った。

「どうもごちそうさまでした」

阿部光江はさっさと喫茶室を出て行ってしまった。

月波は思いもかけなかった成り行きにただ呆然として座り込んでいた。——病院を訊くだけのつもりだったのに、光江の手術代まで払わされるはめになるとは……。

しかし、あれは一体どういうことだ？

「あのとき」「あの中の誰か」が父親だった……。

少し落ち着いて来ると、月波は光江の言葉を思い出してみた。

どうやら、光江は何人かの男と同時に関係を持ったらしい。そのときに妊娠した。だから誰の子供か分らなかったのだ。

しかし、月波がその中にいたと思い込むぐらいだから、光江は、その何人かの相手が、誰と誰だったのかを知らないことになる。

といって、今の様子から見て、襲われて無理やりに暴行されたとも思えない。つまりは、闇の中での、めちゃくちゃなパーティのようなものだったのだろう。

「そんなことが……」

会社の人間たちの中で、そんなことがあるとは、月波には到底信じられなかった。

こいつはとんでもないことを聞いてしまったものだ、と思った。それに、手術の費用を負担しろと言われたが……どうすればいいだろう？

他の人と分担して、と言われたって、一体誰がそこに加わっていたのか、月波には知るすべがない。

といって、払わなければ、光江がどうするか……。

月波は頭をかかえてしまった。


紀子はやっと泣きやんで、顔を上げた。

いい年齢《とし》をして……何ということだろう。家庭教師の先生の前で泣き出してしまうなんて。

「あの――」

と言いかけて、当惑した。中神の姿が見えなかったのだ。

「どこに行かれたのかしら……」

そう広い部屋でもない。見当らないところを見ると、きっと外へ行ってしまったのだろう。紀子が泣き出したので、呆れて表へ出たのに違いない。

「ああ……どうしよう」

これでは、努の勉強も、とてもみてもらえそうにない。私のせいで、努が私立中学に入れないなんて……。

もう一度よくお願いしてみよう。今日はともかく帰って、また明日にでも改めて頼んでみるのだ。今日はもう、こんな泣きはらした顔で、とても話はできない。先生が戻って来ない内に、失礼しよう。

紀子は手早く片付けると、身仕度をして立ち上った。靴をはいていると、ドアが開いて、中神が立っていた。

「先生……どうも」

紀子はあわてて頭を下げた。

「申し訳ありません、つい取り乱しまして」

「もうお帰りですか？　和菓子を買って来たんです。安物ですが、召し上って行って下さいよ」

中神は愛想良く言った。紀子は戸惑って、

「でも……」

とためらったが、中神は紀子の腕を取って、

「さあさあ、どうぞ」

と部屋へ上げる。紀子は、中神に触れられて、頬がポッと燃えるのが分った。

今度は紀子がお茶を淹れる。——すっかり穏やかな雰囲気が戻っていた。

「僕が勝手ばかり言って、ご迷惑だったでしょう」

と中神は言った。「努君のことは責任を持って教えます。どうかご心配なく」

「先生！　ありがとうございます」

「いやいや、そんな……。頭を上げて下さい。お願いしますよ。まあ、奥さんにここへ来ていただくのは、やはりまずいと思いますから、もうやめましょう」

「はあ、それはもう……」

「奥さんを責めるような言い方をして申し訳ありませんでした。別に奥さんが悪いわけではないんです。僕自身のせいなんですよ」

紀子は当惑した。

「どういうことでしょうか？」

「いえ、お恥ずかしい話ですが、ここで奥さんとこうして二人きりでいると、時々、ふっと妙な気持になる。それが怖かったんです。お目にかかったときから、何かこう胸のときめくものを感じていたんですが、ここで向い合っていると、息苦しいくらいに感情が高揚してしまって……」

「先生、そんな……私みたいな年寄りを……」

紀子は真赤になってうつ向いてしまった。

「いや、奥さんには、熟した女性の魅力がありますよ。僕は何度か奥さんに襲いかかろうとさえ思いました」

「まあ——」

中神は笑って、

「いくら数学ができても、数学は女性の代りにはなりませんからね」

と言った。「ですから、やはり奥さんにここへ来ていただくのはまずいと思ったんです。申し訳ありません」

紀子は不思議な気持だった。中神が自分をそんな風に思っていたとは。冷静そのものの外見からは、そんな様子は少しも窺《うかが》うことができなかったが。

——ふと気付くと、あの幻の声も消えている。

「先生にはちゃんと若い女の方がいらっしゃるんでしょう」

と紀子は言った。

「僕は若い女の子は嫌いなんです」

と中神が言った。

「あら」

「うわついて、男みたいで、少しも女らしいところなんかない。うわべを飾ることだけ考えて、頭と心は空っぽです。あんな連中には何の魅力も感じませんよ」

「はあ……」

「僕は奥さんのような女性に、ずっと会いたいと思っていたんです。でも、いざ会ってみれば……もちろんご主人もお子さんもあって、幸福そのものの毎日を送っていらっしゃる。僕の入り込む余地はないんです」

幸福と不幸には、どれくらいの違いがあるのかしら……。紀子は、あのＴＶのメロドラマのセリフを思い出していた。

「私、ちっとも幸福ではありませんわ」

言ってしまってから、紀子はびっくりした。何を言い出したんだろう？　私、どうかしてしまったのかしら？

「ご主人とうまく行っておられないんですか？」

「はい。いえ――そんなことも――まあ別に――」

としどろもどろになる。これ以上いると、どうかなってしまいそうだ。

「私、もう失礼します」

と腰を浮かしたとき、再びあの声が聞こえて来たのだ。体中が燃え立つように熱くなった。頬が紅潮するのが分る。

「そうですか。では――」

と中神が立って玄関へ行った。

紀子はバッグを手に、そろそろと歩いて、玄関へ下りた。

「どうかしましたか？」

「いいえ……何でも……」

めまいに似た感覚が、紀子を襲った。ふらついて、よろけたのを、中神が抱き止める。

「大丈夫ですか？」

「ええ……私……」

やにわに、紀子は中神に抱きついた。

それからのことは、途切れ途切れの記憶しかなかった。抱きしめてくれた腕の力強さ、唇に押し当てられる唇の柔らかさ。

ドアのチェーンをかける音、窓のカーテンを閉める、シュッという音が、不思議に耳に残った。

それ以外のことは、総ておぼろげな、混乱した断片ばかりだ。

中神の手が優しく服を脱がせていく間、紀子は、もう何年も絶えて忘れていた胸苦しいほどのときめきを覚えた。

中神の若々しい体の重さを抱きとめながら紀子は夫との夜には味わったことのない、目のくらむような快楽に、我を忘れて行った……。

そのときにも、紀子の脳裏には、ＴＶのメロドラマの映像が映っていた。ただし、そのヒロインの顔は、紀子自身のそれだった。

「ただいま」

紀子が、スーパーの袋をかかえて玄関を入ると、久子が出て来た。

「お帰り。出かけてたの？　何も言ってなかったから、心配しちゃった。悪い人にさらわれたのかと思って」

「親をからかって！　荷物持ってちょうだいな」

「はいはい」

久子はスーパーの袋を受け取って、「どこに行ってたの？」

と訊いた。

「学校のときのお友だちから電話があってね、ちょうど近くへ来たから会いたいって。それで、つい話し込んじゃったのよ。――あ、ありがとう。そこへ置いて」

久子は、母の様子が、何となくいつもと違うのを、敏感に感じ取っていた。そこは女同士である。それに、「古い友だちと会った」というのは、女が浮気して帰った場合に、最もよく使われる口実の一つだ。

しかし、浮気して来たのなら、ああも平然としていられるかしら？　――久子はまだ半信半疑で、買って来た物を冷蔵庫へ入れている紀子を見ていた。

――紀子は、服を着替えようと、奥の部屋へ入った。いつもなら別にわざわざドアを閉めたりしないのだが、今日は何となく閉めずにいられない。

そっと下着姿になって、鏡の前に座る。下着も替えた方がいいだろうか？　そこまでしなくたって……。

紀子は鏡の中の自分に微笑みかけた。いつになく、自分が美しく、若々しく見える。

――TVのメロドラマは嘘っぱちだわ、と紀子は思った。

あんな風に、罪の意識におののくなどということはまるでない。それは、自分でも呆気ないくらいであった。

浮気して来たのだ。そう言いきかせてみるのだが、一向に夫の顔も子供たちの顔も、瞼《まぶた》に浮かばないのである。

今、頭の中は、中神のことで一杯だ。あんなに素晴らしい経験は、生れて初めてだ、と思った。

罪の意識だの、貞操だのといった言葉を、紀子の辞書から、あの体験が追い出してしまった。——あんなに素敵なことを、どうして後悔しなきゃならないの？

古い流行歌をハミングしながら、紀子は普段着に着替えた。

中神の方も夢中で、一度では離してくれなかった。それでこんなに遅くなってしまったのだ。

さて、明日はどうしようか？ ——中神が、明日も会いたいと言っていたのだ。

紀子は、迷っていたわけではなかった。口実を何にするかと、考えていたのである。

多忙な週末

金曜日の夜。

夕食の席は、いつになく静かだった。

「おかわり」

「ソース」

「ケチャップ」

交《か》わされるのは名刺ならぬ名詞のみであった。そして、それに気付いているのは、久子一人だったろう。

いつも、真面目に聞くのも馬鹿らしいような話ばかりしていて、

「もう少し有意義な話はできないの？」

と文句を言っていた久子だが、こうして誰もが黙り込んでしまうと、自分でも理由の分らないイライラに取りつかれた。

馬鹿話でも、ないよりはましだ。

「お父さん、疲れてるみたいね」

と久子が言うと、月波は、ちょっとポカンとしていた。明日の土曜日、南泰子とラブホテルで待ち合わせているので、どう理由をつけるのがいいかと考えていたのである。

「ん？　何か言ったか？」

「いやね、ぼんやりしちゃって。少し働き過ぎじゃない？　明日はお休みでしょ。ゆっくり寝たらいいわ」

「いや、それが、接待でね。出かけなきゃならないんだ」

久子の言葉に飛びつくように、月波は言った。こういう話は、切り出すのが難しいのだ。さり気なく言おうとするあまり、リアリティを損なうのである。

「あら、あなた、お出かけ？」

こちらも、努の家庭教師との逢瀬《おうせ》の口実を捜していた紀子が、夫の言葉に飛びついた。

「お帰りは何時頃？」

「さあ……。夜になるな。もしかしたら夕食も食べて来るかもしれない。そのとき次第だ

よ」

「そうなの。それだったら……」

「何だ、お前も出かけるのか？」

「ええ、買い物に誘われてるの。前から欲しかったのを安売りしてるから」

「じゃ行ってくればいい」

久子が、

「いいわねえ、お母さん。私も連れてってよ」

と言うと、紀子は笑って、

「おばさん連中と一緒じゃつまんないわよ」

「ブラウス一枚欲しいんだ」

「それじゃ自分で買ってらっしゃい。いくらぐらい？」

「出してくれるの？」

「三千円まで補助してあげるわ」

「サンキュー！　お母さんは話せるなあ」

久子はオーバーに喜んで見せた。――父の様子もおかしいが、母も変だ。いつもお小遣い以上はよほどのことがないと渡さないのに。それに、人間、何か自分に後ろ暗い所があると、ついつい気前よくなるものなのだ……。

これで明日出かけられる、となると、月波も紀子も、安心感から急におしゃべりになった。

月波は、南泰子の、紀子とは段違いに、抱きがいのある体の感触を思い出していたし、紀子は紀子で、中神の、夫とは桁違《けたちが》いの若々しい抱擁を思い起こして、半ば陶然としていた。

しかし、月波の方は、色々と気がかりなこともないではない。

岐子が妻のある男を好きになっているという、西谷正美の話。それから、正美から、お腹の子供を始末する病院を捜してくれと頼まれたこと。第三に、その件で話をしようとした阿部光江から、とんでもない話を聞かされて、堕胎の手術代を請求されたこと。

どれも頭の痛いことではあるが、差し当りは南泰子との情事に、思いは飛んでいるのである。

紀子の方は、至って気楽なもので、明日は何を着て行こうか、ちょっと香水も高いのを買ってつけようか、などと考えている。

「さあさあ、二人とも勉強しなさい」

食事を終えると、紀子は久子と努をせき立てた。

久子は一旦自分の部屋へ入ってから、すぐに出て来て、努の部屋を覗《のぞ》き込んだ。

「入るならノックしろよ」

「気取るんじゃないの。ノックするほどの部屋?」

と久子は入ってドアを閉めた。

「困っちゃったよ」

「何が?」

「ケンの奴さ。来週の土曜日にやろうって言うんだ」

「あんた、どう返事したの？」

「渋ったら、『怖気付《おじけ》いたのか』って言われたから、『やる』って言っちゃったよ」

「だめね、単純なんだから。でも、まあいいわよ。一週間ありゃ、こっちも充分に準備の余裕がある」

「やっぱ、僕が誘拐されなきゃいけないの？」

と、努が、ちょっと情ない顔で言った。

「しっかりしなよ、男でしょ」

と久子は努の肩をポンと叩いて、「それにまだそうと決ったわけじゃないわ」

「ええ？　どういう意味？」

「私に任せときなさい、って」

久子は努の部屋を出ながら、そう言った。すみれがケンの家の様子を調べているし、千春が中神雄二のことを探っている。

明日あたりには何か報告があるはずだった。それを見て考えよう。

久子には、目下のところ、父と母の二人が、二人ともどうもまともな状態でないということの方が気がかりだった。

必要なら、そっちの方も調べてみよう。久子はそう思った。部屋へ入ると、こっちはヘッドホンなど聞かない。

「さて、勉強、勉強」

土曜日は、至って上天気になった。

「こんな日に仕事とはツイてないよ」

月波はグチリながら、靴をはいた。

「ご苦労さまね、本当に」

紀子は夫を見送りに出て来て、上衣の肩にくっついていた糸くずを取ってやると、「行ってらっしゃい」

と送り出す。

面白くもなさそうな顔で家を出た月波は、たちまち、しまりのない笑顔に早変り。足取りは軽く、タクシーを拾うと、南泰子の待つラブホテルへと向った。

多少、紀子に悪いという気がないでもない。しかし、あいつにだって責任はあるのだ。

そうとも。妻は夫に飽きられないように努力しなくてはならない。然《しか》るに、あいつと来たら、淡泊も度が過ぎている。抱いてやっても、仕方なしに応じるだけで、早く終らせてよ、と言い出す。あれじゃ亭主に浮気して来いと勧めているようなものじゃないか。

そうさ。俺がそうひけ目を感じることはないのだ。

——月波は座席にゆったりともたれて、つい口笛でも出そうな気分だった。

月波が口笛なら、紀子の方は鼻歌だ。

鏡の前で、念入りにお化粧をする。

「大分若くなったみたい……、恋をすると、女はみずみずしくなるのよ」

と鏡の中の自分へ話しかける。

昨夜は、ベッドの中でも中神のことを考えて、なかなか眠れなかった。隣で、何も知らずに夫がいびきをかいているのを見ても、憐《あわれ》みこそ覚えたが、ついぞ罪の意識は感じなかった。

「そうよ。あの人にだって責任があるのよ」

いつもいつも、決り切った事務的なセックスで、妻を歓ばせることなど考えてもいない。自分の欲求を満足させると、もうさっさと眠ってしまうのだから。

「あれじゃ、妻に浮気をしろとそそのかしてるようなもんだわ。——何も私が苦しむ必要なんかないのよ」

自分を納得させると、手早く外出の仕度をした。洗濯がまだだが、帰ってからやればいいだろう。

一時頃に行くと言ったのに、遅れてしまいそう。紀子は急いで戸締りを済ますと、ハンドバッグを手にした。

「そうだわ」

今日はあのアパートでなく、どこか、安心できる所へ行きたい。そのお金ぐらい私が持たなくちゃ。

　――紀子は財布に一万円札を何枚か入れると、玄関へ回った。

　そこへチャイムが鳴った。いやだわ、誰だろう？

「はい」

　と、玄関のドアを開いて、驚いた。目の前に立っているのは、中神だったのだ。

「まあ……中神先生……」

　紀子はやっと我に返って、「驚きましたわ」

「ご主人は？」

「出かけましたの。仕事で……」

「良かった。もう奥さんが家を出てしまっていたら、どうしようかと思っていたんです。入っていいですか？」

「ええ、もちろん。どうぞ」

　紀子は、ちょっと近所の目が気になったがためらわず、中神を入れて、ドアを閉めた。鍵をかけ、チェーンをかける。

「どうしてわざわざ――」

　と急いでお茶を淹れて来る。

「今、出かけようとしていたんですのに」

「とってもきれいですよ、奥さん」

中神の目が、紀子の爪先から頭までをくまなく走る。紀子は、服を透かして下の肌を見られているような気がして、頰を染めた。

「若くなった。本当に、急に輝き始めましたよ、奥さんは」

と中神が言った。紀子は、カッと体が熱くほてって来るのを感じた。

「あの……どこかへ出かけません?」

と紀子は言った。

「実は朝から何も食べていないんです」

「あら。それじゃ何か作りましょう」

「すみません」

紀子はやや失望していた。中神がどこか外へ誘い出してくれると思っていたのだ。——いつもそう望み通りには行かないわ。

紀子はカレーの冷凍したものを出して、電子レンジへ入れた。

「カレーでいいかしら。少し解凍するのに時間がかかりますけど」

「結構です」

そう言うなり、中神はやおら紀子の手を取って引き寄せた。もちろん紀子が逆らうはずもない。

中神の腕に抱かれて、紀子は身震いした。

「一刻も早く、奥さんに会いたかったんです」

「私だって……」

二人の唇が重なる。——どうもはた目にはつり合わないが、紀子の方はそう思っていない。

モニターTVがないのが幸いである。

「奥さん」

「何でしょう?」

「寝室を見せて下さい」

「私の……ですか? でも、どうして——」

「お願いです」

「はあ……」

紀子は先に立って二階へ上って行った。

寝室のドアを開ける。カーテンが開いて、明るい光が射し入っていた。

「まだ掃除をしていないので……」

と紀子は言った。

中神は中へ入ると、二つのベッドを、じっと眺めて、それから紀子を振り返った。

「ここでご主人と寝るわけですね」

中神の言葉に紀子はドキッとした。

夫婦の寝室で浮気の相手と立っているのは、どうにも気まずいものだ。

「あの……下へ行きましょう」

紀子はドアを開けようとした。

中神がさっと進み出ると、ドアを閉じて、紀子の腕をつかんだ。

「先生……」

「奥さん、僕はあなたがご主人に抱かれている所を想像すると気が狂いそうなんです」

「でも、私――」

「あなたのご主人が憎い。あなたは僕だけのものだ」

紀子は中神に抱きしめられて、目の回るような、あの感覚が呼びさまされるのが分った。

「――奥さん、ここで僕に抱かれて下さい」

「ここで？　でも――」

「いいでしょう？　あなたの中から、ご主人を追い出したい。あなた方夫婦だけの秘密を消してしまいたいんです」

紀子はぼんやりと、その中神のセリフをどこかで聞いたことがあるように思った。――どこだったかしら？　いいわ、そんなこと、どうだっていい……。

「ええ、構わないわ」

と紀子は言った。中神が紀子を両手で抱き上げた。細いに似ず、力がある。紀子を一方のベッドへ投げ出すようにして、中神がその上へ――。紀子は驚いて、

「先生、カーテンを……」

「いいじゃありませんか。見えやしませんよ」

中神の手は至って効率良く動いていた。紀子は、もう何がどうなっても構わないという気になっていた。そうだ、どうせ二階だ。外から見えるわけじゃない……。

紀子は喘《あえ》ぎながら、中神を抱き寄せた。

さて……。

「ふーむ。ラブホテルって、面白いもんだなあ」

と感心しているのは、もちろん月波である。「至る所に鏡があるんだね」

南泰子はフフ、と笑って、

「子供みたいね」

とからかった。

こちらは早々と、一ラウンドを終ったところである。

二人してシャワーを浴び、一つ飲み物でも、と、冷たいビールを取り寄せて休憩中だ。

「ああ、最高だよ！」

と月波は伸びをした。

「主人は喜んでた？　若い子と浮気して」

「うん、上機嫌だったね。しかし分らないなあ。うちの紀子みたいな女ならともかく、君みたいに素敵な奥さんがいて、それでも若い子がいいのかね」

「物珍しいのよ」

と泰子は言ってビールをぐっと飲むと、「ところで、お話って何?」と訊いた。

「用だって? 何だったかな?」

月波はビールを手にして訊き返した。南泰子は笑って、

「いやね、私が訊いてるのよ」

「あ、そうか。そうだった。いや、あんまり君が素晴らしいんで、忘れるところだった」

「まあ、巧いことばっかり言って」

「本当だよ。いや、実はね、子供をその……」

「お子さんがどうしたの?」

「いや、そうじゃないんだ。つまり……間違って出来ちまったのを堕《お》ろす医者を知らないかと思ってね。女子大生なんだが」

泰子は月波をまじまじと見つめて、

「呆れた! 真面目一徹だなんて言っておいて……」

「おい、誤解しないでくれよ」

月波はあわてて言った。「憶えてるだろう、この間、ホテルのバーで会った、長女の友だち……」

月波が西谷正美のことを話すと、泰子は感心の体で、

「へえ、今の学生って、何やってんのかしらね。――いいわ、知ってる奥さんで、この間、

こっそり堕して来た人がいるから、訊いてみてあげる」

「亭主の子じゃなかったのかい？」

「船乗りでね、半年前に日本を出たきりなのよ。それで妊娠三カ月じゃ、ちょっとね」

「なるほど」

「でも、その西谷正美って子、口止め料に多少払ってやった方がいいかもしれないわよ」

「そうだなあ。きっと断りゃしないと思うよ」

月波はビールをゆっくり飲みほした。「しかし、全く今の世は乱れてる」

泰子はクスッと笑った。

「人のことを言えた義理？」

「いや、それだけじゃないんだ」

月波は、阿部光江の話から、社内の人間で乱交パーティらしきものがあったと思えることを話してやった。

「会社の人たちで？　――呆れたわね！　きっと重役、部長クラスでしょうね」

「少なくとも僕にはお呼びがかからなかった」

と月波が苦笑した。「しかし、そんなことを耳にしちまったんで、手術代を払うはめになったんだ」

「いいわ、私が何とかしてあげる」

「すまん。何しろ亭主は小遣いが決っていて、一文のむだも――」

「よく分ってるわ。私も主婦ですものね。でも、その話、面白いじゃない。聞き逃す手はないわ。巧く利用すれば……」

と泰子が考え込む。月波はそういう点、頭の回転は至って緩慢である。

「何のことだい？」

「いいのよ、私に任して。――さ、あなたはあなたの仕事に励んでちょうだい」

そう言って、南泰子は月波へと煽情《せんじよう》的な唇を突き出した。

秘めたる事情

土曜日の午後、月波夫婦がそれぞれに浮気の最中だった頃、娘の久子は、いつもの喫茶店で手下たちとの会合を開いていた。

「――さて、じゃ議題に入るわよ」

久子は一同の顔を見回してから、「すみれ、ユリ子。野島賢一の身辺の調査、どの辺まで進んでる？」

と、その二人を見た。

野島賢一。――久子の弟、努へ偽装誘拐の話を持ちかけた〈ケン〉のことである。

「ウン、なかなか面白いことが出て来たわよ」

と、メガネをかけた、すみれが手帳を開きながら言った。

「話してちょうだい」

「近所の聞き込みからでも色んなことが分って来たわ。本当に大人って噂話が好きなのね」

「それで？」

「そのケンって子の家は衣類の加工をやってる小さな会社でね、父親の野島賢吾ってのが社長なの。何でも二年ぐらい前にはえらい景気で、家は新築するわ、外車は買い込むわ……。しかも、需要の伸びを見越して、大々的に設備投資をしたらしいの」

「すみれ、よく〈設備投資〉なんて言葉、知ってるじゃないの」

と他のメンバーの一人が冷やかした。

「失礼ね。私はね、株を買うのが趣味なのよ、こう見えても」

と、すみれが応じた。

「いいから続けて」

と、久子が促す。

「ＯＫ。――ところが、去年あたりから、衣料品は不況でぐっと落ち込んだ。この野島賢吾さんの会社も、もちろん大打撃よ。それでも半年ぐらいは、それまでの信用で何とかつないでいたけど、ついにダウン。倒産だけは免れたけど、大幅に規模を縮小。新築した家の半分を改造して、そこと庭を工場にして細々とやってたらしいわ」

「ひどいもんね」

「ところが一向に状況は好転せず、近所の人の話では、その家も借金の抵当に入っていて、このままじゃ取り上げられちゃうんじゃないかってことよ」

「ふーん」

久子は意外な報告に驚いていた。努の話から、そんな様子は全くうかがえなかったのに……。しかし、そのケンという子にしても、そんな〈小学生ローン〉を始めようなどと言い出すほどの余裕があるとはとても思えない。

自分の父親の会社が危ないということぐらい、いくら小学生でも感じているはずである。それも数字——特に金の計算に強い子供だというのに。

「まだあるのよ」

とすみれが言った。

「何なの！」

と久子が訊いた。

「ここ一月《ひと》ばかり、その〝家内工場〟、全然仕事してないんですって。何人かいた従業員も、もう姿を見せないらしいのよ」

「じゃ、潰れたんじゃないの？」

「そうじゃないらしいわ。でも、もう時間の問題だとか、近所の噂だった」

久子は、すみれが口を閉じると、しばらく考え込んでいたが、

「そのケンって子の評判はどう？」

「近所には受けがいいようよ。礼儀正しくて、頭もいいし、素直な子だって」

久子はちょっと笑って、

「そりゃ怪しいや。私だってそう言われてるものね」

と変なことを自慢した。

「まあ、今はこんなところね」

「ご苦労さん、その家族のことも分る限り調べてちょうだい」

「了解」

とすみれが肯く。「――でも、どう思う？　そのケンって子の話、うさんくさいと思わない？」

「プンプン匂うわね」

久子がゆっくりとコーヒーをすすった。「大人を仲間に入れようと言い出したこと、家が破産寸前の状態だってこと……。おそらく、その親父さんか誰かが、ケンって子にやらせてんじゃないかな」

「それだとヤバイじゃない。久子の弟を狂言で誘拐すると言っといて、本気で……」

「そうね。もう一つの問題は我が家にそれほど金がないってことだわ」

久子はしばらく考え込んだ。

「どうもすっきりしないね」

「便秘でもしてんの？」

「馬鹿。――いいこと、会社が潰れそうになってるのを救うために、誰かを誘拐するというのなら、うちみたいな平均的サラリーマン家庭なんか狙わないと思うのよ。もっと金持の子に目をつけるでしょう」

「それじゃ……」

「真意のほどはもう少し探る必要ありね」

と、久子は言った。「ともかく、弟を誘拐させるわけにゃいかないわ。――といって、ケンって子を誘拐しても、そんな家じゃ金は一文も払えないだろうし、ね」

「でも、まさか赤の他人を誘拐するわけにゃいかないでしょう」

とすみれが言った。「そいつはやり過ぎよ」

「承知してるわ。私に任せといて。考えがあるの」

久子は軽くウインクして見せた。

メンバーの、久子への信頼は絶大なものがある。久子が、任せろと言えば、任せておいて大丈夫なのだ。

「さて、と……」

久子は全員の顔を見回した。

「他になければ、今日は解散しよう」

みんなが席を立つと、久子は、

「ちょっと、千春、残ってね」

と声をかけた。――二人だけになると、

「中神雄二の方はどう？　何か分った？」

と久子は訊いた。

「うん……それが……分ったというか、分らないというか……」

良家の子女タイプの千春は、言いにくそうにモゴモゴと呟いた。――実際に千春の家は元華族という名門なのである。

「何よ、はっきり言って。何か分ったの？」

「まあ、多少は……」

「東大大学院ってのは本当？」

「全然。どうにも名門とはいえない私大の出よ。それも卒業してないの。中途退学になってるのよ」

「呆れた！　退学の理由は分った？」

「うん。うちの親類にその私大の理事やってんのがいるのね。それで友だちの見合いの相手なんだけど調べてくれと言って、分ったの。――何せ札つきの不良だったそうよ。それも授業をさぼるとかツッパってる不良じゃなくて、表面はいかにも優等生顔《づら》してて、本当に成績もそう悪くはなかったらしいの。でも裏では暴力団とつるんで売春の組織を大学内に作ろうとしてたんですって」

「売春の？」

「そう。なかなか二枚目で、ちょっと、こう、女がしびれそうな顔なんだって」

「でも、どっちかと言やあヤボったい二枚目だけどね」

「そうらしいわね。でも、その手のにコロリと行くのもいるわけよ」

「うん、分るわ。それで？」

「中神ってのが女の子を引っかけるでしょ。そして女の子の方が夢中になったとみると、やおら金に困ってるって話を切り出す。女の方は必死になってお金を工面する。でも、どう頑張ったってそうそう作れやしないでしょ。そこで、ちょっと男と寝てくれたら、すぐ何万にもなるって話を聞かせるわけね。女は彼のためだってんで男に抱かれる。それを何度かくり返すうちに、もう女の方だってそんな生活に染まっちゃうわけよ」

久子は冷静な表情で聞いてはいたが、内心は腸《はらわた》が煮えくり返るような思いだった。確かに久子の仲間だって、小遣い稼ぎにそんなことをやっている。しかし、それは自分の好きでやっているのだ。

男が、女の気持を利用し、踏みにじってそんな真似をさせるのとは全く別である。千春は続けた。

「——ともかく、そうやって、大学の中に組織を広げようとしていたらしいわ。でも、女の子の一人が泣き寝入りせずに当局へ訴えたんで、事が発覚、中神は即刻退学ってことになったわけ」

「ひどい奴ね！」

と久子は吐き捨てるように言って、「コーヒー、もう一杯！」

と怒鳴った。そんな男に努の家庭教師をやらせておけるか！　しかし、確か、努の話では、その中神を紹介したのは努の担任の教師だということだったが……。

「もっと何かないの？」

と久子が訊くと、

「うん……」

と千春は困ったように頭をかいている。

「話してよ、噂程度のことでいいからさ」

「じゃ言うけど……。中神のいるアパートってのは近所でも評判の悪い連中が集まってるらしいの。そりゃもう大変らしいわ。夜中にガンガン音楽は鳴らす、酔って大騒ぎする、でね。この前なんか、真っ昼間に、裸の女の子が飛び出して来たんですって」

「ストリーキング？」

「そうじゃなくて、どこかの部屋の学生に乱暴されそうになって逃げ出したみたいなのよ。さすがにそのときは警察沙汰になったらしいけど、女の子の方が、どう折り合ったのか訴えなかったんで、それっきりになったようね」

「ふーん」

「近所じゃ、あのアパートを早くぶっ潰せって意見が圧倒的よ」

久子は肯いた。どうもそのアパートの住人たちが、何かのグループにでもなっているのじゃないかという気がした。

「千春、そこを見に行ったの？」

「うん。昨日ね」

千春は目を伏せながら言った。

「――何かあったんでしょう。言ってごらんなさいよ」

「あの……昨日ね、そのアパートへ行ってみたの。中神の部屋ってのを外から見ていたら……女の人が見えたの。中神とその……抱き合って……中神がカーテンを閉めて……何せ大したアパートじゃないもんだから、窓の下に行くと声が聞こえて来て……」

「そりゃご苦労様ね」

と久子は微笑んだ。

「まあ……何をやってたかはね、そりゃ色々あると思うの。カーテン閉めて、八ミリでも見てたのかもしれないし、ＴＶゲームは暗い所でやる方がきれいだし……」

「何言ってんのよ」

久子は笑い出した。「二人でおままごとしてたとでも言うつもり？」

「でも……ねえ……私、ほら一度お宅へ伺ったことあるでしょ。一度だけだから……そうはっきりは憶えてないんだけど……久子のお母様って……素敵な方で……」

久子の顔色が変った。――千春の言わんとすることが、やっと分った。いや、薄々察していたことだったのだが、それを認めるのがいやだったのかもしれない。

「その、中神に抱かれてた女って、母だったのね？」

と久子は言った。

母が中神のアパートで、年がいもなく声をあげてのたうっている所を想像すると、久子はやり切れない思いだった。

久子だって、そうそう威張っていられる身ではない。他人にお説教する気は、さらさらなかった。

母だって女だし、好きな男ができれば一緒に寝たって不思議はない。しかし、よりによって相手は〈東大大学院〉の偽《にせ》学生。そんな手合にコロリと騙《だま》されてしまうほど母が愚かだったのかと思うと、無性に腹が立ったのだった。

それに、帰って来て母が、ケロリとして、一向に悩める人妻といった様子でなかったことも、久子には面白くなかった……。

「どうもありがとう、千春」

久子は、表面上は至って平静なまま、言った。「これ日当ね。取っといて」

「いらないわよ、別に」

「いいのよ。これはこれ。取ってくれなきゃ困るわ」

と、千春の手へ押し付ける。

「ねえ、悪いけど、これからも、そのアパートの様子を探っていてくれない?」

「分った。任せといて」

「何か分ったら連絡して。それじゃ、ね」

――一人で喫茶店に残った久子は、二杯目のコーヒーをゆっくりと飲んだ。

「そうか……」

思い出した。昨夜の夕食の席で、父も母も、今日は出かけるといっていたのだ。

父親の方も怪しいが、母の方が、中神と会うつもりなのはまず間違いあるまい。

「あーあ」

と久子はため息をついた。悩みの多いこと。――これを一気に解決する名案があればいいのだが。

実のところ、久子には、腹案があった。もちろん多少の危険は伴うが、今はそんなことを言っている場合ではない。

しかし、その前に全部の状況をはっきりさせておく必要があるのだ。

母の紀子と、姉の岐子は一応はっきりした。努の友だちケンの事情も、ほぼ分って来ている。

すると、後は父だけだ。しかし、そうそう手下に家族の素行調査をやらしちゃおけない。日当をポケットマネーから払うのだって馬鹿にならないし、わざわざ家族の恥を公表することもあるまい。

父の方は自分で探ってみよう、と久子は思った。

「月波さん、いらっしゃいますか？」

店のウエイトレスが呼んだ。

「はい」

「お電話ですよ」

「どうもすみません」

久子の口調はガラリと変っている。

「はい、月波久子です」

「ああよかった。そこにいたのね」

「何だ、みずえじゃないの」

以前、久子のグループにいて、事情あって脱けていた女の子である。久子は脱けたいという者は決して引き止めないし、いやな顔もしない。だからこそ、却って脱ける者は極めて少ないのだが。

「最近はその店で会ってるって聞いてたもんでね。まだ会合の最中？」

「違うわよ。もう私一人。そろそろ帰ろうかと思ってたところ。——どうしたの？」

「実はね、今、ちょっと〈ホテル××〉からかけてんだけど……」

「へえ。お盛んね」

「冷やかさないでよ。私、今ちょっと小遣いに詰まっててね。——そんでさ、ちょっと金回りのいいおっさんとホテルへ入ったんだけど……。そこで、見ちゃったのよ！」

「何を？」

「お宅のお父さん」

久子は一瞬何とも言えなかった。

「——あ、そう」

「何だ、知ってたの？」

「そういうわけじゃないけど……。確かに父だった？」

「間違いないわ。そばにくっついてた女が、『月波さん』って呼んでたもの」

久子はため息をついた。分るときは何もかも一度に分るものなのだ。月波という名はそうざらにない。それに、みずえは何度か久子の家へ来て、父親の顔をよく知っている。

「向うは私に気が付かなかったけどね。ちょうど中休みって感じで、二人して上のレストランへ上って行く所だったのよ」

呆れたもんだわ。うちの近くの、一番有名なラブホテルへ平気で入るなんて。人目につくと思わないのかしら？

「じゃ、まだそこにいるの？」

「そう思うわ。きっとまだ後があるのよ。そんな顔してたもの」

久子は少々情なくなった。

「相手はどんな女？」

「さあ……。人妻よ。いい年齢《とし》だわ。でも、かなり色っぽいけどね」

「了解。じゃ、私もそっちへ行ってみるわ」

「知らせない方が良かったかしら？」

「ううん。ありがたかったわ。本当に、ありがとう」

久子は電話を切ると、急いで喫茶店を出て、タクシーを拾った。ホテルの名を言うと、運転手が、

「お嬢ちゃん、ホテルに用かい？」

とニヤニヤしながら言った。

「そうよ！」

と久子は言った。「学校の風紀取締委員なのよ！」

バラ色の人生

「ああ、食った、食った」

月波は派手にゲップをして、ホウッと息をついた。日本のラブホテルだからいいが、ヨーロッパの格式あるホテルのレストランなら、非難の目で見られるところだろう。

「燃料補給は済んだし、ベッドへ戻るか」

「大きな声で言わないでよ」

と南泰子が笑いをかみ殺しながら言った。

「いくらこういうホテルだからって、表面上は紳士らしくしていなきゃ」

「そんなもんかな」

と月波はコーヒーを飲みながら、レストランの中を見回した。

――そこここに、どう見ても、夫婦とは思えないカップルが目につく。

初老の男と、二十歳そこそこの女――いや、実際はまだ高校生ぐらいかもしれない――と か、せいぜい、まだ十七、八歳同士の組合せ、中年女性と、大学生らしい男のカップル……。

「ずいぶん色々な男女関係ってのがあるもんだなあ」

と、月波は言った。「我々なんかまともな方だ」

「まとも、って言い方はどうかしらね。でも、見ようによっちゃ、夫婦が倦怠期《けんたい》の刺激剤として、ここを利用してるようにも見えるかもしれないわね」

「そうさ。だから堂々としてりゃいいんだ」

と、妙な正当化をして威張っている。

「浮気っていうのも、そういう風に考えりゃ気が楽ね。つまり他の男と寝ることで、消えかかった火を燃え立たせる……」

「大いに燃え立ってるよ」

「いやねえ」

と泰子は笑った。

少し間を置いて、泰子は言った。

「ねえ、さっきの話なんだけど」

「ん？　何だい？　燃え立ってる話？」

「違うわよ。その経理の何とかいう女の子の話」

「阿部光江か。例の乱交パーティのことかい？」

「そう。面白いじゃない？」

「面白いけど、僕はそこまでやる気はないよ」

「違うのよ。——せっかく、その情報を仕入れたんだから、活用しなきゃ嘘だっていうの」

「活用？」

「そう。その子の話だと、会社のかなり偉い人たちが関わり合ってるんでしょう？」

「はっきりそうは言わないが、そうとしか思えないよ」

「そこよ」

「……何が？」

と月波はキョトンとして訊いた。

「その女の子から、もっと詳しいことを訊き出すのよ。そして、上司の誰と誰が、そのパーティに出てたのかを探り出すの。その証拠になるものをつかめたら、それこそ、こっちの望みは思いのままだわ」

泰子の目はベッドの中にいるときに劣らず、ぎらついた光を放っていた。

「つまり……」

月波は考えながら、「乱交パーティの秘密を種に、上役をゆすろうってのかい？」

と訊いた。

「早く言えばそういうことね」

「でも……そんなことができると思うかい？」

「やってみなきゃ分らないわ。あなただって、出世したくないってわけじゃないでしょう？」

「そりゃ……まあね」

「どう？　やってみて損はないと思うけど」

「でも、どうやって？　僕は、若い女の子から、うまく話を引っ張り出すなんて芸当はできないよ」

「頼りないのねえ。——大丈夫。あなただって、若い女の子から見れば、そう魅力のない方でもないわよ」

あまり賞められているとは思えない。

「どうすりゃいいんだい？」

「手術の費用を払うから、どこかで会いたいって、そう言ってやるのよ。ついでに食事にでも誘って」

「でも、十万円もかかってるんだよ」

「それぐらいの投資はしなくちゃ。自分の将来を買うんだと思えば安いもんじゃないの」

「そりゃまあ……」

「心配しないで。そのお金は都合するわ」

「すまんね」

月波はホッと息をついた。こういうみみっちいことでは、あまり出世の見込みはなさそうである。

「しかし、そう簡単にしゃべるかね?」

「そこはあなたの腕次第よ。場合によってはその子をホテルの部屋へ誘って——」

月波は目を丸くした。

「本気で言ってるのかい?」

「もちろんよ。でも、それはあくまで手段。その子の方へ乗り換えたりしないでよ」

「分ってるよ……」

月波は、ややこわばった微笑を浮かべていた。——内心、ヒヤリとした。南泰子が、平気で月波に他の女と寝ろと言い出したのがショックだったのだ。

いや、しかし、それでいいのかもしれない。このセックスは、あくまで遊びだ。それならそれで、出世の手段に使っていけないわけもあるまい……。

むしろ、そんなことにこだわる自分の方がおかしいのかもしれない。

「よし、一つ僕の魅力を験《ため》してみるかな」

「そうよ。自信をつけると、男の人って、一段と強くなるわ。その自信で、また私を歓ばせてちょうだい」

泰子の声に、甘えるような響きが混じっていた。二人とも、食後のコーヒーを飲み終えていた。

月波は喉《のど》にまで、欲望が噴き上げて来るのを感じた。やや上ずった声で言った。

「部屋へ行こうか」


久子は、父が、どこかで見たことのある女と、レストランを出て来て、エレベーターへ乗り込むのを、階段の上り口から、見ていた。

父は、女の腰へ手を回して、舌なめずりせんばかりの飢えた顔つきで、本人はどう思っているのか知らないが、ともかく、はた目には何とも見っともなく映った。

エレベーターに二人が乗り込んで、箱が下り始めると、久子はエレベーターの前へ歩いて行った。階数の表示を見ていたのである。——やはり、一階までは下りなかった。

これからまた一ラウンド始めるつもりなのだろう。全く、何てことかしら！

久子は呆れてものも言えなかった。女房も女房なら、亭主も亭主だ。両方揃って浮気してりゃ世話はない。

久子だって、世間一般の常識から言えば、いささかワルの部類に入るかもしれないが、それで家には迷惑をかけていない。しかるに、父も母も、この様子では遠からず家庭内でのもめごとに発展することは必至である。

それにしても、あの一緒だった女、誰だったろう？　どこかで見たことのある顔なのだが……。

「おい、お嬢ちゃん」

久子がエレベーターの前に立っているのを見ていたらしい、初老の男が声をかけて来た。少し酔っているらしい。目の周囲が赤くなっている。

「何ですか？」

「一人なのかい？」

「ええ」

男が、よだれを流しそうな顔で寄って来た。酒くさい息がかかって、久子は身をひいた。

「どうだい？　わしの部屋へ来んか？　いいことをしてあげるよ」

久子はエレベーターの呼びボタンを押した。

「いくらくれるの？」

「二枚。——好きにさせてくれたら三枚出すよ。どうだい？　楽しんで、お小遣いになる。悪くないだろ？」

「悪くないわね」

エレベーターが上って来て、扉が開いた。

「じゃ、そうと決ったら——」

久子は手にしていた学生鞄で、男の股間を思い切り殴りつけた。

男が目を見開いて、一声、ウーンと呻《うめ》くと、ひっくり返った。

「ふん、おっさん、なめるんじゃないよ！」

久子は捨てゼリフを吐くとエレベーターへ乗って扉を閉じた。

ホテルを出て、久子はどこへ行こうという気にもなれず、ぶらぶら歩いていたが、ふと、平田淳史の顔が見たくなった。どうしてなのか、自分でも良く分らないままに、久子は平田の働いている喫茶店へと向っていた。

いつの間にか、足も早まっている。

父親の情事の現場を見た久子が、家へ帰らずに平田に会いに行ったのは、賢明だった。もし家へ帰っていれば、母と中神が、夫婦の寝室でベッドを共にしているところに出くわしただろう。

「子供たちが帰って来るわ……」

紀子は天井を仰ぎ見ながら、言った。「こんな所を見られたら……」

そう言いながら、紀子は一向にベッドから出ようとはしなかった。全身にまだ快楽の余韻が波打っているようで、体が言うことを聞かないのである。

「せっかくの土曜日だ。真直ぐ帰って来やしませんよ」

と、中神は言った。

「でも、万一――」

「そのときはあわてて飛び起きればいいじゃありませんか」

中神の手が、紀子の肌に触れた。紀子は軽く身震いした。

初めて抱かれたときとは違って、一気に昇りつめる感覚があった。紀子はただただ陶然とするばかりで、光のもやがかかったような視界の中には、夫の顔も、子供たちの顔も見えなかった。見えるのは、ただ、中神の端正な顔立ちと、若々しい肉体だけだ。

「本当に、もう起きないと……」

紀子は、やっとの思いでベッドから出ると、急いで脱ぎ散らしてあった服を着る。

「奥さん」

と中神が言った。「怒っていますか?」

「まさか」

紀子は軽く笑って、「こんな幸せな気分になったの、初めてですわ」

「そう言われると嬉しいですね」

中神もベッドから出て服を着た。紀子はあわてて目をそらした。少し、人妻としての恥じらいが戻って来たのかもしれない。

「先生、すぐにお帰りになりますか?」

と紀子は訊いた。

「そうしましょう。また帰るのが嫌になりそうです」

「でも……」

と言いかけて、紀子はためらった。

「何です?」

「今日私、出かけると言ってしまったんです」

「そうですか……。いや、実は急にアルバイトの口がかかって来ましてね」

と、中神は残念そうに言った。

「そうでしたの……」

紀子は落胆して呟いた。

「出来の悪い中学生でしてね。全く教えがいがないのも甚《はなは》だしいんですが、何しろ家が医者なので、払いがいいんですよ」

中神が服を着終えると、紀子は階下へ降りて、お湯を沸かし直した。

「——奥さん、もう行かなくちゃなりませんから」

と中神が台所へ顔を出す。

「あら、でも少しぐらい……」

「いや、ちょっと先方が遠いもんで、本当に間に合わないんです」

「そんなことをおっしゃって……。本当は私から逃げ出したいんじゃありませんの？」

冗談めかして言ったつもりが、つい本音の恨めしそうな口調が出てしまった。

「奥さん……」

中神が近寄ると、ごく自然に紀子はその腕に抱かれた。唇が触れると、紀子の体の奥深くで、また燃え上るものがあった。

「僕だって、凄《すご》いメガネをかけた中学生なんかより、あなたのそばにいたいんです」

「それならどこかへ連れて行って下さい」

「だめです。僕はお金がいるんですよ。食べて行かなきゃならない」

紀子は真剣な顔になって、

「その子供を教えていくらになりますの？　その分を私があげます」

と言った。もう恥も何もない。中神を引き止めておきたいという思いが、他の総てを圧倒していたのである。

「僕はヒモじゃない！　奥さんからお金はもらいません！」

中神は激しい口調で言うと、紀子を突き放した。「失礼します」

中神はさっさと玄関へ。紀子は、

「待って、怒らないで下さい。謝りますわ。お願いです、先生――待って！」

と追いすがった。

玄関で靴をはいた中神は、一つ息をついて、紀子の方を振り向いた。

「怒っちゃいませんよ。奥さんのお気持は嬉しいんですが、やはり甘えてはいけません。一度だけのつもりが、二度、三度になる。そのままずるずると奥さんを当てにするようになってしまったら、僕と奥さんの関係も、純粋なものでなくなってしまいます」

人妻と息子の家庭教師の関係が本来「純粋」なものかどうかは議論の分れるところだろう。しかし、紀子は、中神の言葉に胸を打たれた。――ああ、この人は何と純粋な人なんだろう。今の若い無軌道な人たちとは、まるで違う。

「分りました。先生のおっしゃる通りですわ」

と、紀子は肯いた。

「でも来週また……」

「もちろん。じゃ水曜日にしましょうね」

「お昼頃に伺います」

「勉強もちゃんとしなくちゃね」

中神は軽く笑って、さり気なくポケットへ手を入れたが……。

「変だな」

と呟くと、ポケットの中を探った。

「何か失くしたのですの？」

と紀子が訊いても、中神は上の空で、必死にポケットを探っていたが、

「まさか……」

と呟くと、急いで二階へ駆け上った。

「先生――」

ちょっと呆気に取られていた紀子は、やっと我に返ると、中神の後を追って、二階へ上った。

寝室へ入ってみると、中神が床を這い回ったり、ベッドの下を覗き込んだりしている。

「先生、どうなさったんですの？」

紀子がその問いを何度かくり返すと、中神は、やっと立ち上った。

「やっぱりここじゃない……」

と、落胆の表情で呟く。「ここにもないとすると、やはりここへ来る途中で落としたんだ……」

「何を落とされたんです？」

「あ……いや、大したものじゃないんです」

と、中神は、こわばった笑顔を作った。

「おっしゃって下さいな。もし後で掃除するときなんか、見付かったら、ご連絡できるでしょう」

我ながら説得力がある、と思った。

「ありがとうございます」

中神は、言った。「しかし、外で落としたんだと思いますよ」

「それなら、きっと誰かが拾って、届けてくれていますわ」

「まあ無理でしょう」

「どうしてですの？」

「現金を拾ったら、まず届ける者はいませんよ」

「まあ、現金！　むき出しで持ち歩いておられたんですか？」

「一応財布には入れてあったんですがね……」

と中神は悔しそうに言った。

「私、ご一緒に捜しますわ」

「いや、奥さんには関係ないことです。そんなむだ足を踏ませるわけにはいきませんよ」

「そんなこと——」

「ともかく、こんなことをしてちゃ遅れてしまう。どうもお騒がせしました」

「どうして、お金を持っていらしたんですの?」

「ちょっとした人助けですよ」

と中神は下へ降りながら言った。

「いくらぐらいお持ちだったんです?」

と紀子が訊くと、中神はちょっと考えて、

「五、六万でしたかな。しかし、約束を破っちゃだめですから……」

「でも、先生——」

と、紀子は言った。「お困りなら、お貸ししますよ」

中神を引き止める手段でなく、紀子はそう言ったのだった。

第五章　危険なゲーム

「一つ、本物の誘拐をやらかそうと思うんだけど、どう思う?」

久子は、自分の言葉が、冗談でも何でもないことを示すために、部下全員の顔を、ゆっくりと見回した。

一様に半信半疑だったみんなの顔が、徐々にいくつかの表情へと分れて行く。

まさか、と、まだ信じられない——あるいは信じたくない派。面白いじゃん、とニヤニヤし始める派。そこまではやり過ぎよ、と青くなる派……。

「今までやって来たことに比べりゃ、多少の危険は伴うわ」

と久子は認めた。「その点ははっきり言っておくわ。だから、抜けたい者は、今回に限り抜ける者も含めて、この場で申し出てちょうだい」

久子の言い方には少しもおどしめいた所がない。至って真正直である。

「もう一つ言っておくと、この計画には、私の個人的な目的も含まれているの。成功すれば、かなりいいお小遣いになることは確かだけど、私のために犠牲になるのはごめんだと思ったら、遠慮なく抜けてちょうだい」

こういうことを、包み隠さずにしゃべってしまうのが、メンバーの信頼を得るのに、一番いい方法であることを、久子は知っていた。

久子の率直な態度に、みんなの動揺も少しずつおさまって来た。

「久子には充分成算があるんでしょ?」

「一応はね。——よほど予想外のことが起きない限りは大丈夫だと思ってるわ」

「じゃ、私はやるわ」

「ありがとう。——他に?」

「私もやる。捕まるときは久子と一緒よ」

みんなが一斉に肯《うなず》く。久子は、頬がわずかに紅潮するのを感じた。

「じゃ、誰も抜けたい者はいないのね? ……OK。やりましょう」

「誰なの、目標は?」

「長松って社長のドラ息子よ。真赤なポルシェかなんか乗り回してて、本人はブクブクしまりなく太った、ちょいと足りない感じの奴なの」

簡潔にして適確な描写をしてみせる。

「じゃ、かなり絞り取れそうね」

「そう。ただね、色々とややこしい事情があって、単純に誘拐すりゃいいってもんでもないのよ」

「へえ」

「その事情っていうのに、ちょっとうちの家族が絡んで来るんだけど……」

と久子が言いかけると、

「それはしゃべる必要ないわよ」

と、一人が言った。「久子はリーダーなんだもの。何をしろ、って言ってくれりゃ、それでいいのよ」

全員が一斉に肯く。さすがに、ドライな久子も、一瞬胸が熱くなるのを覚えた。


さて、久子が正真正銘の誘拐計画を練っている頃、月波は、阿部光江の前に封筒をピタリと置いて、

「さあ、十万円あるよ」

仕事時間中ではあったが、その方が喫茶室は空いているのだ。

「わあ、嬉しいわ！」

光江は子供がオモチャかお菓子でももらったように喜んで、

「こんなに早く、よく集まりましたね。てっきり一カ月ぐらいはかかるだろうと思ってた」

素早く封筒の中をあらためて、

「間違いなく」

と、事務服のポケットへ滑り込ませる。

「領収書でも書きましょうか？」

「いや、必要ないよ」

と、月波は笑った。この十万円が月波の金なら、こんなにのんびり笑っていられるはずが

ない。当然、南泰子が都合してくれたのである。

「正直言って、十万円、丸々いただけるとは思ってなかったわ」

と光江は言って、コーヒーをガブリと飲んだ。「十万とふっかけて、せいぜい五万もくれりゃいいな、と思ってたの」

「おい――」

月波は呆れて、「じゃ、本当はそんなにかかってないのかい?」

「かかってますよ。手術代以外に、精神的苦痛がありますものね。うら若き乙女の――乙女じゃないか。でも若い娘にとっては、堪え難いほどの、辛い体験ですもの。少々余分にいただく権利はあると思いますけど」

月波は、怒るに怒れず、つい笑い出してしまった。

「いや、良く分った。君にはその金を取る権利があるよ」

「どうも」

光江は澄まして会釈した。

この落ち着きようはどうだろう。子供を堕《おろ》したのだって、きっと、これが初めてではあるまい。

今の若い娘は恐ろしい。月波は急に長女の岐子のことが心配になった。あいつもまさかこんなことをしてるんじゃあるまいな。

自分の浮気は棚に上げて心配していたが、

「じゃ、どうも」

コーヒーを飲み終えた光江が立ち上りかけたので、あわてて、

「ちょっと……まあ座って」

と押し止める。

「何ですか？」

「実はね、君にちょっと訊《き》きたいことがあるんだ」

「何をですか？」

「つまりね……病院を教えてほしいんだ」

と月波は声をひそめた。「君が手術した所をさ。頼むよ」

阿部光江はいぶかしげに月波を見て、

「どうして私が手術した病院を知りたいんですか？」

と訊いた。「――分った。本当はいくらかかったのか調べるのね？　ケチンボ！」

「違うよ！　そうじゃない。つまりね……」

月波は声をひそめて、「頼まれてるんだ。その……始末できる病院を捜してくれって。娘の友だちでね。断るわけにもいかないし、困ってたんだよ」

「へえ。娘さんのお友だち」

「うん。女子大生でね。全く困ったもんだ」

と月波がしかめっつらをすると、光江が吹き出した。

「おい、どうしたんだい?」

「呆れたわ。課長さんって、ずいぶん女泣かせなのね」

「やめてくれよ、気を回すのは。本当に娘の友だちだよ」

「ええ、よく分ってますわ」

まるで信じていない口調である。「別に課長さんの子じゃないってわけですね?」

「もちろんだよ!」

「じゃ、そういうことにしておきましょ。そういうことなら教えてあげますわ」

「助かるよ」

「知り合いですから、巧くやってくれると思います。日時が分ったら私に教えて下さい。予約を取って、私の知人だって一言付け加えときます。その方が扱いがいいわ」

「ありがとう」

「じゃ、一応電話を――」

と、紙ナプキンにボールペンで走り書きして、月波に手渡す。

「恩に着るよ」

月波はそれをポケットへ入れて、さて、今度は光江を誘う段取りだ、と思った。これが難しい。月波は、浮気はしても、プレイボーイというわけでは全然ないのだ。

どう切り出したものだろう、と考えていると、

「ねえ、課長さん」

と光江が言った。

「何だい？」

「私を夕食に誘う気はない？」

月波は、自分の耳を疑った。こんなことってあるだろうか？

「いや……そりゃあ、まあ、ないこともないけど……」

「それじゃ誘って」

光江はぐいと身を前へ乗り出して来た。その、「誘って」という言い方には、ただ夕食をおごってほしいという以上のニュアンスがあった。

「課長さんがどうして女子大生なんかにもてるのか、この目で確かめたいの」

光江はそう言ってウインクした。月波は、体の中を電流が駆け抜けたように、身震いした。

「じゃ、近い内に、ね」

と阿部光江が席を立つ。月波は、あわてて肯いて、

「うん、必ず誘うからね」

と、言った。——光江が喫茶店を出て行くと、月波は、ふうっと息をついて、それから店の赤電話の方へと歩いて行った。

かける先は南泰子の所だ。

「南でございます」

「月波だよ」

「あら。どうした？　例の子にお金を渡したの？」

「うん。ついでに、一緒に夕食を、という約束を取りつけたよ」

「ほら、ごらんなさい。あなた、若い子に結構もてるのよ。ウン、ちょっとやけるわ」

と、泰子がすねたような甘え声を出す。

「そう言うなよ。これも計画のためじゃないか」

「とか言っちゃって、鼻の下をダラーンと長くしてんでしょ。乗り換えたりしたら、勘弁しないから」

「分ってるよ。あんな子供なんか、君に比べりゃかたなしさ」

「ふふ、うまいこと言って……。今週も一度会ってよね」

「今週？　そうだなあ……」

「何よ、私のために割く時間はないの？」

「いや、そうじゃないけど、仕事がちょっと忙しい時期なんだ」

「私と寝るのが一番の仕事でしょ。出世の近道でもあるわよ」

「それもそうだ」

月波は笑って、「じゃ水曜日でも？　――しかし、彼の方は大丈夫？」

「うちの人？　平気よ。いつもね、こういうときは学校の用でって言うの。母親同士の集りがある、とかね。子供のことに引っかけりゃ、絶対に疑われないの」

「なるほどね」

南も哀れな奴だ、と月波は思った。しかし、男女の仲ばかりはどうにもならない。

「じゃ、水曜日に、一昨日のホテルで、ね？」

「OK。七時にしよう」

「六時半。少しでも長く楽しみたいわ」

「分ったよ。じゃ、六時半に」

月波もまんざらではない。阿部光江の方も今週中には誘わねばならないだろう。大分スケジュールが詰まって来た。

中年男の魅力というやつかな。月波はニヤニヤしながら席へ戻った。

「課長さん、何だか楽しそうですね」

書類に判をもらいに来た女子社員に言われて、「そうかい？」

月波は軽くウインクしてみせた。席へ戻った女子社員は首をかしげて、呟《つぶや》いた。

「課長、酔っ払ってるのかしら？」


月波がすっかりもてていい気分になっていた頃、妻の紀子は、自動支払機から、六万円を引出して、銀行を出るところだった。

一昨日、中神に六万円貸してやったので、その穴埋めというわけだった。まあ、なくては困るということもないが、後で家計簿へつけるときに、分らなくなってしまう。

一応同じだけ財布へ戻しておくことにしたのである。

それにあのお金は貸したのだから、その内返って来る。紀子は中神が目に涙すら浮かべて、このお金は必ず返しますからと、頭を何度も下げていた姿を思い出した。

「本当に純粋な人なんだわ……」

紀子は満足だった。愛する人のために、少しでも力になれたと思えば、それが何よりだ。

出たついでに、と買物していると、

「あら月波さん」

と声をかけて来たのは、努の同級生の母親だった。

「まあ、小倉さん。お久しぶり」

こうなると、立ち話もなんだから、というわけで、二人して手近な甘味喫茶へ。かくて、

「ちょっと入りましょうよ」

が、三十分、一時間になるのは世の習いである。小倉兼代は、紀子より大分若くて、見た目も派手な女性である。

「――ねえ、月波さん。あなた、凄《すご》く若々しくなったわね」

話が一段落したところで、小倉兼代が言った。紀子は笑って、

「まあ、お世辞？　自慢じゃないけど、もう年齢《とし》よ」

「いいえ、本当よ。肌がつやつやして、急に若く美しくなったわ。こう言っちゃ何だけど、あなた、割に地味でしょ、服や何かが。だから、いつもちょっと疲れて見えるのよ。それが……本当に見違えるくらい、明るくなったじゃないの」

「あまり言わないで」

紀子は照れくさくなって、「皮肉かと思っちゃうわ」

「ねえ、月波さん」

兼代が、ちょっと身を乗り出して、言った。

「あなた、恋してるんじゃない？」

紀子はギクリとした。あわてて水を飲むと、

「主人に惚れ直しているのかしら」

と、笑ってみせたが、我ながら、わざとらしい気がした。

「私の目に狂いはないと思うけどな」

兼代は、レントゲンばりに、紀子の心を見透かすような視線を向けて、「白状なさいよ。若い恋人ができたんでしょ」

「やめてよ、こんなおばさん、誰も相手にしやしないわよ」

「それなら、どうして目をそらすの？」

兼代はあくまで食い下がって来る。

紀子は困って、

「ちょっと、私、洗濯の途中だから」

と席を立とうとした。兼代が紀子の手をぐっと押えて、

「実はね、私もなのよ」

と言った。

「え?」

「私もいい人がいるの」

兼代はそう言って、くすっと笑った。

「あなた……浮気してるの?」

「あら、恋愛は自由よ。それも、惚れたはれたじゃなくて、純粋に肉体的な快楽だけ。でも、それでストレス解消になって、いつまでも若くいられりゃ、亭主だって喜ぶわよ」

どうも自分勝手な理屈だが、今の紀子には、同類がいたことで、多少ホッとしているところがあった。

もちろん自分と中神の場合には、肉体的な快楽のみではない。精神的にも深く愛し合っているのだ。――紀子はそう信じていた。

「私の相手は学生」

と兼代が言った。「逞《たくま》しいし、下手だけど一途《いちず》でさ、不器用なのが若々しくって却っていいのよ」

「そうかしら」

「そうよ。亭主とのセックスなんてマンネリもいいとこでしょ。私はちょくちょく相手を変えるの。そうすると新鮮よ」

紀子は、すっかり兼代の「凄さ」に呑まれていた。これに比べたら、自分の浮気なんて、浮気とも言えないようなものだ。

「あなたの方は？　やっぱり学生？」

と兼代が訊いた。「——隠すことないじゃないの。私がしゃべったんだもの。言いなさいよ」

紀子は黙っていた。しかし、黙っていること自体、肯定しているも同じだということはよく分っている。

「顔にイエスって書いてあるわよ」

「いやね……。ええ、恋人がいるわ」

とうとうしゃべってしまった。「——ええ、大学院生なの。努の家庭教師でね、つい、こんなことに。——でも、とても真面目な人なのよ……」

一旦言ってしまうと、後はスラスラと言葉が出て来る。彼のことを自慢したいという心理もあったかもしれない……。

「——じゃ、またね」

「さよなら」

紀子は、言ってしまって、却って気持がすっきりしたのを感じていた。秘密を共有する人間がいるというのは、心を軽くするものだ。兼代がしゃべらないだろうか？　——彼女だって浮気しているのだ。大丈夫。お互いさまだもの。紀子は足を早めた。

一方、紀子と別れた小倉兼代は、少し歩いて、買物袋へ手を入れると、小型のカセットレコーダーを取り出し、スイッチを切った。

情事の副産物

火曜日。

早速、阿部光江に頼んで、病院の予約を取ってもらった月波は、西谷正美を、ある喫茶店で待っていた。

約束に十分ほど遅れて、西谷正美が店へ入ってきた。

「ごめんなさい、待った?」

「いや、そうでもないよ」

「助かったわ、おじさまに見付けていただいて」

正美は色っぽい微笑を浮かべる。

「このすぐ近くだ。六時半の予約になってるよ」

「あら、じゃ、少し時間があるんですね」

正美はコーヒーを飲みながら、

「やっぱり気が重いものですね」

と言った。

「そうかい?」

「気分も良くないし、後に何か悪い症状でも残らないかって気になるし……」

正美にしては、殊勝なことを言っている、と月波はおかしくなったが、笑ってはにらまれるだろう、と必死にこらえた。

「それに、やっぱり一つの生命ですものね。自分が手を下さなくても、人殺しをするような気がするんです」

どうして急に道徳的になったんだろう？　月波は首をひねった。まあ、今の若い子の考えは、到底中年男の頭ではついて行けない。

「ね、おじさま」

と、さっきまでの色っぽい笑みはどこへやら、真剣そのものの目つきでぐっと乗り出して来る。

「な、何だい？」

月波はあわてて身を引いた。

「これは許されることでしょうか？　罪をおかすことにはならないかしら？」

「そ、それは……まあ何と言っても……やっぱり何だから……」

わけの分らないことを言っていると、正美はため息をついて、

「でも、今生れて来ても、その子は不幸になるだけですものね……」

「そ、そうだよ。ここは一つ割り切って、ね」

「そうですね」

と肯くと、ケロリとして、「お金はあります。可能性のある三人から、せしめて来ちゃった。フフ……」

といたずらっぽく笑う。

月波はコロコロと変る正美の様子に、ただ啞然《あぜん》としていたが、自分が費用を持つ必要がないと知って、ホッと内心胸を撫でおろしていた。

阿部光江に十万も払い、こっちまで払わされてはたまらない。

「それじゃ、そろそろ行こうか」

「ええ」

と正美は肯いて、「おじさま、ずっと私のそばについていて下さるんでしょ?」

と訊いた。

断るわけにもいかず、月波は、西谷正美と一緒に、予約しておいた産婦人科の病院へと入った。

阿部光江の名を言うと、すぐに話が通じて、医師が出て来た。

中年の、ちょっとだらしない感じの医者で、この手のことには慣れているようだった。

「こっちへ来て」

と医師に促されて、正美が入って行く。

月波は、やれやれ、と大欠伸《あくび》をしながら、待合室にある週刊誌をめくっていた。

三十分ほどして、ドアが開くと、正美がグスングスンと泣きながら出て来た。

「だ、大丈夫かい?」

と月波はびっくりして言った。

医師が出て来て、

「いざとなったら、いやだって泣き出しちゃった。まあ、よくあるんだよね。もう一度よく納得させて来るんだね」

と言って、引っ込んでしまう。月波はもう何が何だか分らなかった。

病院を出ると、また生真面目な顔になって正美が、低い声で言った。

「出来なかったの」

「どうしたっていうんだい?」

せっかく阿部光江に頼んで病院の予約を取ってもらったのに、と少々腹立たしい気分である。

「ごめんなさい。でも……いざ手術台に上ると、急にお腹の子が哀れに思えて……」

「でも、それはさっき——」

「そうじゃないんです。堕すのは仕方ないけど、この子は父親がないんですもの。誰だか分らないなんて、ないのも同じでしょう」

「ふむ……」

「せめて——せめて、父親がはっきりしていれば、二人して決めることもできるのに。私一人でこの責任を負うのが、辛くなって……」

月波はただもう唖然としていた。新派と漫才を同時に見ているというか、深刻と軽薄の音声多重放送では、どっちが本音なのか、さっぱり分らない。

「分った、分った。じゃ、どうすりゃいいんだい?」

何しろ正美は月波の浮気を目撃しているのだ。あまりすげなくしては密告されるかもしれない。

「おじさま、この子の父親になって」

「何だって!」

月波が仰天した。

「別に本当になってくれっていうんじゃないの。そう思っていられれば、堕すときに、安心していられるから」

どういう理屈か、よく分らないが、月波は仕方なく、

「じゃ、そういうことにしておこうよ」

と言った。半ば、やけっぱちである。

「嬉しいわ、おじさま!」

と、正美が月波に抱きついた。

「おい、ここは道の真中だよ!」

月波は、正美に抱きつかれて、あわてて、周囲を見回した。「やめろ、ってば!」

「おじさま。私と寝て」

「分ったから、早く、手を――」

突然、言葉が切れて、「……何だって？」

と訊き返す。

「私と寝て」

と正美はくり返した。

「そんな……。君は娘の友だちだよ！」

「いいじゃありませんか。――ね、私、おじさまを肌に感じたいの」

ぐいぐい押し付けられる胸の膨み。それは確かに悪い気分ではない。

「おじさまと寝られたら、心おきなく、手術を受けるわ。いいでしょう？」

月波とて、一度浮気してしまうと、一人も二人も同じという気になる。

それに、確かに正美はかなりのグラマーであり、南泰子の熟れた体とは、また違った魅力があるそうなのだ。

これも人助けだ、と自分へ言い聞かせて、

「よし。じゃどこかへ行こう」

と言った。

「ありがとう、おじさま！」

正美は月波の腕を取った。「ここへ来る途中に、ちょっといいホテルがあったの。そこに行きましょう」

ちゃんと捜しておいたと見える。ともかく月波は正美に引きずられるようにして、歩き出したのだった。

新しい浮気へ向って……。

月波家では、父親抜きの夕食を終えて、紀子は食器を洗い、久子と努はTVを見ていた。

紀子はいつになく、ふさぎ込んでいた。

明日、中神が努を教えにやって来る。早目にどこかで会って愛してほしかったのだが、中神がバイトで忙しくて、その時間がないというのである。

月波とは月に一度あるかないかだったのに、別に不満もなかった。それが、今では、昨日、今日と中神に会えなかっただけで、苛々《いらいら》が昂じて来るのだった。

紀子は、そんな自分が、恐ろしかった。

電話が鳴った。

「私、出る」

と久子が立って行く。「はい、月波でございます」

「あ、私、南の家内です。お母様はいらっしゃる?」

「はい。少々お待ちを」

久子は母を呼びながら、やっと分った、と内心、肯いていた。

あのホテルで、父と一緒にいた女。あれは南泰子だったのだ。

紀子は手を拭ってから、電話の方へ走って来る。

「はい、月波でございます」

母が話を始めるのを後に、久子は二階の部屋へ上って行った。

どうせ、

「いつも主人がお世話に――」

「いいえ、こちらこそ――」

とやり合っているのだろう。――全く、大人ってどこまで恥知らずなのか。

妙なモヤモヤが、久子の中にくすぶっていた。久子には珍しいことである。

予習をしておかなきゃ、と勉強を始めたものの、それも手につかない。気分転換、とラジオをつけたが、音楽もただやかましい雑音にしか聞えない。どうしちゃったんだろ？　私？

苛々した。タバコでも喫いたい気分だった。――いけないいけない。家じゃいい子でいなくちゃならないんだ……。

ふと、思い付いて、久子は部屋を出た。

下へ降りて行くと、もう紀子は電話を終えて、台所にいる。努は相変らずＴＶとお見合いだ。

久子は電話をかけることにした。――平田の働いている喫茶店に、だ。

ダイヤルを回しながら、いつの間に番号を憶えたのかしら、と自分でもびっくりしていた。

「もしもし。平田さんをお願いします」

と久子はいった。

「あいよ」

マスターらしい男が、「平田、電話だぞ」

と呼ぶのが聞こえる。

音楽と、人の話し声が、ザワザワと波の音のように響いていた。仕事中なのだ。怒られるだろうか？

「平田です」

「あの——月波久子です」

「やあ、どうしたの？」

明るい声に、ホッとした。

「ごめんなさい、お仕事中に……」

「いや、そう混んじゃいないから、大丈夫だよ。何か用なの？」

訊かれて久子は困った。特に用などないのだ。ただ平田の声を聞くと、苛立ちが鎮まるような気がしたのである。

しかし、まさかそうも言えまい。

「姉が……そこへ行ってませんか？」

とっさに出まかせを言った。「今、アパートの方へかけたんですけど、出ないもんで、もしかして、と思って……」

「そう。いや、来てないよ。残念ながらね。僕も来てくれりゃ嬉しいんだが」

「そう――ですか」

久子は、今までに感じたことのない、胸苦しいほどの哀しさ、切なさがこみあげて来るのを感じて、何も言えなくなってしまった。

久子が黙ってしまったので、平田が、

「もしもし、どうしたの？」

と訊いて来た。

「いえ……何でもありません」

「お姉さんがもし来たら、そっちへ電話するように言っとくよ」

「お願いします」

「また遊びにおいで。チョコレートパフェぐらいごちそうするよ」

平田は、笑いながら言って、電話を切った。久子は受話器を戻すと、大きく深呼吸した。息が苦しい。

頬に燃えるような熱さがあった。二階へ上りながら、手が震えているのを感じた。

「いやねえ、中風かしら」

と冗談めかして口に出したが、自分でも分っていた。

平田と話していたことが、こうさせるのだ。

――平田の声を思い出す。顔を、笑い方を。

それだけで、胸を締めつけられるような気がするのだった。

部屋へ戻って、ペタンとベッドに座り、しばらくぼんやりと宙を見つめている。

久子も、これがどうやら恋というものらしいと悟っていた。ほのかな片想いぐらいの経験ならあったけれど、こうも激しく、心臓をわしづかみにされるような気分は、初めてだった。

姉の恋人なんだ。あの人は姉さんを愛してるんだ、と自分に言い聞かせても、そんなことで到底コントロールできるようなしろものじゃないことはよく分っていた。

私が恋をするなんて！

久子は我ながら、驚いていた。

「——姉さん」

と努の声がする。

「何？　入っていいわよ」

久子は、当り前の様子に戻っていた。

「誰に電話してたの？」

と努が入って来る。

「そんなこと、あんたの知ったこっちゃないでしょ。——そうだ、例の計画の方ね、そろそろ煮つめるわよ」

頭を無理に切り換えて、グループのリーダー、久子へと変った。

「やっぱり僕が誘拐されんの？」

「そのふりをするのよ」

「じゃ、本当は違うんだね？　よかった！」

「何よ、怖かない、って言ってたくせに」

と久子は笑った。

「怖かないけどさ。で、どうするの？」

「ケンって子は信用できないわ。何か企んでるのよ」

「だと思った。あいつ頭いいからなあ」

「感心してちゃだめでしょ。例の、仲間に入れた大人っていうの分った？」

「まだなんだ」

と努は首を振った。

「ともかくね」

と久子は努へ言い聞かせるように、「私たちが巧くお膳立てしてやるわ。あんたは言われる通りにしてりゃいいのよ。分った？」

「その方が助かるよ。で、いつやらかすの？」

「土曜日。——まあ、本物の被害者次第だけどね」

「本物、って？」

「本当に誘拐される奴よ」

努はちょっとの間、目をパチクリさせていた。

「姉さん！　まさか本当に誰かをかっさらうんじゃないんだろ？」

「あら、悪い？」

「だって——そんなことやって捕まったら、刑務所だよ」

「心配しないの。私の年齢《とし》なら、少年院よ」

「そんな呑気なこと言って。——僕、いやだよ、姉さんが少年院なんて」

と努はふくれっつらになって、「でも、女は少女院って言うんじゃないの？」

「馬鹿。——絶対安全なようにやるから大丈夫。それにね、これは金目当てじゃなくて、いけすかない連中をやっつけるのが目的なんだから」

「へえ、誰だい？」

「そのケンって子とか、その他色々ね」

両親がその中に入っているとは、やはり姉として言いにくかった。

「それじゃTVの仕掛人みたいなもんだね」

「ま、そんなとこよ」

努は何でもTVになぞらえないと理解できないのである。

「わあ、カッコいいなあ。主題歌か何か流すの？」

「調子に乗らないの！」

久子はつい笑い出した。

「あら、あなた」

紀子は電話に出ると、「どこにいるの?」

「――うん、ちょっと部長に誘われてね」

月波は疲れたような声を出していた。

「まあ。それじゃ、お食事も済んだのね?」

「そうなんだ。これからまたバーへ付き合うんだ。ちょっと遅くなるな、今夜は」

「分りました。あんまり飲むと体に毒よ」

「そうだな。ほどほどにしとくよ」

電話を切ると、紀子は、内心ホッとしていた。

夫は今夜も酔って疲れて帰って来る。それなら、紀子を抱こうとはしないだろう。

紀子は、もう夫に抱かれる気がしなかったのだ。中神との情事で、女の歓びにめざめてからは。――今や、紀子は、TVのメロドラマのヒロイン、そのものの如く、感じ、かつ考えていた。それが虚構の世界であることには、一向に目を向けていなかった……。

設計図は引かれた

月波は大欠伸《あくび》をした。

「課長さん、眠そうですね」

と女の子に笑われて、あわてて、威厳を保つべくいかめしい顔をして見せたところで、たちまち欠伸がこみ上げて来るのだ。

月波はエヘンと咳払《せきばら》いして、席を立つと、トイレへ行って、思い切り顔を洗った。——やれやれ、と息をつく。

これでいくらか目は覚めたが、果してどれだけもつものやら……。

「辛いもんだな、もてる、っていうのも」

と呟いたのは、何もイキがってのことではない。何しろ火曜日は西谷正美、昨日、水曜日は南泰子、とたて続けの浮気である。

月波の年代には、いささか応える。

勝手なもので、こういうときには、妻の紀子が淡泊なのが救いだ、と月波は思った。今日は何か手土産でも買って帰ってやろうか。

もっとも、それを誤解して、妙な色気でも出されちゃかなわないが。

月波は、また大欠伸をした。こりゃ参ったぞ、畜生！

午前中はまだよかったのである。昼食に、疲労回復と、うな重など食べて満腹になったのがいけなかった。

眠気がさして欠伸の連発というわけなのである。しかし、ずっとトイレに入りびたりというわけにもいかない。

仕方なく廊下へ出たものの、ちょっと来客だからとでも言って、下でコーヒーでも飲んで

来るかな、などと考えていると、

「あら、課長さん」

呼ばれて振り向けば、阿部光江が、書類を入れた大型の封筒を抱きかかえるようにして立っている。

「やあ、君か」

「どう？　病院の方はお役に立って？」

「あ、ああ……」

月波はあわてて左右を見回した。「礼を言いに行こうと思ったんだけどね、何しろなかなか機会がなくて……」

「あら、そんなことといいのに」

と言っておいて、

「――お礼なら、今夜ホテルででも、いかが？　ゆっくりうかがうけど」

と、ちょいと首をかしげて見せる。いつもの月波ならゾクッとしてニヤつくところだが、今日ばかりは休まなくては、身がもたない。

「今日はちょっと接待でね……」

と月波は逃げた。

「あら……」

と、光江がふくれっつらになる。

しかし、あまり光江にそっけなくもできない。南泰子の計画では、例の乱交パーティに参加した上役の名を、光江から聞き出すことになっているのだ。

「ね、明日の晩はどうだい？」

月波は、少し声をひそめて、言った。

「明日？」

阿部光江は、月波の誘いにちょっと考え込んで、「金曜日ね。いいわ。翌日はお休みですものね。思いっ切り、クタクタになるまで大丈夫だわ」

月波はゴクッと唾を飲んだ。

「う、うん……」

「じゃ、明日の帰りに、下で待ってるわ」

「そうしてくれ」

「じゃあね」

光江がエレベーターで降りて行ってしまうと、月波はホッと息をついた。クタクタになるまで、だって？　冗談じゃないよ、全く！

席へ戻ったが、明日のことを考えたせいか、もう欠伸は出なくなっている。

しかし、果して南泰子の言うように、巧く行くものだろうか？

まず光江から、パーティに関係した上役たちの名を聞き出すのがホネだろう。光江自身も、月波がその一人だったと思っているぐらいだから、完全には、メンバーの顔を知らないはずである。

しかしまあ、やってみる値打はあるかもしれない。どうせ、このまま課長以上には行きそうもないのだから……。


「どうやら浮かんで来たわよ」

ケン——こと野島賢一の身辺を調べていたすみれが、手帳を取り出しながら、言った。

ここは、かの喫茶店。久子たちが定例の集りを開く場である。ただし、今は、久子とすみれの二人だけだった。

「ケンって子がね、日曜日と火曜日にね、同じ男と会ってるのよ」

「男?」

「調べてみると、その男はケンの従兄で、野島孝二って奴なの」

「野島孝二……」

「前科三犯。傷害、詐欺、などで食らいこんでいた男。二十五歳。まあ、要するにチンピラなのよ」

「その男とケンが組んで?」

「そうなの。その可能性が大きいと思うのよ。その孝二ってのがワルだしね」

「ケンって子の父親は?」

「それがどうも知らないみたいなのよ」

と、すみれが言った。「親父さんが、会社を救うために、やらせてんのかと思ったんだけどね、親父さん必死になって金策にかけ回ってるの」

「ポーズじゃないの?」

「そう思ってみたけどさ、あの姿、本当に見たら、そうは考えないわよ」

「そんなにひどいの?」

「しばらく後を尾け回してみたんだけどね……」

すみれが少し声の調子を落として、「次々に断られて、哀れという外なかったわよ」

「それじゃ、ケンって子が、勝手に考え出したのかしら?」

「その子ならやりかねないじゃない?」

とすみれは言った。「何しろ私の印象じゃ一家心中も間近ってとこよ」

「そんなに切羽詰《せっぱつ》まってるの?」

「それはちょっとオーバーだけどさ。かなり追い詰められてるのは事実よ」

「ふーん」

久子は考え込んだ。そのケンというのが、父の窮状を見かねて、勝手にあのプランを立てたのだとすると、同情すべき余地はある。

しかし、それにしては、孝二とかいうチンピラの従兄を仲間にするというのが、ちとおかしい。——ともかく、計画通りにことが運べば、かなりの金が入って来るが、いくらかそのケンの親父さんの所へ回してやってもいい。

「で、久子、具体的な打ち合わせは？」

「明日やるわ」

と久子は答えた。「できるだけ間近の方が、色々と条件も揃うし、ね」

「了解」

すみれは手帳を閉じる。「弟さんは知ってるの？」

「詳しいことは話してないの。その方がいいものね、子供は正直に顔へ出ちゃうから」

「それもそうね」

すみれは肯いた。

「みんなにも、いちいち細かいことまで教えてないけど、その方が混乱しないと思うのよ」

「久子は命令すればいいのよ」

「ありがとう」

久子は少し疲れ気味で欠伸をした。まさか月波のが移ったわけでもあるまい。

すみれが店を出ると、ほとんど入れかわりに入って来たのが、千春である。

「よかった、いたのね」

「どうしたの？」

「ちょっと耳に入れておいた方が、と思って来たの」

「中神のこと？」

「そうなの。昨日ね、中神のアパートの近くの喫茶店にいたら、当の中神が入って来たの。

同じアパートの人間らしいのが三人、くっついていたわ」

「それで?」

「四人で奥のテーブルに座ってね、何だかゲラゲラ笑ってるの」

と千春は言った。「私、そっと手鏡を取り出して見てみたの。そうしたら、四人で、何か大きな写真を何枚も、回し見しながら笑ってるのね。どうも気になったから、私、トイレへ行って、帰るときに、気付かれないように、四人の見ている写真をね、そっと覗《のぞ》き込んでみたの……」

「ちょっと待って」

と久子は千春に言った。先を聞くのが、怖いような気分だ。

中神たちが写真を回し見して、笑い合っていたというのは……。千春がそれを、こうも深刻そうに報告して来たことから考えても、大体の察しはつこうというものである。

「言わなくてもいいわ」

と久子は言った。「見当はつくわよ」

「そう? 私も言いたくないのよ」

千春は辛そうだった。

「うちの母の写真ね」

千春が肯く。

「中神と寝てるところの?」

千春がもう一度肯く。

「かなり……凄《すご》いの？」

何だか悪いことをしているような、申し訳なさそうな顔で、千春がまた肯いた。

久子は頭痛がして来た。――一体どこで撮ったのだろう？

いずれにせよ、それが何の目的なのかは、明らかだ。

「きっとあいつら金をゆする気よ」

と千春が言った。「私、吐き気がしたわ。その辺のケチャップでもぶっかけてやろうかと思った」

「ありがとう、千春」

と、久子は言った。「でもね、その写真はきっと保証書代りじゃないかな」

「保証書？」

「ゆするったって、母の自由になる金なんてそうないものね。それより、もっと巧い手があるわよ。ただ、母が警察へでも駆け込まないように、その写真を撮ったんだと思うわ」

「そうか。――でも、お宅のお母さんも気の毒ね」

「自業自得よ」

「そう言っちゃ酷だわ。きっと寂しかったのよ」

と、なぜか千春は弁護を始めた。「ご主人がかまってくれなかったんじゃないかしら。女なんて哀れなものなのよ」

「千春ったら、どうしたの?」

「別に……。でもさ、あんまりお母さんを責めちゃいけないわ」

千春は真顔で言って、「うちもね、父が女をつくって……。そんなときにも、うちの母なんて、なまじ育ちがいいでしょう。嫉妬するのはプライドが許さないのね。それに何とか父を引きとめておこうとして、ご機嫌を取ったりするの。——本当に見てると哀れで仕方ないわ。対抗して浮気するぐらいの元気があればいいと思うんだけど……」

「へえ、そうなの」

久子は驚いた。——千春の家は名門である。そんな家でも悩みは同じなのだ。

しかし、やはり久子としては、両親が浮気しているよりは、一方だけが浮気している方が、まだ気楽なような気がした。

千春が出ていった後、久子は、少し母の様子に気を付けていなくてはならない、と思った。

確かに、千春の言う通り、母は人に騙《だま》されやすい、人の好い女なのだ。それだけに、中神の正体を知ったら、大変なショックを受けるに違いない。

果していつそれに気付くか、そこが問題だ……。

少しして、やはり久子の部下の女学生が三人、店へ入って来た。

「遅くなってごめんなさい」

「ご苦労さん。——どうだった? 例の長松って奴のこと、分った?」

「大学生っていいわねえ」

と、一人が言って、ため息をついた。

「どうして？」

「あんなにヒマだったら、私、今すぐ大学に行くわ」

「そんなに？」

「だって起きるのは昼過ぎで、後もぐうたらしててさ、学校なんか全然行く様子ないの。夕方になると趣味の悪いスポーツカーに乗って六本木とか青山に遊びに行って……」

「そんで帰って来るのが真夜中か明け方でしょ。どこで拾ったか分んないような女の子連れちゃってさ」

「家へ連れて来るの？」

と久子は訊いた。

「馬鹿でかい家でね、それも敷地が広いでしょ。その中に、別棟があって、そっちにあの馬鹿息子――あ、名前はね、長松秀人っていうの。およそ合わないね。ま、そんなこといいんだけどさ。ともかくその別棟ってのに、一人でいるわけよ」

「ひどいわね。親も気にならないのかしら？」

「女遊びを奨励してるようなもんよ。どうせ親だってやってんでしょ」

「で、女の子なんか連れ込んじゃうわけ？」

「そう。門も入口も別なの。だから平気なもんでね、朝になると女の子が涼しい顔して出て来るわよ」

「ひどいもんね。——でも、女に目がないって感じでしょ」

「もう、中年の助平じじいのいやらしさが早くも現れてるわね」

とコテンパンである。

「それなら、チョイと引っかけるのは楽だわね」

「エサぶら下げてやりゃ、喜んで食らいついて来ると思うな」

「まるで釣りね。——OK。じゃ、チェックを続けてちょうだい。当然土曜の夜はお出ましになるだろうからね」

「誰がエサになるの?」

「私がやろうかと思ったんだけど、顔を知られてるのよね」

と久子が言うと、

「私やる!」

三人が一斉に声を合わせた。

久子はびっくりして、

「どうしてみんなやりたがるの?」

と三人の部下の顔を見渡した。

「だって、あの手の奴って、一番カンに触るのよ」

「そうそう。やっつけてやらなきゃ!」

「気持いいわよ、あれをのしイカにしたら」

「よしなさいよ。別に暴力を振うわけじゃないんだから」

と久子は苦笑した。「まあ、それじゃあなた方にその役は任せるとして……」

「サンキュー！」

三人は大喜びで、

「腕によりをかけて――」

「そう、何枚におろす？」

「魚じゃあるまいし」

とやっている。

「細かいことは明日、ここで指示するわ。分ったわね？」

「了解」

三人が出て行くと、久子は大きく息を吐き出した。――全く、疲れること。

計画に自信はあったが、相手をなめてかかってはいけない。向うの後ろには、暴力団あたりが控えているのかもしれないのだ。

中神が退学になったのは、大学内で売春組織を作ろうとしたせいだそうだが、それには暴力団が絡んでいたという。

そういう関係は、めったなことで切れるものではない。

「そうか……」

当然のことながら、母がそれに巻き込まれる心配もあるわけである。

ここはかなり細心の注意を払ってやる必要がある。——久子は、一人、喫茶店で考え込んでいた。


「土曜日にやるからね」

その夜、久子は、努の部屋へ入ると、言った。

「いよいよだね？　あいつも土曜日だって言ってる」

「どうやる気なの？」

「何だか学校の帰りに、車が待ってるから、それに乗りゃいいんだって」

「車？　——ふーん。じゃ、孝二って奴が運転するのね、きっと」

「孝二って誰？」

「例のケンの相棒よ」

「分ったの？　凄いなあ」

と、努はすっかり感服の態《てい》。

「そいつの車に乗って、言われた通りにしなさい」

「ええ？　だって僕は誘拐されない、って言ったじゃないか」

と努がふくれる。

「心配しないで大丈夫。すぐに助け出してやるわよ。その後は……」

久子は腕組みをして、楽しげに呟いた。

破局への前奏曲

金曜日の月波家は、めいめいが多忙を極めた。

月波は阿部光江を誘って、秘密を訊き出さなくてはならなかったし、紀子は紀子で、久しぶりに中神との逢瀬を楽しむべく、胸をふくらませている。

久子は、いよいよ明日に迫った誘拐の計画に基づいて、てきぱきと指示を出す。

結局、暇なのは、誘拐の被害者となるべき努ぐらいのものだった。


月波はコピー室へ入って行った。

「あら、課長さん」

先に来ていたのが阿部光江だった。

「やあ」

今夜あたり怪しい関係になろうという相手である。何と言えばいいのか迷ってしまう。

「こ、今夜は大丈夫かい？」

と、つい口ごもってしまうのが、にわかプレイボーイの悲しさである。

「ええ。ちょうど大丈夫な時期なの」

月波はただ今夜の予定を訊いただけだったのだが、光江の方はその先までを考えているようだ。

だが、月波の方は、どうもまだ疲労が抜け切らない。いささか持て余し気味というところか。

俺もトシなのかなあ……。

「今夜、何か食べたいものはあるかい?」

一緒にコピーを取りながら、月波は訊いた。できることなら、満腹にしてアルコールで酔わせて、眠らしちまおうというつもりだった。もっとも、そうなると、肝心の秘密を聞き出すのがホネかもしれないが。

「食べたいもの?」

光江はちょっと考えて、「——あるわ」

「何だい? あんまりべらぼうに高いものじゃ何だけど、極力ご期待にそうようにしてあげるよ」

こんなセリフ、一度でも女房に言ったことがあったかな……。

「私が食べたいのはね」

フフ、と光江は笑って、「課長さんよ」

月波はギョッとした。

阿部光江が牙をむき出して狼男ならぬ狼女に変身、襲いかかってくる場面を想像していたのである。

そこへドアが開いて、南が入ってきた。

「おい、阿部君、電話だよ」

「はーい」

光江は、ちょっと意味ありげな流し目を月波へ送ると、出来上ったコピーを手に出て行った。

「——何だか邪魔したみたいだな」

と南が冷やかし半分に言った。

「よせよ。——どうしたんだ？」

と月波が訊いたのは、南が、どことなく浮かぬ顔に見えたからだった。

「うん……」

南は難しい顔で顎《あご》をさすった。

「実はなあ……」

南がためらいがちに言い出した。

「何だい？　借金の申し出なら断るけど、それ以外なら考えないでもないぜ」

「どんなもんだろう。女房が何だか理由のわからない金を使ってるとしたら、お前なら問い詰めるかい？」

月波はギクリとした。もちろん、南泰子の出費というのは、光江に払った堕胎の費用のことに違いない。

いや、他にも、月波とのホテル代、加えて、今夜の光江とのデート代も、泰子から出ているのだ。

それぐらいは自分で出すと月波は言ったのだが、泰子としては、

「私のお金だと思えば、その女の子に夢中になれないでしょ」

というわけで、出すと言ってきかなかったのである。月波としても、それを断る手はなかった。

「じゃ……奥さんが？」

「そうなんだ。俺も家へ帰ってまで金勘定はいやだから、女房任せだったんだが、昨日、何の気なしに預金通帳を見ると、このところ何十万かおろしてるんだよ」

「買物でもしたんじゃないのか。ハンドバッグとか靴とか――」

「いや、それなら、あいつは必ず俺に見せるんだ。そういう性質だからな。ところが何を買ったってわけでもなさそうだし」

南は腕組みをして考え込んでいる。「お前なら、どうする？」

そう訊かれても、月波としては局外者ではないのだから困ってしまうのだが――。

訊いてみればいいじゃないか、と言って、もし泰子がしゃべってしまったら大変だし、といって、何も訊くなというのも妙なものだし……。

「そうだなあ」

月波はしばらく考えてから、言った。「まあ――もう少し様子をみちゃどうだい？　そのくらいで、後、何もなければ放っといてもいいじゃないか」

泰子へ連絡して、何か口実を考えておくように言わなくては。

「そうだな。それくらいのことで騒ぎ立ててもみっともないからな」

と南は肯いた。

「何か買物して、品物がまだ来ないのかもしれないぜ」

月波は思い付くままに言った。

「浮気されるよりはいいじゃないか」

我ながら図々しくなった、と思う。

「全くだな。こっちにも弱味がないじゃなし」

南は笑って、「ありがとう。大分気が楽になったよ」

南はポンと月波の肩を叩いて出て行った。

コピーを終えて席に戻った月波は、南が机に向っているのをチラリと眺めてから、また席を立った。

今度は急いで外へ出る。

赤電話へ走ると、南の家の番号を回した。待つことしばし――やっと泰子が出る。

「あら、今昼寝してたの。あなたの夢を見てたのよ」

「何を呑気なこと言って――」

月波は、南が泰子の出費に気付いていることを説明してやったが、

「あら、そう」

と泰子は至って呑気なものである。

「だから何か理由を考えておかないと……」

「大丈夫よ、心配しなくても」

と泰子は気軽に言った。「そんなに厳しく問い詰めて来るような人じゃないもの」

「それならいいけどね……」

「それより今夜の方はどう？」

「え？　ああ、一応予定通りに」

「じゃ、頑張ってね」

と言ってから、「ただし、頑張るのは、情報を聞き出すときだけよ。間違えないでね」

と付け加えた。

「分ってるよ」

と月波は笑った。

月波が赤電話で話しているのを、陰から見守っている目があった。月波が受話器を戻すと、その人影は素早く消えた。


「――先生、どうかなさったんですか？」

と紀子は訊いた。

中神のアパートである。紀子が胸を弾ませてやって来たのに、中神の方は何か心配事でもあるのか、紀子を抱こうともせずに、心ここにあらず、といった様子なのだ。

「先生」

紀子がもう一度呼びかけると、中神はハッとして、

「あ——すみません。何か言いましたか？」

「ご様子が変ですわ。どうなさったんですの？」

「いや、何でもありませんよ。あなたには関係のないことです」

「そんなことをおっしゃらないで。私でお力になれることなら、おっしゃって下さいませんか」

中神は微笑んだ。

「いや、誰にも、どうにもできないことなんですよ。あ、そうそう。この前お借りした六万円ですが、もう少し待っていただけませんか？」

「ええ、そんなもの、いつだって構わないんですよ」

「いや、そうは行きません。——お金というのは、人間同士の心の純粋なつながりを毒してしまうものですからね」

中神の言い方は、どこか苦々しげに、紀子には聞こえた。

「先生」

紀子は中神の手を握った。「一人で苦しんでばかりいらしてはいけませんわ。話だけでも——」

「馬鹿らしい話ですよ」

と中神は笑った。「裏切られた友情とでも言いましょうかね」

「お友だちが何か……」

「店を始めたのです。小さな店ですが、その友人の長年の夢だったたし、僕も大いに祝福してやりました」

「その店が――」

「夢だけでは、しょせん食べてはいけない。店が潰れ、後には借金が残ったというわけです」

「お気の毒に」

「ところが、その無二の親友は、全部の借金を僕へ押し付けて、逃げてしまったんです」

「まあ！」

「店を手に入れるときに金を借り、僕がその保証人になっていたので、まあ当然のことなんですがね。――友情も金の前には、脆《もろ》いものですよ」

「それで……どうなさるんですの？」

「どうしようもありません」

と、中神は肩をすくめた。「こっちはご覧のとおりの貧乏学生だし、家からは勘当同然の身でしてね。処置なし、というわけですよ」

中神がお茶を淹《い》れてくれる間、じっと紀子は考えていたが、やがて口を開いた。

「先生。どれくらいの借金なんでしょうか？」

「え？　――ああ、いくらでも同じですよ。どうせこっちは一文なしだ」

「いえ……。もし、私の力で何とかなるような金額なら——」

「とんでもない！」

中神は強い口調で言った。「この上、奥さんに迷惑はかけられませんよ」

「でも……」

「それに、今度ばかりは、少々の金額ではありません。何しろ一千万ですから」

「一千万」

とても自分の手に負える金額ではない。

「まあ、ご心配なく。いざとなったら夜逃げでもしますから」

と中神は笑った。

そのとき、急に外にドタドタと荒々しい足音がしたと思うと、ドアが乱暴に叩かれた。

「おい、開けろ！　いるのは分ってんだ！」

という怒鳴り声。紀子は、思わず腰を浮かした。

「来たな」

中神は紀子を押えて、「大丈夫です。座っていて下さい」

と、立って玄関のドアを開けた。

見るからに柄の悪い、ヤクザ風の男が三人、ぐいと中へ入って来る。中神はそれを遮って、

「今、客が来てるんだ。話は外でしよう」

と言った。

「客だと?」

と、そのヤクザはジロッと紀子を見た。紀子は身のすくむ思いで、座り直した。

「そうだ。話は外で聞く」

中神は、三人の男たちを押し出すようにしながら、「奥さん、すぐ戻りますから」と言って出て行った。

紀子は気が気ではなかった。足音が、廊下から階段を下りて行く。——大丈夫だろうか?あんな連中が相手では、まともな話などできないのではないかしら……。

時間が長く感じられた。——せいぜい十分か、十五分ぐらいのものだったろうが、紀子には一時間もたったように思えた。

急にまた足音が入り乱れて聞こえたと思うと、ドアが開いた。

「——先生!」

紀子は立ち上った。中神が、よろけるように入って来るなり、腹を苦しげに押えて、そのまま突っ伏してしまったのだ。

「介抱してやれよ」

と、男たちがニヤニヤ笑っている。

「何てことを! 警察を呼びますよ!」

怖さも忘れて、紀子は叫んだ。

「面白え。呼んでみな。パトカーが来る前に、この野郎の腕一本くらいは使いものにならなくなってるぜ」

紀子は青くなった。

「いいか、この次までに、半分の五百万は必ず用意しておくんだ！　さもねえと……」

男はそう言いかけて、ふと何を思い付いたのかニヤリとして、

「そこの女でも担保にもらって行くぜ」

と言うと、他の二人を促して、帰って行った。

「――大丈夫。傷はありません……」

中神は、しばらく横になっていたが、やがて、目を開いて、「ああいう奴らは、傷を残さないように殴るんです。証拠が残りませんからね」

「ひどい人たち！　……何とかしないと殺されてしまいますわ」

「なあに。連中も、殺したりはしませんよ。その辺は心得てますからね」

苦しげに息をつきながら、中神は起き上った。「すみませんでした。とんだところをお見せして」

「そんなこと……。今度は、あの人たち、いつ来るんですの？」

「二、三日の内には来るでしょう」

「どこかへ逃げたら？　私の家へいらして下さい」

「いや。ああいう奴らは必ず捜し出して来る。そうなると、あなたのお宅に迷惑がかかりますよ。――心配して下さって、ありがとう」

「先生……」

中神はひしと紀子を抱きしめた。

ＴＶなら、ここで高らかに音楽が鳴るところである。

切れない鎖

「あーあ」

阿部光江が大きく伸びをした。

ホテルのベッドの中である。隣で月波が、

「あーあ」

とため息をついた。

光江の場合は、「さて、また張り切るぞ」という感じであり、月波の場合は「もうだめだ」というわけだった。

同じ「あーあ」でも、こうも違うのである。しかし、疲労がたまっていて、到底光江の相手などつとまらないと思っていた月波が、何とか光江を満足させたのは、努力の結果でもあると同時に、光江の魅力のせいでもあった。

「私、課長さんが好きになっちゃいそう」

光江は指先で月波の頰をつっつきながら言った。

「僕だって」

と、月波は微笑んで見せた。

「ねえ、課長さん」

「何だい?」

「月三十万で私を囲わない?」

月波はびっくりしてベッドから転がり落ちそうになった。

「おい、僕の月給がいくらだと思ってるんだい?」

光江がクスクス笑い出して、

「いやあね、冗談よ。本気にしたの?」

月波は胸を撫《な》でおろした。

「寿命が一年縮まったよ」

「オーバーねえ」

光江は愉快そうに、「サラリーマンは気の毒ね。譬《たと》え社長だって、使われてる身なんですものね。月給は決ってるし、ちゃんと銀行へ振り込まれて来るし……」

「哀しいもんだよ」

「だから、たまにはああいう息抜きも必要なのね」

「息抜きって?」

「この前のパーティみたいな、よ」

月波は緊張した。その話を、どう切り出そうかと思っている内に、光江の方がしゃべり出してくれた。

「まあ、そんな所だね」

と分ったような顔で言う。

「でも、変ねえ」

「何が？」

「この間のとき、課長さん、いたかしら？　今日みたいな感じ、初めてだったけど……」

「人によって、そんなに違うのかい？」

「そりゃそうよ。私なんか一度寝た男の味は忘れないの」

「そいつは大したもんだ」

人間、色々と特技はあるものである。

「そりゃあ、この間だって、分んない人はいたわ」

と光江は続けた。「初めての人は、分んないもの。でも、そうね……五人までは分ったわ」

五人！

月波は光江の話に仰天してしまった。相手が誰か分ったのだけで五人いるというのだ。一体全部で何人を相手にしたのだろう？

「みんな前に寝たことがあったのかい？」

と月波は訊いた。

「そうとも限らないわ。つい何かしゃべったり、声を出す人がいるでしょ。声聞けば一発で分るわ。三人はその口ね。太田さん、園井さん、牧野さん……」

月波は唖然とした。みんな、部課長たちである。あいつらが、そんなことをやっていたのか……。

「大倉さんと佐々沼さんは、私、以前親しくしていたの」

大倉は専務、佐々沼は常務である。

光江は平気でペラペラしゃべってくれる。月波は少々怖いぐらいだった。

「ずいぶん盛んなんだね、君も」

「若い内に楽しまなきゃ。ねえ、そうでしょ?」

それはそうだ。しかし、本人は若くても、相手が問題である。

「あそこはまた使ってるのかい?」

月波はさりげなく訊いた。

「あそこ、って?」

「この間のときの場所……何と言ったかな、ええと……」

と、思い出せないふりをする。

「ああ、〈深山荘〉ね。いいえ、だって、今じゃ無人のお化屋敷みたいじゃないの」

〈深山荘〉か、なるほど……。

月波は内心、そっと肯いていた。

〈深山荘〉は、少し郊外へ出た所にある、社有の保養所である。ケチな社らしく、土地の安い所に建てたので、近くに何もない。

出来た当時は、社員も結構利用していたのだが、そのあまりの不便さに、次第に敬遠されるようになり、今では全く使われていないのである。

あそこなら何をやっても、人目にもつかず、決してばれないだろう。うまいことを考えたものだ。

「でも、ああいう、半ば荒れ果てた屋敷っていうのも、情緒があっていいわ」

「そうかね」

「そうよ。——ね、今度行きましょ」

「う、うん、その内ね」

「ねえ、今から行かない?」

と急に光江が言い出して、月波はギョッとした。

「今日はだめだよ。そんな——遠い所まで——」

「そうか。あそこは車がないとね」

と光江も諦めた。

月波はホッとしながら、これで名前はうまく聞き出したぞ、と、ニヤついていた。

さて、月波家では、夕食の最中である。もちろん父親はホテルのベッドの中だから、姿は見えない。

紀子、久子、努の三人が、沈黙の内に食事を進めていた。

「お父さん、今日も遅いの？」

と久子が訊いた。

「ええ、色々とお付き合いがあるのよ」

「それにしても、ここのとこ多いわね」

「そう？」

「そう、だなんて、呑気ねえ」

と久子は呆れ顔で、「少しは怪しいと思わないの？」

「怪しい、って？」

「どこかで今頃若い女の子と遊んでるのかもしれないわよ」

「やめてよ」

と、紀子は軽く笑った。「あの人に、そんなこと、できっこないわ」

「まあ大体がもてる方じゃないものね」

と、久子は辛辣《しんらつ》である。「でも、もし、浮気してたら、どうする？」

いささか意地悪な質問であることは承知の上だ。――久子も、さすがに明日の決行を前に、緊張しているのかもしれない。

「そうねえ、引っかき傷のいくつかでもこしらえるわ」

と紀子は言った。

「あら、そんなの面白くないじゃないの」

「じゃ、どうするの?」

「お父さんが浮気したら、お母さんもやってやりゃいいのよ」

紀子がギクリとして久子からあわてて目をそらした。

「何を言い出すのよ……」

「だめね、お母さんは、とってもそんなことのできる人じゃないものね」

「もう食べないの?」

「お茶漬にするわ」

久子は平然と茶碗を出した。

計画の準備は整っていた。後は、何かよほどの突発事件さえ起こらなければ……。

「明日、友だちの家へ泊ってもいいかしら」

と久子は言った。

「ええ。でも……ご迷惑じゃないの?」

「大丈夫。向うが招《よ》んでくれてるの」

「それならいいわよ」

「サンキュー」

これで、明日の行動の自由は確保したわけである。

早速朝から行って、人質を閉じ込めておく所を少し片付けておこう。——正直なところ、そこに一番頭を悩ませたのである。

しかし、ふとあるアイディアが閃《ひらめ》いたので、一挙解決というわけだった。

我ながら、いい考えだ、と久子は思った。〈深山荘〉なんて、名前からして人質を隠しておくのに、向いていそうではないか。

久子は、前に家族で行ったのを憶えていたのである。

TVがつけっ放しで、紀子は、夕食の片付けを終ると、TVの前に座った。

特に見たいものがあるわけじゃなく、何となく、習慣で、こうして見ているのだ。

久子は二階へ上って行き、努はまだTVを見ている。

相も変らぬドラマが続く。紀子の目はブラウン管に向いていたが、中身の方は、さっぱり分らない。

中神のことが心配でならないのだ。

今度あのヤクザたちが来たら、今度こそひどい目に遭うのは目に見えている。——といって、自分に何ができよう?

一千万の金を、どうやったら用意できるというのか。

この家でも担保にすれば、作れないことはないかもしれない。しかし、そうなったら、夫に総てを知られてしまうのを覚悟しなくてはならない……。

息子の家庭教師だからといっても、その人のために一千万円も借金するというのは、いくら何でも通るまい。

「そうねえ……」

と、ふと久子の言ったことを思い出した。あの人が浮気でもして帰って来たら。そうすれば気楽に話せるのに。

あの人が浮気なんか、するはずもない……。

しかし、このままでは、本当に中神は殺されてしまうかもしれないのだ。

何か方法はないだろうか？　何か——。

電話が鳴った。

「はい」

「ああ、俺だ」

「もうお帰り？」

と月波の声。

「いや、今銀座なんだけど、これから、どこかへくり込もうかってことになってね」

「じゃ、遅くなるのね」

「ああ、先に寝ててくれ」

「分りました」

「それじゃ——」

紀子は、しばらく受話器を手にしたまま、そこに立っていた。

「まさか！」

と呟く。

駅のホームの音がよく聞こえる公衆電話でかけているらしく、向うが受話器を下ろす寸前に、アナウンスの声が響いたのだ。

「新宿、新宿」

と……。

なぜあの人は、銀座にいるなどと嘘をついたのかしら？

もしかすると、本当に……。

本当に、あの人は、他の女と浮気しているのかもしれない、と、紀子は初めて思った。

月波は、紀子の想像とは違って、このときは別に浮気していたわけではなかった。

新宿で、南泰子と会っていたのである。

「――凄いじゃないの！」

泰子は上気した顔で言った。

「まあね。――専務、常務、部長、課長……。全く呆れるね」

「男なんて哀れなもんだわ」

と泰子は首を振りながら言った。「本能の奴隷でしかないんですもの」

「おい、俺も男だよ」

と月波は笑いながら言った。

二人はしゃぶしゃぶの鍋をつついていた。月波が、かなりのエネルギーを消費したので腹を空かしていたのである。

「大丈夫なのかい、まだ帰らなくても」

と月波は訊いた。

「ええ、大学のときの友だちと会うと言ってあるの。そういうときはいつも帰るのは夜中になるから、早く帰っちゃ却って変に思われるわ」

「君はずいぶん行動派なんだなあ」

月波は感心して、「うちの紀子みたいに家に閉じこもってばかりいるのとは大違いだ。

——あいつも少し外へ出ればいい。家の中にばかりいるから、すっかり老け込んじまって」

「こんな風に男と会うようになっても困るんじゃない?」

と泰子が冷やかすように微笑む。

「そんなことないさ。少し浮気するぐらいの若さは結構じゃないか」

「まあ、理解があるのね」

月波はぐいとビールを飲んだ。

紀子が浮気か……。正直なところ、月波には紀子が浮気することなど、思いもつかない。

だからこそ、「結構」だなどと言っていられるのだろう。

「ところで、この後はどうする？」

と月波は訊いた。

「今夜はだめよ。いくら何でも、外泊はできないわ」

「そうじゃないよ。阿部君から聞いた話のことさ」

「あら、いやだ」

と泰子は笑い出した。「私ったら……」

二人はしばらく一緒に大笑いした。

「——そうねえ、まず、〈深山荘〉のことを持ち出して、反応を窺《うかが》ったら？　でも、変に怪しまれて左遷でもされちゃかなわないわね」

「それじゃ話が逆だよ」

「ウーン、じゃ、ズバリ脅迫状で行くってのはどう？」

「脅迫状？」

「そうよ。だって、いずれは、これを種にして、やらなきゃならないことなんだから……」

「そうだなあ」

月波はビールの飲み残しをぐいと飲み干した。

「じゃ、具体的には、まずどうやって脅迫する？」

と月波は言った。すっかり泰子に頼り切りである。

「まずじわじわとやるのよ。あなただってことは分らないようにしてね」

「ふんふん。じゃ、まず、名前の分ってる全員にダイレクトメールを出す、と」

「ダイレクトメールはないでしょ」

と泰子は笑って、「――でも、それも悪くないわね」

「どういう手紙にする？」

「そうねえ……。最初は手紙じゃなくて、写真か何かにしたら？　何だか分らない方が相手に不安を与えるわよ」

「写真なんかないぜ」

「別にそれの写真でなくたっていいのよ。例えば〈深山荘〉の写真を入れるだけだって構わないわ」

「そうか。それならパンフレットの古いのがあるぞ」

「その写真を切り取って送るのよ。送られた方は、何だか分らなくて不安になるでしょうし……」

「そいつはいいね」

と月波は肯いた。今まではただ話だけだったものが、実際に動き出すのだ。ビールのせいばかりでなく、体が熱くなって来るのを感じた。

いささか気後《きおく》れもないではない。実際、これが自分一人で考えたものなら、きっと実行となったらやめてしまうに違いない。泰子という共犯者がいるからこそできるのである。

「まず手始めに、専務あたりに送るか」

「あら、送るのなら、分ってる人全部へ送るのよ。そうしなきゃ向うだって分らないわ。一種のパニックを起こしてやるの。そこへ第二弾、と……」

「映画みたいだな」

「慎重にやる必要があるわ。何しろ相手はお偉方ですものね」

「そりゃそうだ」

「こっちは実際のところ、証拠は握ってないわけでしょう。その阿部光江っていう娘だって、正面切って質問したら、そんなことなかったって言うに決ってるし」

なるほど、なかなか難しいもんだ、と月波は思った。

「だから、こっちが何か決定的な証拠を持ってると向うには思わせとくのよ」

「そんなことできるかな？」

「やらなきゃ。そして——ここが難しいところよ——向うに、手紙を出してるのが私たちだってことを知られないようにするの」

「しかし……それじゃ脅迫する意味が——」

「そこが狙いなのよ。脅迫して、たとえ出世したって、その連中から目の敵にされるだけでしょ」

「そりゃそうだ」

「だから、彼らに感謝されて出世するように持って行くのよ」

もはや話は月波の理解力を越えていた。

第六章　二重誘拐

誘拐された誘拐犯

「今日の帰りだぜ、いいかい?」

朝、学校へ行った努は、ケンから声をかけられて、

「分ってるよ」

とうるさそうに肯いた。「わざわざ念を押さなくたって大丈夫さ」

「いざとなって逃げ出すなよ」

「本物の誘拐じゃないんだろう。心配なんかしてないよ」

「しっ!　大きな声出すなよ」

と、ケンがあわてて周囲を見回す。「あんまり賞められたことじゃないんだからな」

「何だ、お前の方がビクついてんじゃないか」

と努は笑った。何しろこっちには姉さんと手下がついてるんだ。今にケンの奴、びっくりするぞ……。

「そ、そんなことないさ」

ケンは、ちょっとあわてた様子で言った。

「あのね、孝二さんって、僕の従兄なんだけど、その人が手伝ってくれることになってるんだ。見たところ、ちょっとおっかなそうだけど、心配しなくても大丈夫だよ」

孝二か。姉さんの言った通りだ。

「OK、分ってるよ。お前、来ないのか？」

「僕は電話や手紙の手配さ。ついちゃ行けないよ」

「ふーん。じゃ、ていねいに扱うように言っといてくれよな、その孝二って人に」

「大丈夫。よく言ってあるよ」

ケンはニヤリとして、「じゃ、うまくやろうぜ」

と言って、席へ戻って行く。

さて、いよいよか。努の方もスリルと興奮で、胸をときめかせている。

授業はいつになく長く感じられた。

やっと十二時のチャイムが鳴ると、ケンは手早く机の上を片付けた。まだ教師がしゃべっていたが、誰も聞いちゃいない。ガタガタと音を立てながら帰り仕度。

教師がため息をついて、

「それじゃ今日はここま――」

と言いかけると、すかさずクラス委員が、

「起立！　礼！」

と一気に声を上げて、同時にワッと我先に席を飛び出す。教師は、まだ大学出たての、気の弱そうな男だったが、

「呆れたもんだ」

と呟《つぶや》いて、「まあ、火事のときはいいかもしれないな……」

と自分を慰めるように付け加えた。

努は割合とスローモーな性格なので、いつもは最後から二、三番目ぐらいに教室を出るのだが、今日ばかりは先頭グループに混って教室を飛び出していた。

校門を出ると、さて、迎えの車はどこかしらと見回す。百メートルほど先に、えらく薄汚ない車が一台停っていて、誰かがそれにもたれて立っている。あれかしら？

努は、その車の方へと歩いて行った。

男は、ヤクザ映画から抜け出て来たチンピラを、ぐっとくすんだ感じにしたような、見るからにおっかなくない容貌をしていた。

「おめえ、努か？」

「うん、孝二さんって、おじさんのこと？」

「ああ、そうだ。よし、乗りな」

「汚ない車だなあ。動くの⁉」

「当り前だ。動かなきゃ、どうやってここまで来るんだ？」

「中にペダルがあって、自転車みたいにこぐんじゃないだろうね」

「つべこべ言わずに乗れ！」

努も車に詳しい方だが、こんな型はまるで見憶えがなかった。中古車というより大古車という方が似合っている。

「安全運転で頼むよ」

と努は言った。

「おめえは誘拐されるんだぞ。うるさく注文つけるな」

孝二はエンジンをかけた。ガタン、ブルブルと音がして、車体がガタガタ震え出した。

「だ、大丈夫？」

努が思わず訊《き》くと、

「任せとけ」

やっと、車は走り出した。

安全運転という点から考えると、この車はいやでも安全運転せざるを得ないようにできていて、正に理想的と言えた。どう頑張ってもスピードが出ないし、たとえ歩行者にぶつかっても、車の方がバラバラになるのではないか、と思われた。

乗用車やトラックがどんどん追い抜いて行く。——努は、追突されたら、この車、ぶっとんじゃうだろうな、と思った。誘拐の方は心配ないとしても、そっちの方が危険度は大きい。

姉さんたち、一体どこで助けてくれるのかな、と努は思った。

やがて車は無事、バラバラにもならずに、幹線道路から外れて、空いた道へと入って行った。

努は、ふと後ろから、オートバイが三台、ついて来るのに気付いた。革ジャン姿の、一見暴走族風だが、体つきなどで女らしいと分る。あれはきっと姉さんの仲間だ！

「おい、何をニヤニヤしてんだ。誘拐されるんだぞ、ちったあ怖そうな顔をしろ」

と孝二が文句を言った。

そのとき、オートバイが突然スピードを上げたと思うと、車の前に回って来た。孝二があわててハンドルを切り、ブレーキを踏む。車は歩道へ乗り上げて、ガタンと止った。

「何しやがんだ！」

孝二が怒鳴った。「てめえら――」

と言いかけて、キュッと口を閉じたのは、目の前にナイフがぐいと突きつけられたからだった。

「お、おい、……何だよ？　俺は何も――」

「とっとと降りな」

努はその声に聞き憶えがあった。喫茶店で会った、姉の手下の一人だ。

「ど、どうしよう、ってんだ？」

孝二というのも、かなりのワルのはずだが、どうも、ハクをつけていばっているだけらしい。小娘といってもいい久子の手下にナイフを突きつけられて青くなっている。

「その子はいただいていくよ」

「何だって？」

「そこの坊や」

「僕のこと？」

「他にいないだろ。出といで」

努が車から出ると、他の一人が、努をオートバイの後ろへ乗せた。

「つかまってないと、振り落とされて一巻の終りだよ」

「うん、分ったよ」

「よし、おい、兄ちゃん」

「何だと？」

孝二が赤くなった。「この野郎、俺を誰だと思ってやがる！」

「野島孝二でしょ。前科三犯」

言われてしまうと、何だか拍子抜けして、「そ、そうだ……。よく知ってるな」

「さ、車を戻して、オートバイについといで」

「どうしようってんだ？」

「いいから、黙ってついて来りゃいいのさ。前と後をオートバイでサンドイッチにするからね。妙な真似しやがると火をつけるよ」

女の声で言われると、却って凄味《すごみ》がある。

「わ、分ったよ……」

孝二は素直に肯いた。

久子は、いつもの喫茶店に陣取っていた。ここがいわば司令部である。

「電話よ」

店の女主人が久子を呼ぶ。いつも利用しているお得意でもあり、久子の、

「オリエンテーリング大会をやってるの」

という言葉を信じ込んでいる。

「どうも」

と受話器を受け取る。「――あ、私よ。どう?」

「予定通りよ。今から〈深山荘〉へ向うわ」

「了解。じゃあ、そこへ着いたらまた連絡してちょうだい」

久子は電話を切った。「ごめんなさい、電話をちょくちょく借りて」

「いいのよ。大変ね」

「ええ、主催者側となると、誰がどこへ行ってるかチェックしておかないとね」

久子は百円玉を出して、「これ、十円にくずして下さい」

「あら、電話なら、これ使っていいわよ」

「いいえ、それは別ですもの」

十円玉を受け取ると、久子は店の奥の赤電話へと歩いて行った。ダイヤルを回してしばらく鳴らしていると、

「はい野島です」

と男の子の声。例のケンという子だろう。今、帰り着いたのかもしれない。

「賢一君ってのは君?」

と久子はわざと声を低くして言った。

「うん、野島賢一だけど……」

と、聞き憶えのない声に、戸惑っている様子。「何の用? 誰なのさ?」

「あんたの間抜けな従兄は預かったからね」

久子は低い、凄味のある声で言った。

「何だって?」

「誘拐計画はいただくよ」

「な、何を言ってんのさ、さっぱり——」

「なめんじゃないよ、坊や」

と久子は遮《さえぎ》って、「孝二って奴が何もかもしゃべったんだ。諦めな」

「裏切者!」

とケンがくやしそうに言った。

「いいかい、言う通りにしな」

「何をだよ?」

とふてくされた声を出す。

「予定通り、脅迫状を出すんだ」

「い、いやだよ。——だって——」

「孝二って奴がどうなってもいいのかい?」

「いいさ。知ったこっちゃないや」

久子は思わず苦笑した。

「それじゃ、何もかもが学校へ知れてもいいんだね?」

「そ、そりゃァ困るよ!　やめてよ!　お願いだから!」

「じゃ言う通りにしな」

「分ったよ……。どうすりゃいいの?」

「予定通り、月波って家をゆするのさ。妙な気を起こすんじゃないよ。月波のガキも、孝二も、誰にも分らない所へ隠してあるんだからね」

「分ったよ。でも……」

「何さ?」

「お金が入ったら、少しはくれる?」

どこまでがめつい子なんだろうと、久子は呆れた。

「そいつは、これからの働き次第だね。分ったかい?」

「分ったよ」

「また電話するよ」

久子は受話器を置いた。——さて、これで次は、あのぐうたら息子の誘拐だが……。

まだ時間がある。久子は席に戻って、ゆっくりとタバコに火を点《つ》けた。

「深山荘のパンフレットを知らないか？」

月波が紀子へ訊いた。

今日の土曜日は、二人とも家にいた。そうそう毎週浮気に出る元気も余裕もなかったからである。

「深山荘？　椿山荘じゃないんですか？」

「そうじゃない。ほら、会社の寮さ。前に行ったことがあるだろう」

「ああ、あの何もない所ね。もうごめんよ、あんなつまらない所は」

「行こう、ってんじゃないよ。ちょっと同僚で見たいって奴がいるんで……」

「あんなの捨てちゃったわ」

「そうか」

捨てられたんじゃ仕方ない。――しかし、深山荘はもう閉鎖してしまっているのだ。パンフレットの在庫は会社にもあるまい。

どうも第一歩でつまずいてしまった感じだ。

――月波は、また南泰子に相談してから、どうするか決めよう、と思った。

「あなた」

紀子が声をかけて来た。

「どうした？」

「いえ、別に。——ただ、せっかくお休みなんだから、どこかへ行ってらしたら、と思って」

「出かけろって言うのか？」

「そうじゃないけど、家でゴロゴロしてると却って疲れるんじゃない？」

それはそうだ。南泰子と一緒なら、ベッドで運動するという手もあるが、紀子とでは……。

「そうだ」

ちょうどいい具合である。深山荘の写真を撮って来よう。

月波にしては、いい思い付きだった。出世のためなら、多少の努力は必要だ。

努力と言えるほどのこととも思えないが、ともかく張り切って着替えると、

「おい、ちょっと出て来る」

「そう。行ってらっしゃい。少し運動した方がいいわ」

「カメラをしばらくいじってないからな。少し撮って来る」

「まあ、珍しい。何を撮るの？」

「そいつは出てみないと分らんさ」

押入れから、埃《ほこり》をかぶっていたカメラを取り出す。埃を払って肩からかけると、もうカメラマンの気分である。

鼻歌混りに外へ出たが、そうそうのんびりもしていられない。何しろ深山荘はちょっと遠いのである。

急いでカメラ屋へ行って、フィルムを買い、カメラに装塡《そうてん》してもらう。自分でやると、よく空回りして、全然写っていないことがあるのだ。

電池もとっくに切れているというので、取り換える。

さて、暗くなるまでに戻って来ようと思うと、かなり忙しい。月波はタクシーを使うことにした。といっても、駅までである。

月波が出かけて行くと、紀子は、急いで外出の仕度をした。

どうしようという考えもなかったのだが、ともかく、中神のことが心配で、いても立ってもいられなかったのである。

うまく亭主を追い出して、十分後には、中神のアパートへと向っていた。

こちらは駅までではなく、目的地までタクシーを使うことにしていた。中神のアパートの前でタクシーを降りると、紀子は急いで階段を上って行った。

ドアをノックして、

「先生！　——先生！」

と呼んでみたが、返事はなかった。ドアは鍵がかかっている。どこかへ出かけたのかしら？

どうしようか、と迷いながら立っていると、

「あの——失礼」

と声をかけられた。見れば、やはり学生らしい若者だ。

「はい」

「月波さん、ですか?」

「そうですが、あなたは……」

「中神の友人です。ちょっと頼まれたものですから——」

「先生が何か?」

「これを渡してくれと言われたんです」

その若者は、一通の手紙を差し出した。

「どうも……」

若者が行ってしまうと、紀子は、急いで封を切った。中神の字ではあるが、急いで書いたらしい、走り書きだった。

〈例の奴らが僕を捜し出そうとしています。見つかれば半殺しの目にあわされるでしょう。しばらく身を隠しているつもりです。申し訳ありませんが、少しお金を都合してもらえませんか。今夜、電話をかけます。中神〉

「先生……」

紀子は、青ざめた。あの連中のことだ。半殺しどころか、本当に殺してしまわないとも限らない。

何とかお金を作らなくては……。

紀子は急いでアパートを出ると、自宅へとタクシーで戻って行った。

――紀子が行ってしまうと、手紙を渡した若者が、戻って来た。

そして中神の部屋のドアを叩いた。

「おい、もう行っちまったぜ」

と声をかける。

少しして、ドアが開いた。中神が顔を出す。

「どんな様子だった?」

「真青になって、飛んで帰ったよ」

とニヤついている。

「そうか、ご苦労さん」

「お前もしかし、かなりのワルだなあ」

中神は冷ややかに笑った。

「騙《だま》される方がどうかしてるのさ。――さて、いくら持って来るかな、あの女」

「この後の段取りは?」

「いつもの通りさ。決ってるじゃないか」

と中神は言った。

「ねえ、早く来て」

と部屋の奥から、女の声がした。

「分ってるよ」

中神は、ニヤリと笑って、ドアを閉じた。紀子へ手紙を渡した男は、口笛を吹きながら、階段を降りて行った。

三人の脅迫者

家へ帰って来た紀子は、息を弾ませながら座り込んだ。

金を用意して手渡さなくては、中神がどんな目にあうか分らない。とはいえ、今日は土曜日で、銀行もしまっている。他にお金を置いてあるあてはないし……。

時間はまだ早い。銀行も中では当然仕事をしているだろう。

夫にどう言おうかとか、そんなことはもう頭に浮かばなかった。急いで預金通帳を出して来ると、支店の番号を回した。

いつも来る外交の人は何という人だったかしら？　愛想のいい若い人で——ああ、そうだ、三崎といった。

「——三崎さんをお願いします」

と紀子は言った。相手が出ると、至急現金がいるので、と頼んだ。

「かしこまりました。ではお届けしますよ。いかほどお入り用ですか？」

紀子は、金額を決めていなかったことに気付いた。いくらにしようか？　あまり少なくては、中神が身を隠しているには不足だろうが、といって、口座を空っぽにしてしまうわけにはいかない……。

「あの……それじゃ三百万円、お願いします」

「かしこまりました。では、すぐにお伺いします」

電話を切ると、紀子は、急に全身の力が抜けたように、その場に座り込んでしまった。

これは人助けなのだ。たまたまそれが浮気の相手だったというだけなのだ。——紀子はそう自分に言い聞かせた。

三百万の出費を、あの人にどう話せばいいかしら、と紀子は思った。どう言われても、それは構わない。要するに人助けをするのだ……。

紀子は気を取り直した。

こんなにぼんやりしていたって仕方ない。先生から電話がかかって来たらどうするか？

夫が戻る前に出られればいいが、と思った。——夫は珍しくカメラを肩に出かけて行ったが、どこへ行ったのだろう？

そういつまでも行っているとは思えない。

どうせなら、今日はどこかへ泊って来るとか……。そんな都合のいいことにはならないだろうが。

「そうだわ」

通帳はある。印鑑、印鑑。——出して揃えておこう。

ああ、先生も早く電話して下さればいいのに。

じりじりしながら待っていると、電話が鳴る。紀子は飛びつくようにして受話器を取った。

「もしもし！」

「あ、月波さんの奥さん？」

と女の声だ。

「はい」

「小倉兼代ですけど……」

紀子と互いの浮気を打ちあけ合った、努の同級生の母親である。

「まあ、小倉さん」

中神の電話でないのに多少がっかりして、紀子は、「何かご用？」

と、少しつっけんどんな調子になった。

「ご相談したいことがあるの。困っちゃったのよ」

「あら……。でも、今、私——」

と紀子は、人を待っているから、と断ろうとした。

「すぐ近くまで来てるの。今から行くから」

「あ、でも——」

否も応もなく、電話は切れてしまった。

「何かしら、失礼だわ！」

と、紀子は腹立たしげに呟いた。

実際、五分としない内に、チャイムが鳴って、小倉兼代が入って来た。

「ねえ、大変なことになっちゃったの。上っていいでしょ?」

そう言われたら上らせないわけにもいかない。小倉兼代は居間に入るなり、

「私、どうしていいのか……」

と言って、ワッと泣き出してしまった。

「まあ……。どうしたの? 座って、ね。落ち着いて」

紀子も人がいいので、放っておけない。「何かあったの? 話してちょうだい」

と兼代の肩を抱いて言った。

「大変なことに……なったのよ」

と、兼代がグスンとすすり上げる。

「一体何なの?」

「これを聞いて」

兼代がバッグから取り出したのは、小型のカセットレコーダーだった。兼代がスイッチを押すと、

「——そうよ。亭主とのセックスなんてマンネリもいいとこでしょ。私は——」

と兼代の声が流れて来る。

「これは——」

紀子が青ざめた。「この間の、私たちの話じゃないの」

テープの声が進んで、紀子の声が、

「ええ、恋人がいるわ」

としゃべっている。

このテープ、兼代が録音したのだが、紀子はもちろん、そんなこととは知る由もない。

「ね、誰かがそばでテープにとってたのよ」

兼代がテープを止めて言った。

「このテープはどうしたの？」

「送られて来たの。手紙と一緒に」

「手紙？」

「二人で二百万円払わないと、これを主人の会社へ送る、って……」

「二百万円！」

「このテープはコピーだからいくらでも同じ物が作れるっていうの。──ああ、私、どうしましょう！」

兼代が顔を伏せて頭をかかえた。紀子は唖然として、感覚が麻痺してしまったように、何も考えることができなかった。

盗聴テープを前に、兼代と紀子はしばらく黙り込んでいた。

「どうしたらいいかしら？」

と兼代が言った。

「どうしたら、って……」

紀子は、こういう風に、決断することに慣れていない。大体そういうことは夫の仕事だったのだ。

「お金を払う?」

「そんなお金、私の自由には——」

言いかけて、紀子は、銀行がこれから三百万円持って来るのだと気が付いた。

しかし、それは中神のために用意した金である。

「私はどう頑張っても五十万円ね」

と兼代が言った。「あなたは?」

「私? そうねえ……」

「お宅はお給料いいから、もっと出せるでしょう」

と、調子のいいことを言っている。

「そんなにないわ、うちには。それに引き出せば夫に知れるし」

「でも、このテープを送られるよりいいんじゃない?」

まるで兼代の方が脅迫しているようだ。

もちろん、実際に、兼代がこのテープを録《と》って、紀子から金を引き出そうとしているわけなのだが、紀子は純情である。そんなこととは思いもしない。

「そうねえ……。どうしたらいいかしら」

紀子としては、複雑な事情である。そう簡単には決められないのだ。

そこへ、チャイムが鳴った。

「あ、ごめんなさい」

内心ホッとしながら、紀子は玄関へ出た。

「どなたですか？」

「××銀行です」

紀子はハッとして、居間の方を振り向いた。兼代に聞かれたかしら？

紀子はドアを開けると、

「ちょっと待って、あの——今、客がいて、その——ちょっとまずいもんだから——」

「それでは、少ししたら、また参りましょうか？」

「そうお願いできれば」

紀子は肯いた。

居間へ戻ると、兼代がタバコをふかしている。

「ねえ、小倉さん」

と紀子は言った。「ちょっと大事なお客さんで……。この話も急ぐのは分るんだけど」

「そう。じゃ、どうしようかしら？」

「悪いけど、今夜、電話するわ」

「そう？　じゃ、必ずね。待ってるから」

兼代が帰って行くと、紀子はしばらく居間の真中で、立ち尽くしていた。

五分ほどして銀行員がまたやって来た。

「さっきはごめんなさい」

「いいえ、とんでもない」

三崎という若い銀行員は、愛想良く言った。

「これが仕事でございますから」

「時間外なのにね――」

「いいえ。では、これを」

分厚い封筒を置いて、「三百万円ですね」

「ええ」

紀子は中の三つの束を確かめた。

「全部万円札でよろしかったですか？」

「え、ええ、いいの。ありがとう」

「失礼ですが、何にお使いで？」

訊かれて、紀子は答に詰まった。そんな口実は用意しておかなかったのだ。

「いいえ、別にお客様のお金でございますから、どうお使いになろうとご自由ですが、場合によりましては、引き出されるより、お借りいただいた方がお得なこともございますので」

「ええ、あの……ちょっと旅行でも、と思って」

「そうですか。結構ですね。どちらの方へ？」

「そうね。――ヨーロッパにでも行こうかと思って」

そう言わないと、三百万円は多すぎると思われそうだ。

「いや、羨《うらやま》しいお話ですねえ」

三崎はあれこれとお世辞を言って帰って行った。

紀子は、目の前に三百万円を置いた。

このくらいの金では、大したことはできまい。――しかし、一応、まとまった金である。これを中神へ持って行く。三百万円というのは、最低の線だろう。身を隠すには、あれこれとお金もいるはずだ。

兼代の話はどうしよう？

妙なことに、あのテープを聞いたときのショックは、もう薄れていた。

二つのことが重なって起こったせいか、却って開き直りに似た感情が、紀子を支配していた。

夫に知られたって、構わないじゃないの、と思った。何も悪いことをしているのではない。そうだとも。人を愛するのが、悪いことであるはずはない。愛もないのに、夫婦でいることの方が、ずっといけないことではないか……。

それに夫の方も浮気している気配がある。あの人のは浮気でも、私は違う。――紀子は、至って自分に都合のよい理屈で、納得すると、三百万円を、封筒へ戻した。

玄関でカタンと音がした。

「どなた？」

と、出てみると、何か、手紙のような物が、ドアの隙間から放り込まれている。

紀子はそれを拾い上げた。

「ダイレクトメールか何かかしら？」

紀子は拾い上げた手紙が、宛名も差し出し人も書いてないのを見て、首をかしげた。玄関から上りながら、封を切る。

中の便箋を広げてみて、目を見張った。

新聞や雑誌の文字を切り抜いて貼りつけた手紙なのだ。――きっと努の友だちか何かのいたずらなんだわ。

文面は、〈息子はあずかった。息子の命が惜しければ、一千万円を用意しろ。場所や時間は電話で指示する。警察へ知らせたら、息子の命はない〉とある。

紀子は、しばらくポカンとして眺めていたが、すぐには本気には取れなかった。

これはいたずらの手紙に違いない、と思い込んでいたので、なかなかその考えを訂正する気にはなれなかったのである。

確かに努はまだ帰って来ていないが、これくらいの時間になるのは珍しいことでもないし、そう心配するほど遅くない。

もしこれが本当なら……。

「まさか！」

信じたくないのも当然である。そうでなくとも、中神に金をやらねばならない上に、小倉兼代が持って来たあのテープ。そこへまた脅迫状と来たのでは、いちいち本気に悩んでいたら気が狂ってしまう。

「もう少し待ってみよう」

と、紀子は呟いた。――TVをつけて、いつも見ている、一時間物のドラマの再放送を見始めた。

子供が誘拐されているというのに、不謹慎な、と叱られそうだが、実際、することもないのである。中神からは電話があるはずだし、兼代は今夜こっちから電話することになっている。この誘拐犯だって、電話して来るというのだから、待つ外はない。

その間にTVを見てはいけないということもないだろう。

――実際は、ショックが重なりすぎて、不感症になっている、というところだろうが、自分ではそれも分らなかった。

TVでは、夜の女に身を落とした女が、それでもなお、遊んで暮らしている恋人に、お金を与えている。女の業とでもいうところか……。

あんな美人なのだから、モデルか女優にでもなればいいのに、と紀子は思った。

知らない内に疲れが出ていたのか、紀子はTVを見ながら、ウトウトと眠っていた。

電話の音に起こされて、

「――誰かしら」

と、急いで立ち上った。

受話器を取ると、

「月波の家かい？」

と、聞いたことのない声がした。

「そうですが」

ずいぶん横柄なしゃべり方だわ、と紀子は腹が立った。

「どちら様ですか？」

と紀子は訊いた。

「いいか、よく聞きなよ」

「はあ」

「おめえの亭主を預かったぜ」

「何ですって？」

紀子は思わず訊き返した。

「亭主を預かったんだ！　分ったか？」

「預かった……。それはどういう意味ですか？」

「さらって来たんだ！　分らねえ女だな」

「主人を？　――息子じゃないんですか？」

思わず紀子は訊いていた。

「あのガキか。ありゃやめたんだ」

「やめた……」

「いいか、ともかく亭主の命が惜しかったら一千万円用意しろ」

「でも、主人はそこに？」

「信じねえのか？　よし待ってろ」

何やらドタドタと音がして、

「紀子か」

と月波の声がした。

「あなた！　どうしたの？」

「いや……まあ元気だ。今のところ」

「ねえ、誘拐されたの？　本当に？」

またドタンバタンと音がして、

「分ったろう！」

とさっきの男が出た。「サツなんかへ知らせやがるとただじゃおかねえぞ！」

「分りました……」

「いいか、また連絡するからな。一千万だぞ！」

「でも――」

「何だ？　出せねえとは言わせねえぞ」

「お金は銀行です」

「出して来りゃいいだろうが」

「今日は土曜日で、もうしまっています。それに明日はお休みですし」

「そうか、畜生！」

と、男は舌打ちして、「ケンの奴――」

と言いかけて、あわてて、

「ともかく、月曜日でいいから、用意しとくんだ！　分ったか！」

と、怒鳴って切れた。

紀子は、しばらく呆然としていた。――夫が誘拐された。

あの手紙を入れていったのと同じ犯人だろうか？　しかし、今の電話では、脅迫状のことは全く出なかった。

それにしても、まさか別々の犯人ということは考えられない。同じ日に夫と息子が誘拐されるなんて、まさか……。

おまけに盗聴テープでゆすられて、中神に金を届けて。――どうなってしまったんだろう？

人生の歯車が急に回転を間違えでもしたようだ。紀子は、頭を叩いてみた。夢なら早くさめてほしかった。

ちょっとした手違い

夫と息子が同時に誘拐され、自分も浮気を告白したテープをネタに脅迫される、しかも手元の三百万は中神へ持って行かねばならない。紀子の立場は、どんなにサディストのシナリオ・ライターだって書かないような、〈極限状況〉であった。

平凡な主婦がそういう状況の中へといきなり放り込まれたのである。ジェームズ・ボンドだってこのピンチを切り抜けるには苦労するだろう。

従って、紀子は当然のことながら、居間に座ったまま、ただ呆然としていたのである。

その間に少し時計の針を逆に戻して、カメラを手にした月波が、〈深山荘〉へ着いた場面……。

〈深山荘〉なんて、一応それらしき名はついているものの、およそ〈荘〉などと呼べるしろものではない。

ごく当り前の家という感じだ。それも安普請で傾きかけているというところ。

会社のものだから、利用料が安いというのだけが取り柄で、最初は物珍しさもあって結構使われていたのだが、一度でも来た者は決して二度来ないという状態が長く続けば、当然利用者はなくなる道理で、今や空家同然である。

月波は、慣れぬ手つきでカメラを構えると、深山荘の外観を写真におさめた。

何しろメカニズムには徹底的に音痴のところがある。写真にも当然自信はない。

「沢山撮っときゃ、一枚や二枚、写ってるだろう」

と、ひどいことを言いながら、シャッターを切る。

「さて、これでいいかな」

十枚以上も同じような写真を撮って、月波はカメラをしまいかけたが――。

「そうだ！」

家の玄関に、深山荘と書かれた看板がかけてある。あれを写しておこう！　家の写真だけじゃ、どこを撮ったのか、受け取った当人に分らないことも考えられる。

「我ながら、いいところへ気が付いた」

大したアイディアでもないのに、そう呟くと、月波は閉め切りになっている玄関の方へ歩いて行き、文字のかすれた看板を二、三枚写した。

「よし、これでＯＫだ」

と、満足気に肯きながら呟くと、カメラをケースへしまって、さて帰るか、と歩き出そうとした。

そのとき、

「ムムム……」

という、妙な声がして、月波はギョッとした。キョロキョロとあたりを見回し、

「何だ、今のは？」

と思わず声に出して言った。

どう見てもここは長いこと使われていないのに、人の声がするというのは……。

「きっと空耳だ」

と月波は自分へ言い聞かせて、歩き出そうとした。そこへ——、

「ムム……」

と、今度はかなりはっきりと、押し殺したような声。これはどうも間違いないらしい。

「おいおい、まさか……」

真っ昼間から逢引き中、ってわけじゃあるまいね。——月波もこうなるとちょっと興味が湧いて来た。

ちょいと覗《のぞ》いてみるか……。

月波は玄関に鍵がかかっているので、家の裏手に回った。そして、汚れた窓ガラスを通して、そっと中を覗き込んだのだが——。


「助かったぜ、全く！」

縄を解かれた孝二は手首をさすりながら言った。

「どうしたんだ、一体？」

と月波はつまらなそうに訊いた。美女が縛られているのなら助けがいもあるが、こんな柄の悪い奴では、ちっとも面白くない。

大方、暴力団同士のケンカか何かだろう。

「誘拐されて押し込められちまったのよ。助かったぜ、ありがとうよ」

「いや別に。――一一〇番でもしたらどうだい?」

「警察なんてごめんだな。ろくなことにゃならねえよ」

どうやら自分の方にもまずいことがあるようだ。ここはあまり関わり合わない方が得というものらしい。

「じゃ、僕は失礼するよ」

と月波が行きかけると、

「まあ待ちなよ」

と孝二はその腕をつかんだ。

「何か用かい?」

「悪いけどな、財布取られて一文なしなんだ。ちょいと電車賃だけでいいから貸してくれねえか」

助けられておいて図々しい、とは思ったが、仕方ない。月波は財布を出して千円札を一枚抜いてやった。

「すまねえな。必ず返すよ。名前を教えてくれ」

「いいよ」

「そう言わねえで。——そりゃ名刺だろ？　一枚くれよ」

止める間もなく、財布に入っていた古い名刺を抜かれた。孝二はそれを眺めて、

「月波か。——月波？」

かなり鈍い孝二だが、あのガキの名前くらいは憶えている。「おい、あんた月波っていうのか？」

「そ、そうだよ」

月波は思わず後ずさりして答えた。

「月波ってのは、あんまりない名前だな」

「そうだろうな。あまりないのに〈月並〉とはこれいかに」

下手な冗談も孝二には通じない。大体、冗談や洒落《しゃれ》は、同レベルの知的水準の人間同士にしか通用しないものなのである。

「お前のとこにガキはいるか？」

「ガキ？　——息子はいるが」

「努ってのか？」

「ああ。——努を知ってるのか？」

「そうかい……」

孝二はニヤリと笑った。「それじゃ、ちょいと話が違って来るぜ」

「違って？　――何を言ってるんだ？　いい加減にしてくれ。もう帰らなきゃならないんだ」

月波はさっさと表へ出ようとした。孝二が後ろから飛びかかった。

「電話よ」

喫茶店の女主人が久子へ声をかけた。

「どうも」

と受話器を受け取る。「もしもし」

「――久子？　今、弟さんは予定通り、私の家に着いたからね」

「了解。悪いけど二、三日面倒みてやってくれる？」

「任しといて。どうせパパもママも旅行中なんだ。お手伝いさんがいるから、食事も困んないしね」

「例の孝二の方はどうした？」

「引っくくって深山荘へ転がしてあるわよ。後で行って見て来る」

「頼んだわね」

「もう一人の方は？」

「長松？　そろそろ三人が取りかかってると思うんだけどね」

「じゃこっちも張り切らなくっちゃね」

「そう頼むわ。じゃ、また連絡をね」

「ＯＫ」

切るとすぐにまた電話が鳴った。

「私かもしれないから出ます」

と久子は言って受話器を取った。やはり、千春からの電話だった。

「どうしたの？」

「どうも怪しいのよ」

と千春の声は不安げだった。

「何か？　中神が何か？」

「さっきも仲間たちと集まってたんだけど、何だかまとまったお金が入るような話をしてるの」

「お金が？」

「そう。どうも誰か女の人がお金を持って来ることになってるらしいのよ」

「女……。うちの母かしら？」

「そうかもしれない、と思ってね」

千春は心配そうに言った。

「な、何をするんだ！」

月波はわめいたが、手足をぐるぐる巻きにされているので、正に手も足も出ない、というところ。

「息子の代りだと思って我慢してもらうぜ」

孝二はニヤニヤしながらそれを眺めている。さて、しかし、こいつをどうするか。

ここへこのまま置いておくわけにはいかない。さっきの女どもがその内戻って来るだろう。

——その程度のことは孝二にも分った。

するとこいつをどこかへ隠しておかなくては。——そうか、要するにこいつはガキの代りなのだから、あのガキを連れて行くはずだった所へ行けばいいわけだ。

どうして俺はこう頭がいいんだろう？

孝二はご満悦で、月波の足の縄だけ解いてやり、

「いいか、逃げようなんて気を起こしやがったら、足の一本へし折ってやるからな」

と脅しつける。

月波は暴力的なことには至って弱い男である。素直に肯いて、

「分った、逃げないよ」

と約束する声も震えている。

さて、車はどうしたろう？　あいつらはオートバイだったから、その辺に置いてあるはずだ。

孝二は表に出て近くを捜した。木立ちの奥に隠してあったボロ車を、すぐに見付け、小躍《こおど》

りして喜ぶ。これであの人質を運んで行ける。

月波を連れて来ると、助手席へ乗せ、

「一つドライブと行こうぜ」

とエンジンをかけた。

息切れ寸前だったエンジンも、しばらく休んでいたせいか多少元気を取り戻して、ガタン、ドタンと音をたてながら車は道路へと飛び出した。

「どこへ行くんだ？　俺を誘拐しても金なんか出ないぞ」

と月波は言った。

「うるせえ。お前の家に二千万もあるってことはちゃんと調べがついてんだ。諦めろい」

「二千万だって？」

月波は唖然とした。——別の人間と間違えてるんじゃないか。しかし、月波という名で努という息子がいる別人というのも、ちょっと考えられない。

「何かの間違いだ。そんな金はうちにはないよ」

と月波は恐る恐る言った。

「なあに、心配するな、全部いただこうとは言わねえよ。一千万でいい。俺は欲がねえんだ」

「そうかね」

「ケンの奴にもそう言ったんだ。全部取り上げちゃいけねえって。一家心中でもされたら後味が悪いからな。そうだろう?」

「ああ……」

仕方なく月波は肯いた。

孝二は途中で、ふと思い付いたように、

「そうだ、お前の家の電話は何番だ?」

と訊いた。

月波が仕方なく返事をすると、孝二は車を少しゆっくり走らせながら、あまり人通りのない道にある電話ボックスを捜した。

「——あそこがいいや。おい十円玉貸せよ」

誘拐犯にしては準備不足だ。

ともかく、こうして孝二の脅迫電話が、紀子のところへかかったという次第である。

ついでに孝二はケンの所へ電話をした。

「はい野島です」

「ケンか? 俺だよ」

「孝二さん? ど、どうしたの? 大丈夫なの?」

「ああ、ピンピンしてらあ。——なに? ——あ、そうか、あの連中だな。こっちを甘く見てやがるんだ。ちゃんと抜け出して来たぜ」

「よかった。でも、今度はこっちがゆすられそうなんだよ」

「心配するな、代りを持ってる」

「代り？」

「努って奴の親父だ」

「親父……、努の？」

「そうとも」

孝二が得意げに話をすると、

「大変だ……」

ケンが声を震わせた。

「何が大変なんだ？」

「よく考えてよ。いいかい、努の奴は自分も一枚話にかんでたんだよ。でも、努の親父さんなんか連れて来ちゃったら……本当の誘拐になるじゃないか！」

「まずいのか？」

「顔を見られてんだよ。一体どうするのさ？」

「そうか」

孝二は車の方を見て、「じゃ、殺しちまうか」と、できもしないことを言った。

「冗談じゃないよ！」

ケンは泣き出しそうな声で言った。

もう黄昏《たそがれ》めいて来ていた。

紀子は、部屋の中が薄暗くなって来ているのにびっくりした。もうこんな時間……。

気が付くと、電話が鳴っている。——いつ鳴り出したのだろう？　いや、鳴り出せば気が付くはずだが、何となく虚脱状態だったので、それを頭で分っていなかったらしい。

「はい月波でございます」

もう何の電話がかかって来ても驚かない自信はあった。

「奥さんですか？」

「まあ先生。ご無事ですか？」

「ええ。今のところは何とか」

と中神は言った。

「今、どちらにいらっしゃるんですの？」

「友人のところなんです」

と中神は答えた。「ただ、ここにもいつまでもいられないので……。迷惑をかけたくありませんから」

「それで、これから——」

「奥さん。本当に心苦しいんですが……」

「いいえ。少しですけど、お金を用意してありますわ」

「申し訳ありません。一生かかっても必ずお返しします」

「そんなこと……。ともかく、お待ちしますわ」

「それじゃ、車を拾ってお宅の方へ行きます。電車やバスを使うのは危ない」

「分りました。どれぐらいでおいでになれます？」

「たぶん――三十分ぐらいで行けると思いますが」

「じゃ、用意しておきますわ」

「お願いします」

と中神は言って、電話を切った。

紀子は、しばらく電話に手をかけたままじっとしていた。

何かが紀子の中で崩れつつあった。何もかもが、どうでもいいことのように思えて来る。

夫のことも、努のことも、総てが自分と関わりのない世界の出来事のようだ。

三十分。――この三十分間に、決めなければならない。

部屋の中は、いっそうの暗さが忍び込んで来ていた。


家へ帰ろうか。

久子は、迷っていた。――母のことが気になる。しかし、ここに自分がいて指揮を取らなければ、計画に万一思いがけない変更があった場合、どうにもならなくなる。

指揮者たる者に共通の悩みである。

「――電話よ」

店の女主人に呼ばれて、我に返ると、

「すみません」

と急いで席を立った。

「もしもし、久子?」

何かあったな、と久子は直感した。ぐっと気持を引き締める。自分が取り乱すのが、一番まずいことなのだ。

「どうしたの?」

「逃げられちゃったのよ、孝二って奴に」

「そう。詳しく話して」

「今、深山荘に来てみると、縄が解いてあって、車もないの。ごめんね。まさか逃げるとは思わなかったんだけど」

「いいわよ。別にそんなの大した影響ないから。気にしなくても大丈夫」

「そう? ――本当に申し訳ないわ。指でもつめようか」

「馬鹿言わないの。弟の方をよろしくね」

と笑いながら久子は言った。

甘い言葉にご用心

「さて出かけるか」

普通、このセリフは朝――遅くとも午前中に口にするものであるが、長松秀人の場合は午後――早くとも三時を過ぎないと出て来ないのだった。

電話が鳴って、長松はヒョイと受話器を取った。

「あいよ」

電電公社としては到底推奨できない挨拶である。

「長松秀人様はいらっしゃいますでしょうか?」

とえらく可愛い女の声。

「はい、僕ですが」

と、ガラリと態度が変る。

「あ、失礼いたしました。こちらはファッション雑誌の〈アンノン・フジ〉の編集部でございます」

「はあ、どうも」

あんまり聞いたことがない名前だなと思ったが、まあ、雑誌というやつは沢山あるものなのだ。

「実は今回、私どもで青山、六本木のミスター・ダンディを選ぶ企画を立てまして、その候補を何人か選ばせていただいたんでございます」

「はあ」

「そこに長松様にもぜひご登場願いたいと存じまして……」

「僕が？」

「はい。あの辺で若い女性たちに訊いてみますと、何といっても長松様がナンバー・ワンだという声が大変に多くて」

「そ、そうかなあ……」

長松はエヘンと咳払《せきばら》いして、「まあ多少自信はないでもないがね……」

「いえ、もうミスター・ダンディの最有力候補でございまして」

「まあ、中身がいいからねえ」

長松も段々調子に乗って来て、「いくら服だけよくてもだめなんだ」

「さようでございます。長松様は知性、美貌、センスと三拍子揃っておられますので」

「よく知ってるね！　前に僕と寝たことあるかい？」

「さあどうでしょう、フフフ……」

と意味深長な笑いをこぼして、「つきましては今からちょっとご足労願えませんでしょうか？」

「そ、そうねえ……まあ……」

「お忙しいとは存じますが、少々時間をおさきいただければありがたいのでございますが――」

「いいだろう。ま、色々と約束があるんだけど――そう時間がかからないのなら」

「大変に助かります。では、住所を申し上げますので――」

と女の声が楽しげに言った。

長松は、女の言う住所を書きとめて、

「大分郊外の方だな」

と言った。

「ええ、編集部は都心なんですけど、郊外のロマンチックな場所で、写真を撮らせていただきたいんです」

「ああ、なるほど」

「そこから青山の方へご案内して、今夜はお好きなだけ遊んでいただきますので」

「好きなだけ?」

長松の目が輝く。

「はい、もしご希望でしたら女の子も――」

「じゃ、ぜひ頼むよ」

長松は、およそダンディとはほど遠い、締りのない顔になった。

「ではこれからおいで願えますでしょうか?」

「すぐに出るよ」

「よろしくお願いいたします」

救い難いというべきか、長松は口笛など吹きながら、早速出かけようとしたが、

「待てよ」

写真を撮ると言ってたな。——このスタイルじゃ平凡だ。

長松は急いで服を脱ぐと、下着から全部着替えた。ピンクのシャツ、紫のスーツ、赤いネッカチーフ。

ネオンが点滅していないのが不思議なくらいのいでたちである。

「これでよし」

姿見の前でしばし自己陶酔に浸ると、長松は満足げにニヤッと笑って、部屋を出た。

自慢の赤いポルシェに乗って道路へ滑り出したところで、危うく、歩いて来た男をはねそうになって急停車。

「危ないじゃないか!」

「気を付けろ!」

と、長松は怒鳴り返して、「何だ、お前か」

と窓から顔を出した。

平田淳史だった。

「出かけるのか」

「ああ、ちょいと用があってな」

「話があるんだ」

「後にしろ」

と長松は言って、ニヤリと笑うと、ぐいとアクセルを踏み込んだ。

「待てよ、おい！」

平田が呼び止めようとしたが、相手が車ではどうにもならない。エンジンの音を響かせて、走り去ってしまう。

平田はため息をついて見送っていたが、やがて肩をすくめて戻って行く。

平田が道の角を曲ると、岐子が待っていた。

「あら、どうしたの？」

「うん、長松の奴、出かけちまったよ。話をする暇もなかった」

「そう。――じゃどうせ六本木辺りよ。私たちも行ってみましょう」

と岐子は微笑みながら、平田の腕を取った。


紀子は、部屋がほとんど真暗になるまで、座り込んでいた。

中神の電話があって、どれぐらいたつだろう？　十分？　二十分か？

三十分で行く、と言っていた。――ともかく、お金を用意しておかなくては。

紀子は部屋の明りを点《つ》けた。三百万の金は、封筒に入ったままだ。

そのとき、玄関のチャイムが鳴って、紀子はギクリとした。

あわてて封筒を引出しへしまうと、玄関へ急ぐ。ドアを開けると、中神が立っていた。

「まあ、先生……」

「すみません。——遅くなってしまって」

「そんなにたちました?」

「さっきお電話してから、一時間ですよ」

「そんなに——」

紀子は驚いた。

「奥さんはお一人ですか?」

「ええ……」

「じゃ、一緒に行きましょう。この次はいつお目にかかれるか分りません」

「分りました」

紀子は、中神を見て、他の総てのことなどどうでもいいという気持になりかけていた。

——いや、夫のこと、努のこと、それに自分も脅迫されていることなど、何もかもが、本当にあったことだと思えなくなって来たのだ。

夢であってほしい、という願いが、いわば紀子に自己暗示をかけて、本当に、夢だったような、そんな錯覚を起こさせたのだった。

紀子は金の封筒を取って来た。

「ここに三百万円あります」

「すみません」

中神は封筒の中を手早くあらためると、それをポケットへねじ込んだ。「さ、行きましょう」

「はい。でも――」

「車が待っていますから」

紀子は中神に腕を取られて、玄関の鍵もかけずに、そのまま表へ出た。

待っていたタクシーへ乗り込むと、中神は道路を指示して、

「場所はあとで言うから」

と言った。

「あの人たちは?」

と紀子が訊いた。

「え?」

「先生を追っている……」

「ああ、奴らですか。今頃はきっとアパートにでも張り込んでいるんでしょう」

「これから……どうなさるんです?」

「今は奥さんと二人きりになれる所へ行きます」

と中神は紀子の肩を抱いた。

紀子はそっと中神の肩へと頭をのせた……。

紀子が、夫のことも努のことも忘れて、光のもやの内に浸っているその頃、こちらでは頭を抱えて苦悩の最中であった。

苦悩しているのは、ケン——野島賢一。そしてそのそばで、苦虫をかみつぶした顔で——といっても、もともとそんな顔なのだが——突っ立っているのは孝二だった。

場所はケンの家の裏手にある空家で、つまり、ケンの予定では、努が誘拐されて来るはずだった場所である。

「大変なことしてくれたなあ」

ケンが何度目かの同じセリフを口にした。

「そんなこと言ったってよ——」

と孝二がふくれっつらになる。

「本物の誘拐は重罪だぜ」

「分ってらあ。だけどやっちまったんだ。仕方ねえだろう」

「でも、努のやつの分の身代金を請求してんだよ。この上、父親の分まで要求するのかい?」

「取れるだけ取って二つに分けたらどうだ?」

ケーキか何かのつもりらしい。

「努を誘拐した連中の方はどこの誰だか分んないんだ。話し合いなんてする余地はないと思うな」

「でもよ、せっかくかっさらって来たんだ。むだにしちゃもったいないぜ。ここで腐らせとく手はねえ」

「そりゃまあ……ね」

「大丈夫。腕の一本でもへし折って、脅してやりゃ、しゃべったりしねえよ。てんで意気地のない奴だからな」

自分もあまり威張れた立場ではないはずだが……。

「それにしたって、さ……」

と、ケンはまだ迷っている。

「ムム……」

と声にならない声を出したのは、もちろん月波である。

「うるせえ！　静かにしろ！」

と孝二が怒鳴った。

「シッ！　ここは空家なんだよ。大きな声出さないで」

「空家なら構わねえだろう」

「隣近所に聞こえるだろう」

「そうか。じゃ、こいつを黙らせるか」

「どうやって?」

「一発食らわしてやりゃのびるぜ」

「誘拐プラス暴行か。——どんどん罪が重くなる」

「捕まると決ったわけじゃあるめえ」

ケンは、縛り上げられた月波を見て、しばらく考えていたが、やがて孝二を見て、言った。

「人を殺したこと、ある?」

「人を殺したこと、ある?」と訊かれて、これが仲間の前なら、

「当り前だ」

と、気取ってみせるところだが、この場合はあまりにリアルな状況下でもあり、孝二としても、強がりを言っている余裕はなかった。

「冗談じゃないぜ、おい!」

と青くなった。

「誘拐して来たんだよ、それも大の大人を。それくらいの覚悟なしでどうすんのさ」

ケンの言葉には、正に教えさとす、という感じの重味があって、孝二もシュンとなってしまった。

「申し訳ねえ」

「——ともかく二つに一つだよ」

とケンは腕組みをした。

「そうだな」

孝二も真似て腕を組んだ。

「分ってんの？　二つって何のことだか」

「ああ。こいつを生かすか殺すか、だろ」

「もうちょっと複雑なんだよね」

と、ケンはため息をついた。

「このまま縄を解いて謝って帰すか、でなきゃ、ここまで来たんだから、とことんやるか……」

「とことん？」

「金を取って、この人を殺すか、だよ」

聞いていた月波の目が飛び出しそうになった。

「どっちにする？」

いい年齢《とし》をした大人がケンのような小学生に訊いているのだ。全く情ない話である。

「そうだなあ……。十円玉でも投げて決める？」

「人を殺すかどうかだぜ！　十円玉じゃひどいよ。百円玉にしよう」

「大して変らないじゃないか」

とケンは言った。

「十倍だぜ」

「ともかく決めなくちゃ。努の奴をさらった連中も何か言って来るだろうしね」

月波の目がまた一段と大きくなった。

「ムム……」

「うるせえな！」

と孝二が怒鳴ると、月波は静かになった。

「そうだ」

とケンが指を鳴らした。

「もう一つ手はあるよ」

「何だ？」

「努を誘拐した連中に、この親父さんを渡しちゃうのさ。そうすりゃ向うでかたをつけてくれる」

「なるほど」

と孝二が肯いて、

「おめえ、頭いいな」

「従兄に似ずね」

とケンは低い声で言った。「でも、もし引き取ってくれなかったらどうしようかなあ」

「チリ紙交換に出しちゃどうだ？」

と孝二が言った。

「ともかく、孝二さん、ここにいて見張っててよ」

とケンは言った。「家へ戻ってないと、いつ例の電話がかかるかもしれないからね」

「オーケー。任しとけ！」

と孝二は胸を叩いた。「それから、飯は食わしてくれよ」

「分ってるよ」

ケンは家へ戻った。——いいタイミングだった。ちょうど電話が鳴り出したのである。

「僕、出るよ！」

と声をかけ、急いで受話器を取った。

「野島賢一です」

「ああ、あんたね。ちゃんと脅迫状は出したかい？」

「うん」

「いい子だね。アメでも買ってやるからね」

ケンはムッとしたが、今はともかく、逆らうわけにいかない。

「こっちも頼みがあるんだけど」

「何よ？」

「あの……もう一人、ついでに預かってくれない？」

「何ですって？」

「そいつの親父さんがね、ここにいるんだ」

「親父？　どうして？」

「あの、それが色々と手違いで──」

「そうか。孝二って奴、逃げ出しやがって、親父さんをさらったんだね」

「まあ、そんなとこなんだ」

「──親父さんってのは無事なのかい？」

「うん、大丈夫だよ」

ちょっと間があって、

「よし。じゃ、また連絡して受け取りに行くからね。それまで預けとくよ。あんまり手荒な真似はやばいからね」

「了解。──ねえ」

「何さ？」

「分け前、もらえるんだろうね」

「孝二って奴が逃げやがったからね」

「でも、それとこれとは別だよ。僕にだけくれればいいんだ。あんな奴放っときゃいい」

「考えとくよ」

電話は切れた。


久子は呆れて物も言えなかった。

あんな間抜けな奴に誘拐されるなんて、お父さんったら、何やってんだろう？

離れる間もなく、電話が鳴る。喫茶店の電話を独占という感じだ。

「あ、久子？　千春よ」

「どうしたの？」

「中神ってのが出かけたんで尾行したの。そしたら、お宅へ行ってお母さんを拾って……」

「母が？」

驚いて、久子は訊き返した。夫と息子を誘拐されているというのに出かけてしまったのだ……。

第七章　ゲームの終り

第三の誘拐

「さて、と……。ここでいいのかな?」

長松秀人は、古ぼけた小屋みたいな空家の前でポルシェを停めた。

およそファッション雑誌のグラビアの背景になるような場所とは思えない。

いささか不安になっていると、その小屋の戸がガラッと開いて、

「まあ、いらして下さったんですね!」

と三人の女の子が飛び出して来た。えらく派手なスタイルにサングラス。

「やあ、君たちかい、雑誌の——」

「ええ、そうなんです」

「ずいぶん若いね」

「私たち花の中三トリオ、って呼ばれてるんですよ。中学生ぐらいに見えるんですって」

「なるほどね」

「でも今の中三ならもう大人よ」

「ねえ」

「——どこで写真撮るの?」

「ここです」

「この小屋の前?」

と長松は目を丸くした。

「廃屋と、現代的なダンディの対照の妙を狙ったんです」

「ああ、なるほど……」

単純な長松は、コロリと騙《だま》される。

「じゃ、まず車の前で――」

一人がもっともらしく、モータードライブ付きのカメラを取り出す。

「じゃ、どういうポーズで撮る?」

と長松の方はいい気持。

「もうご自由に。じゃんじゃん写しますから。お好きなポーズでどうぞ」

「そうかい!」

長松はポルシェへもたれて、およそサマにならない、キザなポーズを取った。

カシャ、カシャとシャッターが落ちる。

「――どうも」

とカメラマン役の一人が肯いて、「凄《すご》い色気ですわ」

と言った。

「そう?　まあよくそう言われるよ」

三人が一斉に咳をした。

「──どうでしょう、小屋の中で一枚」

「中で？」

「ええ。廃屋の中の、洩れ入る光に浮かぶ美青年、なんていいイメージですわ」

「それいいね！」

長松は先に立って中へ入って行く。

三人は顔を見合わせて笑いをこらえると、後から小屋へ入って戸を閉めた。

「──何するんだ！　おい！」

小屋の中から、ドシン、バタンと音がして……。やがて静かになった。

ウーンと呻《うめ》く声が微かに聞こえた。


「成功よ」

と電話が入って、久子はホッとした。

「後は手はず通り頼むわね」

と久子は言った。

「任しといて」

「手こずった？」

「ちっとも。長松って、本当におめでたいね」

「でも、充分慎重にね」

「ＯＫ」

久子は電話を切った。

これで計画は順調に動き出した。父親まで誘拐されるというハプニングはあったが、後はほぼ予定通り。しかし、心配は母のことだった。

もうここにいることもあるまい。喫茶店の女主人へ、

「すみません。私、引き上げますから、もし後で電話があったら、家へかけてくれと言って下さい」

「いいわよ」

「それじゃ」

久子は料金と、それに三千円を足して、「電話を借り切ってたから迷惑料です」とレジに置いた。

「まあ、いいのに」

「いいえ、取って下さい」

と言って、久子は店を出た。女主人が感心して、

「義理固い子だねえ」

と呟《つぶや》いた。

久子はタクシーを拾って、一旦自宅へ戻った。

家の中はもう真暗だ。明りを点けると、久子は、銀行の通帳を捜した。――見当らない。

してみると、母はやはり金を引き出したのだろう。至急必要だからと言って、現金を持って来させ、通帳は預けたのだ。——一体いくら引き出したのだろう？

久子は、ともかく千春の言ったホテルへと出かけて行くことにした。

中神はおそらく、そろそろ正体を現すだろう。そういつまでも、年増女のご機嫌をとっている男ではない。

一皮むけば蛇のような男だ。

踏みつぶしてやりたい！

久子は制服をジーパン、Tシャツにジャンパーというスタイルに替えた。

「——出かけるか」

気は進まないのだが、放ってはおけない。父はともかく、母はいわば、人を疑うということを、ほとんど知らずに過して来たのだ。

その母を騙して、金を絞り取ろうとしている。——それが許せなかった。

久子は、迷った後、念のために自分の机の裏側からナイフを取り出してポケットへ入れた。


中神はそっとベッドから抜け出した。

紀子はスヤスヤと寝息を立てて眠っている。

「他愛のないもんだぜ」

と中神は呟くと、バスルームへ行って、シャワーを浴びることにした。

「目を覚ますかな……」

と、ちょっとベッドの方を気にしたが、「構やしねえや」

と肩をさすって、シャワーの栓をひねった。汗ばんだ体を洗い流すと、部屋に戻る。

紀子の様子をうかがったが、よほど疲れたのか、よく眠り込んでいる。

中神はニヤリと笑って、電話の受話器を取った。

「——ああ、俺だ。——うん、今ホテルにいる。例の奴と一緒さ。——三百万だ。——まあ手始めにはいいだろう」

のんびりしゃべっていると、ベッドで紀子が微かに身動きした。中神は横を向いていて、全く気付かなかった。

「いや、まだ絞り取れるさ。——現金は七、八百万と踏んでるんだ。後はサラ金ででも借りさせて……。大丈夫。こっちの言う通りを信じてるからな。——ああ、任せとけ」

紀子は、目を覚ましていた。

中神の言葉が、一言一言、鋭い釘のように、紀子の胸に打ち込まれた。——自分は一体何をしたのか？

若い男の甘言に乗り、身も心も任せきって、金を騙し取られた。そして、夫が、努が誘拐されているというのに、自分はこんなホテルのベッドに、横たわっているのだ……。

「——じゃ、一時間ほどで戻るからな」

中神はそう言って受話器を置いた。

紀子はシーツを握りしめた。

手が震える。唇をかみしめながら、呻き声が洩れそうになるのを、必死にこらえた。

中神は服を着ながら、低く口笛を吹いている。――中神の方に背を向けた紀子は、じっと息を殺していた。

このまま、中神が行ってしまってくれればいい、と思った。三百万の金はやってしまってもいい。

早く、早く、一人にしてほしかった。

「――奥さん」

中神が声をかけて来る。

紀子はできるだけ、穏やかな寝息を立てるようにした。これでごまかせるといいのだが……。

中神は、放っておくことにしたらしい。何やらメモを書いている様子。――おそらく、また歯の浮くようなことを書きつけているのだろう。

中神は、それをベッドのわきに、灰皿で押さえておくと、部屋を出ようとして、ドアを開け、ギョッと立ち止った。

目の前に立っていたのは、久子だった。

「な、何だよ、お前は」

中神は、前にセーラー服姿の久子を見ているが、今はジーンズスタイルなので分らなかったのだろう。

「金を出しなよ」

と久子が言った。

ベッドの中の紀子が息を呑んだ。――久子だ! どうしてここに……。

「何だと?」

中神はやっと気付いたらしい。「ああ、お前は――」

「何もかも分ってんだよ」

久子が言った。「おとなしく金を置いて引き上げな」

中神は苦笑して、

「なかなかのワルらしいな。まあガキはおとなしくママのミルクでも飲んでろよ」

ぐいと久子を押しのけるようにして、廊下へ出ると、中神は驚いて立ちすくんだ。

久子が素早くドアを閉める。母に聞かせたくなかった。

「――何の真似だ!」

急いで呼び集めた久子の部下たちが、七、八人、廊下の両側を塞《ふさ》いでいた。手に手に、ナイフや自転車のチェーン、バットなどを握っている。

「見くびるんじゃないよ」

と久子は言った。「あんたは一人、こっちは八人。見たところ喧嘩《けんか》は弱そうだね」

「こんなことしてただで済むと……」

「金を出しなよ」

久子は静かに言った。「二枚目の顔に傷がつくよ」

チェーンがカシャカシャと音を立てながら、両側から、じわじわと迫ってくると、中神は真青になった。

「分った。――やめてくれ」

中神は封筒を出して久子へ投げた。

久子は中を改めると、ポケットへそれをねじ込んだ。

「あんたみたいな奴は踏み潰してやりたいよ」

中神は、暴力的なことには全く弱い男なのだろう。額に脂汗《あぶらあせ》が光って、震えている。

「消えちまいな」

と久子が言った。

行手を遮《さえぎ》っていた女の子たちが左右へ割れる。中神はあわてて駆け出した。ヒョイと一人が足を出すと、それにつまずいて、無様に転倒した。

「――ありがとう、みんな」

久子は、中神が逃げて行くと、言った。

「もう引き上げとくれ」

一人きりになると、久子は、部屋のドアを開いて、中へ入った。

紀子はベッドの中で身動き一つしなかった。

久子は、部屋へ入ると、ベッドの中の母の様子をうかがった。

じっと身動きもしないでいるのは、眠っていないということだ。しかし、久子は何を言うつもりもなかった。

起きていたのなら、さっきの中神の電話も聞いていたのだろうし、もう自分が騙されていただけだということも分っているだろう……。

久子はテーブルの上に、金の入った封筒を置いた。メモが、灰皿でとめてある。中神が書いたものだ。

〈奥さん、あなたをこれ以上危険なことに巻き込みたくありません。僕は先に出て行きます。何とか生きのびられたら、再び奥さんの胸に——〉

吐き気がして、久子はメモを引きちぎってしまった。

灰皿へ、その紙くずを置くと、ホテルのマッチをすって、火をつけた。——あっという間に、メモは燃え上って、たちまち灰になった。

久子はクルリと踵《きびす》を返して、足早に部屋を出て行った。

紀子は、しばらくしてから、そろそろと身を起こした。——部屋はガランとして、薄暗かった。

こんなに広い部屋だったかしら、と紀子はぼんやりと考えていた。

少し、こげくさい匂いがしている。灰皿に、燃え尽きた紙が、そのままの形で、灰になっている。その横に、あの封筒が……。

燃えるように頰が赤らんだ。自分の馬鹿さ加減が身にしみて分った。あんな中神のような男の見えすいた手にやすやすと乗ってしまうとは……。

紀子はバスルームへ裸のまま駆け込むと、思い切り熱いシャワーを出して、全身に浴びた。皮膚がむけるかと思うほど、石ケンをこすりつけ、タオルを叩きつけるようにして体を洗った。

バスタオルで体を拭い、急いで服を着る。誰かに見られているような気がして、せき立てられるように服を着終えた。

金の封筒をバッグへ入れると、紀子は、濡れた髪をもう一度タオルで拭った。バスルームにドライヤーがあったが、一刻も早く、ここから出て行きたかった。

何か忘れた物はないだろうか?

紀子は部屋の中を見回した。

灰皿の中の、メモの灰を、紀子はじっと見つめた。手で触れると、たちまち崩れてしまう。

——まるで私のようだわ、と思った。

とっくに燃え尽きてしまったのに、形だけは保っていて、触れられれば、脆《もろ》く崩れてしまうのだ。

紀子は部屋を出た。——長い長い夢から、さめたような気がしていた。

「もしもし、長松さんのお宅でいらっしゃいますか?」

「はい、さようでございますが」

「ご主人様はいらっしゃいますか？」

「どちら様でしょう？」

「息子さんの友人です」

「ちょっとお待ちを」

ややあって、

「長松だが」

と太い声。

「息子さんは預かりましたよ」

「何だ？　——預かるとは？」

「誘拐したってこと」

「——おい、悪い冗談を——」

「これを聞きな」

テープが回って、長松の情ない声が、

「パパ！　助けて！」

と受話器に向って叫んだ。テープが止る。

「分ったかい」

「分った！　金は出す」

「五千万だよ。月曜日、銀行が開いてから三時間以内に用意しな。警察《サツ》なんぞへ知らせやがったら、どうなるか分ってるね」

「分った。分った。分った……」

「壊れたレコードみたいにくり返すんじゃねえや、いいかい、月曜日の十二時に電話するからね」

電話は切れた。


紀子は、家の前まで来て、立ち止った。明りがついている。久子がきっと先に戻っているのだ。——どういう顔で入って行けばいいのか。

しかし、そんなことを言っているときではないのだ。

夫と努が誘拐されていたことを、紀子は、やっと思い出したのである。——あれは現実だったのかしら？　それとも夢だったのだろうか？

もう、紀子には、どこまでが現実なのか、分らなかった。もちろん、今、自分が、現実に立ち戻っていることは、分っている。それ以前のことは、何もかもが悪い夢だったような気がした。

「——ただいま」

玄関を上ると、久子が出て来た。

「お母さん、大変よ……」

「え？」

「この手紙――」

努を誘拐したという、ケンの放り込んだ脅迫状である。「いつ来たの、これ？」

「それは……夕方に……」

「どうするの？　お金なんてできる？」

「そう……三百万円ここに……」

「お金を作りに出てたのね！　よかった！　どこへ行っちゃったのかと思ってたのよ」

久子はホッとしたように言った。紀子は、急に涙が溢《あふ》れて来るのが分った。

最終目標

「畜生！」

中神は、空カンを思い切りけっとばした。

「あの小娘――あの――あの――」

腹が立って、言葉が出て来ない。

何のことはない。自分があんな女の子たちに脅されて逃げて来てしまったのが情なくて、八つ当りしているだけなのである。

それに仲間の手前ということもある。金を持って帰ると言ったのに、それを女の子に巻き上げられたとあっては……。

「畜生！」

と言いたくもなろうというものだ。

アパートの前まで来たものの、どうにも入りにくい。うろうろしていると、

「あの——」

と声がした。

「何だい？」

見れば、セーラー服の、中学生ぐらいの女の子である。中神はブスッとしてにらんだ。

「この辺に区立の青年会館っていうのが、ありませんか？」

「ああ。——このすぐ先だよ」

「ありがとうございました」

女の子が足早に歩いて行く。——パタリと、何かが落ちた。

「おい」

中神は拾い上げた。——財布だ。

女の子は気付かずに行ってしまう。中神はちょっと周囲を見回して、財布の中を覗《のぞ》いてみた。

「こいつは凄《すげ》えや」

一万円札ばかり、十万円近くも入っていた。中神はニヤリとした。

「こいつでも、ないよりゃましだ」

と、財布をポケットへねじ込むと、軽く口笛など吹きながら、アパートへと入って行った。

「お母さん、浮気してたの？」

久子は目を丸くして驚いて見せた。「へえ、やるわねえ！」

「からかわないでおくれ」

と紀子は言った。——じゃ、さっきのホテルで聞いたのは、久子の声ではなかったのかしら？

「でも、まあ行き過ぎない程度にしてね」

と久子が言った。「差し当り、努とお父さんのことね」

「そうねえ。ともかく全財産はたいたっていいわ。お金を出さなきゃ」

「そうねえ。努なんてそう高い値がつくとも思えないけど——」

「お前、そんなこと言って……」

と言いかけて、紀子は思い出した。「そうだわ、まだあったんだ！」

「何が！」

「いいえ、それがね……私も脅迫されてるの」

と紀子は言った。

久子はびっくりした。母が脅迫されているというのは初耳である。

た。

紀子は、小倉兼代との会話をテープに録《と》られ、それをタネにゆすられているのだ、と話した。

「実はねえ――」

「誰に！」

「いくら要求して来たの？」

「二百万円じゃなかったかしら……」

「二百万……」

どうなっちゃってるんだ、世の中は、もう！　久子はいい加減いやになって来た。

「小倉さんって、あの派手そうな奥さんでしょ……」

「ええ、そう。向うがペラペラしゃべるもんだから、ついこっちもその気になってね」

「困ったわねえ」

と久子は考え込んで、「とぼけちゃったら？　これは私の声じゃない、って。どうせ、テープの声なんて分らないわよ」

「それが、とってもはっきり録音してあるのよ」

妙だな、と久子は思った。盗聴したテープなどというのは、ＣＩＡあたりがやるのならともかく、素人ではそう鮮明に入るものではない。

ましてそんな喫茶店のような騒がしい所で……。

「二百万っていうのは、小倉さんと、百万ずつってこと？」

「それが、小倉さんの所は五十万円くらいしか出せないっていうのよ」

読めて来たぞ。久子は、全く大人とは救い難い、とため息をついた。

「じゃ、払うと返事しなさいよ」

「その方がいいかしら」

「だって仕方ないでしょ」

「でも、あの人と努のことがあるしねえ」

と紀子は途方にくれている。

「私に任せといて！」

と久子は母の肩を叩いた。

「ありがとう、久子……」

紀子は涙ぐんだ。「お前にばっかり心配をかけるねえ」

本当に、といいたいところを、ぐっと押さえて、

「いいのよ。水くさいぞ。親子でしょ」

と慰めた。母の心の傷のことを思えば、少々のことは許してもいいと思っていた。

「私たちで頑張らなきゃ、ね？」

と久子は言った。

早速、明日、小倉兼代のことを調べさせようと思った。どうせ小遣いに困って、思い付いたぐらいのことだろうが。

しかし、ともかく、一度思い知らせてやる必要がある。大体、今はそういう大人が多すぎるのだ。久子は心の中で呟いた。

「最近の子供は苦労するわよ、親のために」

「お父さんと努は大丈夫かしらねえ」

紀子は、ため息と共に呟いた。

もう夜中の一時である。紀子は、電話の前に座り込んで、動こうとしない。

「ねえ、お母さん」

久子が言った。「そうして起きてたって仕方ないわ。少し横になりなさいよ。私、起きてるから」

「いいえ、私は大丈夫」

と紀子は言った。「お前、少しお休み。私はこうしてないと気がすまないのよ」

「でも――」

「私のせいなのよ」

と紀子は、じっと遠くを見るような目つきで、「私の罪への天罰なんだわ。私のために、あの人も努も苦しんでるのよ。私がのうのうと寝ていられて?」

そんなこと関係ないのに、と言いたいのを久子はぐっとこらえた。

どうせお父さんだって平気で浮気しているのだ。そんなにお母さん一人が苦しむ必要はない。――しかし、殉教者の如く、荘厳ですらある母の表情を見ていると、そうは言えなかった。

「じゃ、いいわ。私も起きてる」

と、久子は諦めて言った。


夜中の二時を少し回って、久子はついウトウトしていた。

電話が鳴って、ハッと目が覚める。母は——と見ると、柱にもたれて眠っている。

無理もない。眠らせておこう。久子は急いで電話を取った。

「もしもし」

「あ、久子?」

「あら、どうしたの?」

中神のアパートを見張っていた千春である。

「大変よ!」

「どうしたのよ。——今、どこ?」

「中神のアパートの近く」

「まだいたの? 帰らなかったの?」

「うん、ちょっと様子がおかしかったから、気になってね」

「まあ。悪いわね」

「そんなこと言ってる場合じゃないわ。あのね、中神のアパートから、いかついのが十人ほどくり出して行ったわよ」

久子は事情を呑み込んだ。中神の仕返しだ。

「早く逃げて！　五分くらい前に出たのよ。十円玉がなくなって、なかなかかけられなかったの」

「大丈夫よ。時間はあるわ」

久子は素早く計算した。「——じゃ、あなたは早く帰って。お家の人が心配するわ」

「気を付けてね」

「ありがとう」

久子は電話を切ると、紀子を揺り起こした。

揺さぶられて、紀子は目を開くと、

「ど、どうしたの？」

「お母さん、早くお金を持って」

「え？」

と一瞬キョトンとして、「あの——電話があったの？　誘拐犯から？　どっちの方？」

「違うの。中神って男が、大勢引き連れて仕返しに来るわ」

紀子は、目を見張った。

「ど、どうしようかね？」

「逃げるのよ。さ、早くして！」

久子は紀子の腕をつかんで立たせると、「お金だけありゃ、後は何とでもなるわ」

「だけど……」

「私に任せて」

と久子は言った。


中神は、月波の家の少し手前で、車を停めさせた。

「よし、ここから歩こう」

と、車を出る。

二台の車に分乗した仲間たちは、手に手に武器を持って、車から降り立った。

「いいか、女房と娘の二人は好きなようにしていいからな」

中神は言った。

「家は叩き壊さねえのか?」

「壊したってかまやしねえさ。火をつけるとヤバイけどな。バラバラにしてやれ」

「久しぶりだな。暴れるのは」

と一人がピュッとバットを振り回した。

「何だ、野球やりに来たのか?」

見上げるような大柄な男が、ボキボキと指を鳴らした。「俺なら手で柱の一本ぐらいへし折ってやるぜ」

「よし、行こう」

と中神は言った。

夜道を、異様な集団がゾロゾロと歩いて行く。そして月波家の前で足を止めると、

「ここだ。——後は頼んだぜ」

「任せとけって」

中神は少し後ろへ退がった。こういうときには直接手を下さない主義なのである。

黒い革ジャンパー姿の男たちは、月波家の玄関まで行くと、やおらドアをドンドンと叩いた。

「おい、開けろ！」

「手ぬるいぜ」

「ぶち破れ！」
二、三人がドアをバットで殴ったり、蹴ったりし始めた。
夜の静けさの中に、その音がけたたましく響き渡った。

ドアが音を立てて内側へ倒れる。

「やっちまえ！」

男たちが、次々に飛び込んで行く。

久子は、離れた所から、その様子を平然と眺めていた。

「家が……」

紀子がオロオロしながら、「家が壊されるよ！」

「いいじゃないの」

久子は母の肩を抱いた。「中だけよ。何もかも壊されやしないわ。近所の人が一一〇番するから、そう連中もいつまでもいないわよ」

「だけど……」

「私たちが知らせたら、あれこれと警察の人に訊《き》かれるでしょ。お母さんの浮気やら、お父さんや努が誘拐されてることも、分っちゃうかもしれない」

久子は言い聞かせるように、

「だから、好きなようにさせておくのよ。――私たちは出かけてて帰りが遅くなった。帰ってみたらあの始末だ。きっとやったのは、通りすがりの暴走族か何かでしょう。そう言って、それで通すのよ」

「だけど――」

と、紀子はまだ渋っている。

「あれで、お母さんの浮気も、きれいさっぱり清算ってこと。ね？　そう考えれば、安いものでしょ」

紀子は、遠く聞こえて来る、ガラスの割れる音にじっと耳を傾けていた。――そして、ふっと微笑んだ。

「いい音ね」

と呟くように言った。

男たちが飛び出して来る。

パトカーのサイレンが聞こえて来たのだ。二台の車が、猛スピードで走り去った。

「さて、と――」

久子は母の肩を叩いた。「そろそろ帰る、お母さん?」

「そうしようかね」

紀子が肯いた。


長い長い一夜が明けた。

久子は、近くのホテルで目を覚ました。

何と、父が南泰子と泊ったラブホテルである。真夜中に、手近な所というと、ここしかなかったのだ。

「――変な気分」

久子が起き上ると、紀子がバスルームから出て来た。

「私は家へ戻るわ。電話があるかもしれないからね。ガラスの破片や何かも片付けないと、――お前はまだここにいる?」

「少し後から行く」

「そう。じゃ、悪いけどスーパーでほうきを買って来ておくれ」

「ウン、分った。——お母さん」

「え？」

「ラブホテルってみんなこんな風に悪趣味なの？」

「さあ、よく知らないわ」

と紀子は笑った。これなら大丈夫、と久子は母の笑顔を見て安心した。


紀子が先にホテルを出て行くと、久子は早速起き出した。

いよいよ最後の仕上げである。中神たちに思い知らせてやらなくては。

久子は電話をかけまくった。

「ああ、千春？——ゆうべはありがとう。——うん、家は少々ひどいことになったけど私たちは大丈夫。——もちろん予定通りよ。——じゃ、お願いね」

続いて、

「人質は？——そう、生きてるのね？——え？——いやねえ、きっと躾《しつけ》が悪いのね、フフ。——もちろん、予定通り。千春からの連絡を待っててね」

お次は、

「ああ、努？——そう、順調よ。——うん、ちょっと家の様子が変ってるけど、びっくりしないで。——大したことないわよ。——じゃ、いい子にしててよ」

それから、

「ああ、私よ。——野島賢一の所に、うちの父上が捕まってるの。——そうなのよ。引き取って来てくれる？　——行けば分るわ。よろしくね」

ああ疲れた。そうそう、まだあったっけ。あれはそう急ぐこともないし、と……。

久子は、我ながら、これで大企業の管理職になっても大丈夫だわ、と思った。


家へ帰ってみると、近所の人が大勢手伝いに来てくれている。

「すみませんね、どうも」

と紀子が礼を言って回っていた。

「ずいぶんきれいになったのね」

久子は目を丸くした。

「みなさんのおかげよ」

紀子は、そう言って微笑んだが、すぐに暗い顔になって、「でも、電話がかかって来ないのよ」

「日曜日は休みなんじゃない？」

と久子は言った。

「——ごめん下さい」

と玄関に声がした。二人が出て行くと、南泰子が立っている。

「あら、南さんの奥様」

「大変でしたわね。今、そこでうかがってびっくりしましたわ」

「災難ですわ。でも誰もいないときでよかったと思って」

「そうですわねえ、本当に」

南泰子は肯いて、「ご主人もどこかへお出かけで?」

と訊いた。

「え、ええ……」

と紀子が詰まると、久子が言った。

「お父さん、どこかの女性と浮気してるらしいんです。きっとホテルかどこかに泊ってるんだわ。ねえ、お母さん」

最後に笑う者

月曜日、夜十一時半。

場所、公園。

「いかにも誘拐犯の取り引きらしくっていいわねえ」

と変なことに感心しているのは、久子の手下すみれである。ヒョイとメガネを直して、

「本当に五千万円も持って来るかしらね」

「来るわよ」

と、仲間のユリ子が言った。

「大事な息子だもの」

「そうかしらねえ。私が親だったら、どうぞさしあげますから処分して下さいって言うわ、きっと」

「ゴミじゃあるまいし」

二人は、公園を見下ろすマンションの屋上にいた。——公園は照明が明るいので、上から、手に取るように様子が見える。

「警官はいないかしら？」

「まず大丈夫だと思うわ」

とすみれ。

「どうして？」

「私が警察なら、絶対にこの場所に人を置くと思うの」

「なるほどね。つまりここにいない、ってことは……」

「一度打ち合せ通りの方法で確かめるけどね」

「ね。ほら、あれじゃない？」

とユリ子が指さす。

公園へ入って来たのは、見るからにずんぐりの重役タイプの男で、どこでも見かけるようなスポーツバッグを持っている。

「あれらしいわね」

見ていると、しばらく公園の中をウロウロしてから、やっと場所が分ったらしく、ベンチの一つの後ろへ、バッグを置き、あたりをキョロキョロ見回してから立ち去った。

「十分待つのよ」

とすみれが腕時計を見る。

「カップラーメンでも作ってるみたいね」

——十分たってから、二人はマンションの屋上から非常階段で下まで降りて行った。

公園の近くまで行くと、すみれは足を止めて、

「じゃ、ユリ子、頑張ってね」

「任せて」

ユリ子は、一人で公園の中へと入って行った。——公園の中は静かで、刑事がどこかに潜んでいるとは、到底思えなかった。

ユリ子は、帰りが遅くなって、公園を抜け、近道して帰る、という感じで、せかせかと歩いて行った。

そして、木陰の暗い所まで来ると、

「キャーッ！」

と叫んだ。

公園の中は静かだった。これならＯＫだ。

取って返すと、すみれも公園へ入って来る。二人はスポーツバッグを取ると、足早に公園を出て行った。

スポーツバッグを持って公園を出たすみれとユリ子は、急いで地下鉄に乗った。もう終電近くで、がら空きである。

「もう大丈夫だわ」

とすみれが言った。

「中を確認しよう」

ユリ子が、ファスナーを開ける。――中に札束が詰まっていた。

「いい眺めね」

すみれがため息をつく。

「全部くれてやるなんて惜しいじゃない?」

「だめだめ。久子の命令を守ること!」

「分ってるわ。言ってみただけよ」

ユリ子がファスナーを閉めた。

「どうだった?」

家へ入ると、紀子がすぐに出て来る。

「うん、言われた通り置いて来た」

久子は靴を脱いで上った。

「無事に帰してくれるかねえ」

紀子はさすがに青ざめている。

「きっと大丈夫よ」

久子は微笑んで見せる。

「でも五百万円に値切っちゃったし……」

「ないんだもの仕方ないじゃない。犯人だって、家を担保にお金借りるまで、お父さんや努の面倒、みていられないのよ」

「元気で帰してくれりゃいいけどねえ……」

「落ち着いて。待つ外ないのよ」

と久子は母の肩を抱いた。どっちが親だか分らない。

「もう二度とあんな馬鹿な真似はしないわ」

紀子はすすり上げて、「浮気なんかした罰なのよ」

大分こりているらしい。

電話が鳴って、久子が出た。

「ああ、すみれ?」

「計画通りよ。もう解放する?」

「時間まで待って。いいわね?」

「OK。じゃ、後でまた」

電話を切ると、紀子が、不思議そうに、

「久子、何の用だったの？」

と訊いた。

「ううん、化学の実験のことなの。今日休んだもんだから」

「そう」

紀子は別に疑いもしない。それどころではない、というのが正直なところだろう。

玄関のチャイムが鳴ると、紀子は飛び出して行った。ドアを開けると、長女の岐子が立っている。

「岐子。——よく来てくれたね！」

「どうしたの？」

岐子の方が面食らっている。

「大変なんだよ。ともかく中へ……」

岐子の後ろから、誰かが姿を見せた。久子が胸をときめかせた。平田淳史だったのだ。

「あの——この人、平田さん」

と岐子が紹介した。

「どうも」

と紀子は挨拶したが、今はそれどころではないのだ。

「あのね、私、平田さんと結婚しようと思ってるの」

と岐子が言った。

久子はちょいと胸が痛んだ。しかし、姉が好きな相手と結婚するのなら、それはすばらしいことだし、それに、平田が義兄になるわけだ！

「おめでとう」

と姉の手を握った。「――でも、ちょっとまずい所へ来たわね」

「何か――あったの？」

岐子は母と久子の顔を交互に見ながら言った。

「お父さんと努がね」

と久子が言った。「ちょっ、ちょっと誘拐されたのよ」


「金は払ったぞ！」

と長松は電話へツバを飛ばしながら怒鳴った。「息子を返せ！」

「そうあわてなさんな」

と、相手はのんびりと、「いい、今から電話を切るからね」

「何だと？」

「十、数えてごらん」

「人を馬鹿にするのか！」

「いいから、騙《だま》されたと思ってさ、数えるんだよ」

電話が切れた。長松は受話器を叩きつけるように置いて、

「畜生！」

と悪態をついたが、仕方なく、

「一、二、三……」

と数え始めた。

「旦那様、どうかなさいましたか？」

お手伝いの娘が聞きつけて不思議そうに訊いた。

「うるさい！　——六、七、八……」

どこかでガタッと音がした。

「九、十」

ザブン、と派手な水音。

「庭だ。池に何か……」

長松は庭へ出るガラス戸を開けた。「おい！　誰だ！」

ザザッと水音がして、

「パパ！」

「お前か！　大丈夫か？」

「パパ！　タオルを——」

「ん？」

居間の明りが、池を照らし出した。——長松は目を見張った。我が子が素裸で、びしょ濡れになって、泣きべそをかいている。

「一一〇番だ！　タオルへ電話をかけて、一一〇番を取って来い！」

と、長松はわめいた。


十分後には長松邸の前はパトカーで埋り、報道陣も詰めかけた。

その頃——。

「まだ気が済まねえ」

と中神が、アパートでウイスキーをあおっていた。

「まあそうカッカするなよ」

と、仲間が笑いながら、「こっちにはまだ写真があるんだぜ」

「そりゃ分ってる」

中神は、自分と月波紀子の写真を眺めながら、「三百万じゃ売らねえぞ、こうなったら向うが首をくるまで絞り取ってやる」

と毒づいた。

「よっぽど腹が立ったらしいな」

「当り前だ。あんな小娘に……。あいつだってただじゃおかねえ」

「家を叩き壊して来てやったぜ」

「あんなことで済ませやしねえぞ」

中神がグラスを口もとへ持って行ったときだった。

表の道路で、激しい衝突音がした。

「何だ？」

「覗いてみよう」

車座になって飲んでいた七、八人が一斉に窓から顔を出す。――自動車が、電柱にぶつかって、フェンダーが大きくへこんでしまっている。

「事故だ。行ってみようぜ」

ゾロゾロと部屋を出て階段を降りて行く。

「爆発しねえか？」

「大丈夫だろう」

おそるおそる近付いてみる。

「――人がいないぜ」

「そいつは変だな」

「バッグが放り出してある」

と助手席に置いてあったスポーツバッグを取り出す。

「何か入ってるか？」

一人がファスナーを開いて、覗く。

「洋服だ。――何だ、靴下やパンツまで入ってるぜ」

「へっ、つまらねえ」

「おい！　――見ろよ！」

顔色が変った。みんなが覗き込んで、一斉に息を呑んだ。

バッグの中には札束が詰まっていた。

「――おい！」

中神が我に返った。

「早く持って行け！」

近所の住人たちが、駆けつけて来た。――中神の仲間の一人が、何くわぬ顔で、バッグを手にアパートへ戻る。

後から戻って来た中神たちは、山積みになった札束に目を丸くした。

「三千万――いや、五千万はあるぜ！」

しばし、誰も口をきかなかった。

興奮のあまり、誰も、中神と紀子の写真が消えてなくなっていることに気付かなかった。

「ぴったり五千万あるぜ」

と、数え終って汗を拭う。――中神と仲間たち、誰もが汗をかいていた。

札束を数えるのがそれほどの運動だとも思えないが、目の前に積み上げられた札束を見ていると、自然に汗が出て、喉《のど》が乾くのだった。

「本物の札だろうな?」

「ちゃんと抜き出して確かめたよ。番号続きでもない」

「一体何の金だと思う?」

「何だって構うもんか」

と中神は、やっと笑顔を作るだけの余裕を見せて、

「ともかくあの車の奴が放り出して逃げたんだ。まともな金じゃねえさ」

と、百万円ずつの束を両手につかんだ。

「たまらねえな! これだけありゃ……」

「思い切り遊べるぞ」

「まあ待てよ」

中神は仲間を抑えて、「急に派手にやっちゃやばいぜ。ここは一つ、住いを変えよう」

「引越すのか?」

「そうさ。ここにいて金づかいが急に荒くなったら目立つぜ。それにあの車に乗ってた奴が取り戻しに来るかもしれねえ」

「そうか。そうなると面倒だな」

「だから、もうちっと住み心地のいい所へ移って、それから使えば分りゃしねえ」

「そうしよう。じゃ、早速荷造りに……」

「馬鹿。こんな夜中にどこへ越すんだ。——ひとまずこいつはしまっておこうぜ。明日、引越し先を捜そう。金があって捜すんだ。すぐに見付かるさ」

「おい、祝盃を上げよう！」

と一人が声を上げる。

「そこの酒屋を叩き起こして、ありったけのウイスキーを——」

「よせってば！」

中神は怒鳴った。「表にゃパトカーが来てるんだぞ。目につくような真似は禁物だ」

「そうか。つまらねえな……」

「二、三日の辛抱だ」

中神はニヤリと笑った。


「お父さんと努、無事に帰してくれるかしらねえ……」

紀子は、一分ごとに時計を眺めていた。

「警察へ届けた方がいいんじゃない？」

と岐子が言うと、紀子はキッとなって、

「だめよ！　少しでも危ない目にあわせるようなことはできないわ！」

「分ったわ」

と岐子が肯く。平田が岐子の肩を抱いて、

「僕もお母さんに賛成だな。届けるなら、事件が起きてすぐか、そうでなければ、人質が戻った後にした方がいい。犯人を捕まえるのは二の次だ。今はともかく……」

久子は、いささか気がとがめていた。

「私、ちょっと表を見て来るわ」

一緒に行こう、と立ち上る平田を、何とか押さえて、久子は一人で表へ出た。

そろそろ父と努が解放されて戻って来る頃なのである。

「遅いな……」

まさか、ここへ来て何か手違いでも——。そのとき、暗い道の奥から、オートバイらしいライトが、四つ、五つ近付いて来た。どうやらあれらしい。

久子は急いで手近な電柱の陰へ身を隠した。

オートバイが目の前で停ると、後ろに乗せられていた努と月波を降ろして、

「じゃ、あばよ」

と一言、たちまち爆音と共に走り去って行く。久子は、ポツンと突っ立っている月波の肩をポンと叩いて、

「お帰り」

と言った。ワッと月波が飛び上った。

「ひ、久子か！」

と息を吐き出して、「生きて会えないかと思ったぞ！」

と抱きしめる。久子は努と顔を見合わせて、ヒョイとウインクして見せた。

「——畜生め！　ちゃんとあいつの顔は憶えてるぞ。このままでおくもんか！」

月波は、助かったと思うと急に威勢が良くなって、拳《こぶし》を振り回した。

「やめて、お父さん。このまま忘れましょうよ」

「そうはいかん！　犯罪をのさばらしておいて——」

「でもね、もし警察へ届けたら——」

「俺たちはちゃんと戻って来たんだ。もう何も怖がることはない」

「あのね、お母さんには言ってないんだけど……」

と久子は声を低くして、努に聞こえないように、「脅迫電話でね、言ってたのよ。後でもし届けたりしたら……」

「何だ？」

「お父さんと南さんの奥さんがホテルで会っている写真を会社へ送るって」

月波の顔色が変った。

「そ、そんなことをどうして……」

「本当なのね？　——私はいいけど、お母さんが可哀そうじゃないの」

久子はグスンとすすり上げた。努がベエと舌を出してそっぽを向いた。よくやるよ、全く！

「わ、分った。しかし金が……」

「浮気の罰金だと思えばいいじゃないの」

「高いんじゃないか、少し?」

月波は情ない顔で言った。

「最初からやり直すのよ。一生懸命働いて。浮気する暇も元気もないくらいにね」

と久子が言うと、月波は、苦い顔で、ため息をついた。

裏口の戸締りを

「何やってるのかしら……」

小倉兼代は、苛々《いらいら》と店の時計をにらみつけた。紀子の方から、この甘味喫茶で一時に、と言って来たのに、もう三十分も待たされているのだ。

「あの家の電話番号を控えてくれればよかったわ」

と、兼代はグチった。そのとき、

「小倉兼代さん、お電話です」

と店のウエイトレスが呼んだ。遅れる、って言うのかしら、と兼代は席を立って、店の出入口の方へと歩いて行った。

兼代のすぐ近くの席にいた女学生が、席を立って、出入口の方へ歩きかけた。兼代の手提げが、椅子に置いてある。その傍で、女学生は、ほんの数秒、足を止めた。

そして代金を払って、店を出て行った。兼代の方は受話器を取って、

「もしもし」

と言ったが、向うはウンともスンとも言わない。「もしもし？　――いやねえ」

「出ませんか？」

とウエイトレスが不思議そうに、「女の人でしたけどねえ」

「そう？　おかしいわね。――もしもし」

少し待ってから、兼代は肩をすくめて、受話器を置いた。そこへ、紀子が入って来た。

「ごめんなさい、急にお客さんがみえて――」

「どうしちゃったのかと思ったわ」

兼代はホッと息をついた。席へ落ち着くと、兼代は早速、

「お金、都合できた？」

と切り出した。紀子はあっさりと、

「急にお金が入用になってね。全然だめなの」

と言った。兼代は、ちょっと面食らって、

「でも……どうするのよ？」

「いいわ。主人に知れたら知れたで」

「だけど……。ねえ、どんなことになると思うの？　家庭の不和は子供の非行化の原因になるのよ」

突如として道徳家へ変貌した。が、紀子は呑気に微笑んで、

「うちの子が言ってたわ。安物のテープだと、後で録音が消えちゃったりすることがあるんですって。あの後で聞いてみた？」

「まさか。じゃ、かけてみるわ。あなたが持って来いって言うから、こうして……」

兼代は手提げ袋からカセットレコーダーを取り出すと、再生ボタンを押した。「そんなに都合良く消えるなんてことが……」

テープが回る。しかし、一向に音は聞こえて来ない。

「変ね……。そんなはずは……」

音量のツマミや、あれこれいじってみるのだが、ウンともスンとも言わない。紀子は、

「やっぱり消えちゃったみたいね」

と楽しげに言って、「それじゃ、ちょっと急ぐから」

と店を出て行く。兼代は必死でテープと取り組んでいた。


月波は電話を取った。いつになく、電話へ出ながら、仕事を続けている。

「はい、月波です」

「どうも。私です」

「どなた？」

「浮気のセールスマンですよ」

「ああ」

月波はチラリと南の方へ目をやった。「何か用かね？」

「実は大変にいい商品が出ましてね。真っ先にお知らせしようと思いまして」

「いや、しかし……」

それどころじゃないのだ。

「今、ちょっと手もとがね――」

「少々お高いですが、分割払いでもよろしいですよ」

女を分割で買うというのも珍しい話だ。セールスマンは続けて、

「結婚三か月の新妻でしてね。式の当日にご主人が階段から落ちて、だめになりまして、まだ手つかずなのです」

月波は思わず唾を飲み込んだ。

「臨時に五万円ということでいかがでしょう？　ボーナス払いでも結構ですよ」

飛びつきたいところだが、何しろ貯金が空っぽなのだ。しばらくはそんなことなど考えまい、と決心していた。

「残念だけど、今回はちょっと――」

「そうですか。惜しいですね。では、南様へお話ししてみます」

「ああ。今回してやるよ」

電話を一旦保留して南へ回す。受話器を置いたとたん、後悔した。ボーナス払いにでもし

ておけば良かった。

「じゃ、奥さんの方から別れる、って？」

「そうなんだよ」

平田は肯いた。「目がさめたんだな、巳紀子の奴も。長松なんかにどうして恋こがれてたのか、自分でも分らないらしいよ。そうなると、もう僕と一緒にいる必要もないわけだね」

「よかったわ、本当に」

と久子は言った。学校の帰りに、平田の働いている喫茶店へ来てみたのである。

「どこか落ち着ける仕事を捜すよ。ただ、君の姉さんまで大学をやめると言い出してね。困ってるんだ」

「学生結婚だっていいじゃありませんか」

「うん。しかし……君のお宅も大変だからなあ」

そこへ、息せき切って、飛び込んで来たのは、姉の岐子だった。

「平田さん！　――久子もいたの？」

「どうしたの、一体、そんなにあわてて」

「さっき表で拾ったのよ！　見て！」

岐子は分厚い大判の封筒を出した。平田が中身を取り出して、目を丸くした。一万円札の束だった。

岐子が拾って来た札束を、平田は勘定して、ふうっと息をついた。

「四百万円ある！」

「どうしようかしら？」

「そりゃ、警察へ届け出なきゃ」

「そうね。落とした人は必死で捜してるでしょうね」

「ねえ、お姉さん」

と、久子が口を挟《はさ》んだ。「もし、半年たって、落し主が出て来なかったら、それ、お姉さんのものなのよ」

「まさか！　いくら何でも……」

「まあ、一億円だって放っとく奴がいるんだからなあ」

「だったら、お姉さん、大学やめることないじゃないの」

「えっ？　——何だ、しゃべったのね？」

と、岐子が平田をにらむ。

「平田さんに怒っちゃだめよ。お姉さん、大学はやめずに半年待ってみなさいよ。このお金がお姉さんのものになれば、差し引き百万円の損で済むわけじゃないの」

「そんなにうまく行く？」

「待って損はないわ。違う？」

「久子さんの言う通りだよ。これは僕らへの結婚祝いかもしれないぜ」

平田が岐子の肩を抱く。

「落し主が現れないのを祈ることにするわ」

と岐子は微笑んだ。

二人が警察へ届けに出かけて行くのを、久子は一人店に残って、見送った。

落し主が現れるはずはないのである。久子の部下が、岐子の目につくようにわざと落しておいたのだから。——これで、あの二人もうまく行くだろう。

残してある百万円は、久子が、部下たちのために使うつもりである。誰一人裏切りもせず、不平も言わず、よくやってくれた……。


久子が家へ帰ると、紀子が台所から顔を出した。

「あら、お帰り」

「ただいま。どうだった、小倉さんの方?」

「お前の言った通りよ。テープの音がすっかり消えちゃっててね。小倉さん、あわててたわ」

「もうああいう人とは口をきかない方がいいわよ」

「そうだね。そうするわよ。ケーキ食べる?」

「うん。ご飯前に、いいの?」

「母さんからのお礼よ」

と紀子は言った。

久子は軽くウインクして見せた。小倉兼代がテープのコピーなどという厄介なことをするわけはない、とにらんだので、生テープとすりかえさせたのである。久子の部下には、あれこれと特技を持った者がいるのである。

着替えを済ませて降りて来ると、久子は夕刊を持って来て開いた。その記事が目に飛び込んで来る。

「お母さん！」

夕刊を開いた久子は大声で呼んだ。

「どうしたの？」

と、紀子が台所から出て来る。

「ほら、この記事」

と久子が新聞を見せる。〈誘拐犯逮捕――暴力団とつながった非行グループ〉の記事、そして、写真は……。

「まあ、中神……」

「よかったわね、手を切っておいて。お母さんも下手すれば巻き込まれるところだったわ」

「本当にねえ……」

紀子はソファへ、気が抜けたように座り込んだ。「こんなに悪い人だったなんて」

「馬鹿ね、急に金を派手に使って、しかも、財布や服までアパートに残ってたんですって。

本人たちは否認してるらしいけど、証拠が揃ってるものね。もう心配ないわよ」

「悪い夢を見てたようだわ」

と紀子は言った。

「でも変ね。中神って、努の先生が推薦して来たんでしょ？」

「そのはずなのよ。それが――」

と言いかけたとき、玄関のチャイムが鳴った。「どなたかしら？」

玄関のドアを開けると、度の強いメガネをかけた、ずんぐりした青年が立っている。

「あの、どなた様で……」

と言いかけて、思い出した。中神が初めてやって来たとき、空腹のあまり強盗をやろうとした男だ。

「どうもその節は失礼しました」

と、その青年は照れくさそうに言った。

「はあ……」

「中神の奴とは古い知り合いで、お宅のことをちょっと話したら、あいつ、変な薬をコーヒーに入れて飲ませたんですよ。幻覚症状を起こしたんだろうと思うんですが、何か腹が空いて死にそうだという強迫観念に捉えられましてね、妙なことをやってしまったんです。後で考えると恥ずかしくて、顔も出せずにいたんですが、こうして思い切ってやって来ました」

と頭を下げる。

「まあ、それじゃ、先生からご紹介いただいた、東大の大学院へ行ってらっしゃる方というのは……」

「僕です」

秀才というのは、一見そうは見えないものだ、と紀子は知った。

その学生を上げて、お茶など出していると、努が帰って来る。

「努、新しい先生よ」

と紀子が言った。——努は渋々挨拶をして二階へ逃げ出した。姉の部屋へ入ると、久子は勉強中だったが、

「あら。——どう、例のケンって子の方は?」

と振り向いて訊いた。

「うん。あいつ、学校移るんだって」

「どうして?」

「親父さんの会社、潰れたんだってさ」

野島賢一は、父親の会社が潰れて引越して行く。

これで、狂言誘拐の真相が知れることもあるまい。久子は安心した。まあ、あのケンという子も、何ともちゃっかり屋である。転校した先で、また狂言誘拐をやらかすつもりかもしれない……。

「すると中神って家庭教師は食わせ者だったのか?」

と、夕食の席で、月波は言った。

「そうなのよ」

と紀子は言った。「誘拐犯の一人だったんですって。人は見かけによらないものね」

「全くだなあ」

月波はお茶漬をかっこみながら言った。「誰も信用できない世の中だよ」

そのとき、玄関でチャイムが鳴った。

紀子が立って、すぐに戻って来た。

「あなた。南さんの奥様が――」

「南の?」

一瞬、ヒヤリとした。南は今夜例のセールスマンがすすめた女の所へ行っているはずである。玄関へ出てみると、南泰子が、オロオロしながら、

「ああ、月波さん、主人が――捕まったんです!」

「捕まった?」

「人妻売春の組織が一斉に摘発されたんですって。主人はちょうどその一人とホテルで……」

泰子が取り乱しているのも無理はない。夫だけでなく、自分だって危ないかもしれないのだ。紀子が慰める。

「落ち着いて。大丈夫ですよ。ね、元気を出して」

月波は、もし今夜、あのセールスマンの言葉通りに女を買っていたら、今頃は大変なことになるところだったのだ、と気付いて青ざめた。——運良く助かったのだ。

南には悪いが、月波はホッとして、

「大丈夫ですよ。そう大した騒ぎにはならないでしょう」

と他人事のように、気軽に請け合った。

「私もそれは分っています」

と、泰子は言った。

「すると何が心配なんです？」

「会社です！　仕事をクビになるのじゃないかと……」

なるほど、その可能性は大きい。その点でも助かったわけである。

「お願いです、月波さん。あの人がクビにならないようにしてやって下さい」

そう言われても……と思った。月波にそんな力はない。

「ねえ奥さん——」

「必ず、主人を守って下さいね」

と、泰子はじっと月波を見つめた。月波は、あまり勘のいい方ではないが、それでも、夫がクビになるなら、月波を道連れに、と泰子が考えていることはよく分った。一難去ってまた一難、である。

翌日、社内は南が捕まったというニュースでもちきりだった。

あのセールスマンの話はでたらめで、新婚早々の若妻は、実は高校生だったということが分って、一層事態は南に不利になっていた。

「あいつも馬鹿なことをやったもんだ」

「次の課長は誰かな」

と、早くも公然と話が出ている。月波は気が気でなかった。

「月波さん、大倉専務がお呼びよ」

と、女子社員が声をかけて来る。月波はヒヤリとした。

「――お呼びですか」

専務室へ入ると、月波は恐る恐る言った。大倉は、一見学校の教師のような、堅物のイメージの男だった。

「南君のことは知ってるな」

「はあ……」

「君もあれに加わっていた。そうだな?」

大倉の言葉に、月波は顔から血の気がひいた。

「いえ、決して――」

「分ってるんだよ。君が南君の細君の写真を破り捨てたのを、私の部下がちゃんと見ていた。

ったんだ」

写真の裏にはナンバーが入っていた。こっちはちゃんと君らのやっていることはお見通しだ
月波の額に冷汗が浮いた。大倉は続けて、

「どうかね、素直に辞表を出せば退職金は半分払ってやる。さもなくば……」

月波は、ふっと思った。あれはもしかすると、会社側の人減らしの手段だったのではないか。管理職を辞めさせるには、よほどの理由が必要だ。そのためにわざとあのセールスマンに声をかけさせて売春行為に引きずり込んだ。畜生！　そうだったのか。

「どうするね？」

と大倉が訊いた。月波は唇をなめて、

「結構です。しかし……〈深山荘〉でのパーティのことも明るみに出ますよ。よろしいんですね？」

と言った。こうなったらやけくそである。大倉の顔が、急にこわばった。

「何を言ってるんだ？」

大倉は訊き返した。

「週刊誌が喜ぶでしょう。それに奥様も。専務の他にも、佐々沼常務、太田部長、園井部長、牧野君……」

大倉の方が月波に劣らず青くなっていた。

「おい、そんなことを一体どこで――」

「弱い者に味方してくれる人もあるんですよ、専務」

月波は笑みさえ浮かべていた。「僕や南の他にも、もっと標的にされている社員はいるんでしょうね。しかし、乱交パーティの件が明るみに出れば、株主だって黙っちゃいないし、みなさんの家庭だって――」

「分った！　分ったよ」

大倉は手で押し止めるようにして、「君のことは……何とかしてみる」

「南もです」

「しかし、あいつはもう逮捕されている」

「クビを切らずに済ますことぐらいできるでしょう」

「難しいが……」

「深山荘のことを――」

「分った！」

大倉は手を振り回した。「もう席へ戻っていい！」

「失礼します」

月波はすっかり落ち着き払っていた。――これでどうなるかは、天のみぞ知るだ。

「よかったわね、南さんも、何とかクビがつながって」

紀子が夕食の席で言った。「奥さんが電話口で、泣いて喜んでらしたわ」

「よかった。帰っちゃったのかと思ったわ」

「いや、電話でね……」

光江には恩返し、正美には口止め。——どっちにしても金で済ますほどの持ち合わせはない。しかし……。

月波は、エレベーターの中で光江がそっと腕をからめて来ると、また体の奥で血が沸き立って来るのを感じた。


「もう十二時ね……」

と紀子が言った。「久子、お前も寝たら？」

「うん。もうちょっと勉強があるの」

クッキーをつまんでいた久子が言った。

そこへ努が顔を出した。

「裏口で何か音がしたよ」

紀子と久子は顔を見合わせた。——もうごめんよ、ごたごたは。

「また誰か……」

「行ってみましょ」

三人は恐る恐る、裏口へ行った。——戸を開けると、月波が酔っ払って引っくり返っている。

通の何本かへかかって来る。

「月波です」

「あ、おじさま？　西谷正美です」

「やあ、どうも……。体の具合はどうかね」

「ええ、もうすっかり。岐子、結婚するんですってね」

「うん、まあ何とかなりそうだよ」

「いいなあ。私もあやかりたいわ」

「君はこれからじゃないか」

「ねえ、おじさま、今夜は真直ぐお帰り？」

月波はつい周囲を見回した。

「今夜はちょっと——約束があってね」

「分った、この間の奥さんでしょ」

「冗談じゃないよ。本当に仕事上の——」

「いいわ、それじゃまた電話します」

「うん、じゃまた……」

「奥さんに黙っててほしいでしょ？」

フフ、と笑って、正美は電話を切った。

月波が廊下へ出ると、光江が待っている。

「まあ、いやねえ。――努、手を貸して」

久子は首をかしげた。玄関から入って来ればいいのに、どうして裏口へ回ったりしたんだろう。

何か後ろめたいことでも……。久子は、ふと、月波のポケットから落ちたハンカチに気付いて拾い上げた。広げて見ると、口紅らしい色がついている。

久子はため息をついて、そのハンカチを握りしめた。全く大人っていうのは！

居間へ入って行くと、ソファに横になって月波は高いびき。

「あ、久子」

紀子が夫のネクタイを外してやりながら、言った。「裏口をしめといてくれた？」

「うん」

久子は肯いて言った。「しっかりとね」

本書は二〇〇九年二月に小社より刊行された文庫の新装版です。

双葉文庫

あ-04-54

裏口《うらぐち》は開《あ》いていますか？〈新装版〉

2021年1月17日　第1刷発行

【著者】
赤川次郎《あかがわじろう》

【発行者】
箕浦克史
【発行所】
株式会社双葉社
〒162-8540 東京都新宿区東五軒町3番28号
［電話］03-5261-4818(営業)　03-5261-4831(編集)
www.futabasha.co.jp（双葉社の書籍・コミックが買えます）
【印刷所】
大日本印刷株式会社
【製本所】
大日本印刷株式会社
【カバー印刷】
株式会社久栄社
【DTP】
株式会社ビーワークス

【フォーマット・デザイン】
日下潤一

ISBN978-4-575-52441-3 C0193
Printed in Japan